eye.

守望者

——

到灯塔去

生命之歌
基尼亚尔的音乐新神话

王明睿 著

南京大学出版社

是什么让悲伤在日出时终结？是音乐。

黄 荭

一

我第一次认真阅读帕斯卡·基尼亚尔是在 2007 年，当时张新木教授翻译的《游荡的影子》由译林出版社推出。和他之前的小说《罗马阳台》《世间的每一个清晨》《符腾堡的沙龙》不同，这是一部从体裁和内容上都难以归类的作品，像极了后现代艺术家用历代古董陶瓷碎片随意拼贴的马赛克图案：格言警句、哲理短文、历史故事、生活观察、读书笔记……它是基尼亚尔《最后的王国》系列的第一部，2002 年在法国一出版就荣膺龚古尔文学奖。因为张老师是我博士论文的指导教师，也因为基尼亚尔这种看似纷繁驳杂、断章杂糅，实则纹理细密、开合有致的风格吸引了我，于是我写了一篇小书评发表在《文汇读书周报》上。

出生在 1948 年的帕斯卡·基尼亚尔是法国当代文坛的一个异数，"一个最谦逊同时也是最傲慢的作家"，小时候患有自闭症，长大后的他也常常离群索居，喜欢蒙田随笔和《一千零一夜》的传奇。他擅长"借尸还魂"，用另类的叙事还原古典情怀，用经典和记忆连通历史和当下，拂去岁月的沉埃厚土，他的文字总会透出一点淡淡的、古老智慧温润的光泽。"影子，就是那些古往今来的圣贤，那些远离尘世的隐修者，那些超凡脱俗的思想家。这些记忆清单中的影子在时间和空间中游荡。"于是，我跟随基尼亚尔在多元文化的历史长河里游弋，在"不可见物和文字、古人的影子、寂静、隐秘生活、无用艺术的无用统治、个性与爱情、时光与乐趣、自由与欢乐"中找寻文字砌筑起的"最后的王国"，在一个彻底语义化了的世界，等待日出时所有悲伤都如露水般消散。

二

2011 年，王明睿从山东大学本科毕业考到南京大学，在我的指导下攻读硕士学位。开学前的暑假里她读了《阿玛利娅别墅》和《符腾堡的沙龙》，被这两本书中主人公"离开—回归"的故事深深吸引，想在基尼亚尔织就的文字之网中抽出一根能指引她回溯到作家创作源头的金线。她先找到了 1640 这个象征文艺复兴和巴洛克音乐的年份，也是基尼亚尔多个故事发生的时间基点，开启了她"寻找原初"的旅程。硕士论文做完，旅程还远没有结束。其实所有研究，都有点像一条永远无法抵达的地平线，你走过去，它又退到一个更遥远的天边。

于是，在我的指导下她继续攻读博士学位，继续探索基尼亚尔写作的奥秘。幸运的是，在这期间，她得到了梦寐以求的翻译基尼亚尔作品的机会，一共四本：《音乐课》《音乐之恨》《眼泪》和《乔治·德·拉图尔》。前两本书的选择完全契合她博士论文的选题，在言语和视觉都无法企及的"原初"，只有声音——天籁、地籁和人籁——是最动人的生命之歌，如风声，如潮汐，如音乐，如婴儿的第一声啼哭。

所有外国文学的翻译者和研究者都深有体会：翻译和研究相辅相成，彼此促进。翻译是最好的进入文本细读的方式，只有和文字耳鬓厮磨，才能更准确地感知词语的色彩和温度、结构的严密和巧妙，进而领悟作者的立意和用心。而研究会让译者更好地了解作品创作的时代和社会背景，照亮不同文本之间隐秘的互文关系。也正因为如此，王明睿有研究作为铺垫的《音乐课》的中译本得到评论界和读者的好评，入围了2019年第11届傅雷翻译出版奖终评（这已经是她第二次入围该奖项的最终角逐，第一次是2016年，入围的作品是《距骨：逃亡的少女》）。与此同时，她有翻译作为体悟的研究也渐入佳境，先后在《当代外国文学》《外语学刊》《南京师大学报（社会科学版）》《人文新视野》《上海文化》等杂志上发表了系列论文：《浅析帕斯卡·基尼亚尔的历史书写》《浅析名、道思想对帕斯卡·基尼亚尔的影响》《音乐之恨——帕斯卡·基尼亚尔作品中的音乐主题研究》《论基尼亚尔作品中塞壬的母亲形象》《忘我之境：试析基尼亚尔对"伯牙学艺，成连入海"的改写》《致生命——读基尼亚尔的〈眼泪〉》。而她于2019年初答辩的《音乐的历险——基尼亚尔作品对真实的追寻》被评为南京大学校级优秀博士论文，也是国内第一篇研究基尼亚尔的博士论文。

从历史书写到古老中国对作家的启示，从音乐寻根到个体生命前世今生的轮回，王明睿在不断拓展她研究的地平线。

是什么让悲伤在日出时终结？是音乐。这是基尼亚尔的回答。而音乐，也是王明睿找到的正确打开基尼亚尔的方式。不管是塞壬之歌还是俄耳甫斯之琴，不管是伯牙学琴还是成连入海，音乐都是基尼亚尔连通神话和现实、过去和当下、自我和世间万物的纽带。

三

找到自己喜欢的作家，翻译和研究他的作品，人生一幸事也。

在紧张活泼、严肃认真的读博期间恋爱、结婚、生女，人生之大幸事也。

在构思博士论文的同时，王明睿孕育了新生命，这两种不同性质的"生产"也因基尼亚尔的一段文字奇妙地暗合在一起："出生也是一场海难。这就是罗马人对它的描述。分娩是一阵巨大的海浪。一个赤裸的、湿漉漉的身体在一处岸边登陆了。"这让她想起女儿"小梧桐"出生时的场景：羊水涌出，小婴儿被一点点地推上了岸，而母亲黑漆漆的子宫便是女儿的混沌之初。在完成对基尼亚尔音乐主题探微的同时，她也完成了属于自己的"生命之歌"。

还有什么比这更美好的呢？

2022年10月于和园

目　录

绪　论 ……………………………………………… 1

第一部分　主调

第一章　生命书写 ……………………………… 13
第一节　真实：生命之本 ……………………… 15
第二节　原初：生命之始 ……………………… 27

第二章　塞壬的复仇 …………………………… 47
第一节　塞壬之歌 ……………………………… 48
第二节　塞壬的沉默 …………………………… 63

第三章　塞壬之岛 ……………………………… 74
第一节　深渊之镜：海洋与天空 ……………… 74
第二节　现时的深渊 …………………………… 83
　　一、嘀嗒之间：死亡间隙 ………………… 83
　　二、音乐：时间的艺术 …………………… 91

第二部分　变调

第四章　俄耳甫斯之琴 ········· 97
　第一节　塞壬败北 ············· 98
　第二节　俄耳甫斯的继任者 ····· 106
　　一、变声之哀 ··············· 106
　　二、器乐登场 ··············· 114
　　三、公羊之歌 ··············· 120
　第三节　被割喉的公鸡 ········· 128

第五章　阿波罗之光 ········· 133
　第一节　理性之神 ············· 133
　　一、弓与琴：实体神器 ······· 134
　　二、语言：虚拟神器 ········· 140
　第二节　"塞壬的和谐" ········· 152
　第三节　音乐与大屠杀 ········· 164

第三部分　华彩

第六章　酒神的狂欢 ········· 179
　第一节　狄奥尼索斯的反抗 ····· 179
　第二节　反英雄布戴斯 ········· 189
　　一、舞蹈：闻声而动 ········· 190
　　二、跳海：抛弃语义 ········· 192
　　三、自杀：以死知生 ········· 201

第七章　游乎天地 ····· 205
第一节　成连的课 ····· 206
　　一、伯牙学琴 ····· 208
　　二、真人冯迎 ····· 216
第二节　祛魅与写作 ····· 219

结　论 ····· 236
参考文献 ····· 244
后　记 ····· 261

绪　论

帕斯卡·基尼亚尔（Pascal Quignard，1948—　）是法国当代著名作家，迄今已出版作品约八十部（其中有少量译作），曾荣获多项文学大奖，其中包括 2002 年的龚古尔奖。基尼亚尔的作品已被翻译成英、德、俄、意、西、日、中、朝、阿、土、葡、波等多种语言，在世界范围内具有广泛影响。2016年，基尼亚尔被授予法国艺术及文学勋章（Ordre des Arts et des Lettres）的最高等级——司令勋位（Commandeur）；2020年，他将部分创作手稿捐赠给了法国国家图书馆。

基尼亚尔的作品以形散神聚、博古通今、学贯东西、格局开阔等特点而著称。其内容跨越了多个领域，如语言学、音乐、神话、哲学、精神分析、政治、历史，甚至是医学和天文物理学等自然科学；在形式上，基尼亚尔创作过小说、传奇、寓言故事、散文、文艺评论和自传等，而更为显著的形式，则是打破文学体裁之间的界限，将它们融合在一起，让思想自由地呈现出来。这种创作形式源自十七世纪的古典论文类型——小论（petits traités），基尼亚尔曾以《小论》为题创作过一部八卷之作，先是在二十世纪八十年代初陆续出了三卷，后在 1990 年一口气出满了全八卷。不过，1997 年因突发心脏病与死亡擦肩而过后，作者在小论的基础上创造出了一种更加天马行空的文学形式，并以此创作了系列作品《最后的王国》(Le Dernier royaume)，该系列已出版十一卷，尚未完结。

虽然杂糅，但基尼亚尔的作品总是围绕着某一个中心展开。这个中心很容易被界定为"原初"(origine)，因为该词在其作品中出现频率颇高，而且作者也经常书写过去的人与事，在他预计要写满十四卷的《最后的王国》里，"原初"以及与之相关的"从前"在字面上占据了显著的位置。然而，基尼亚尔并不意图在文字中回到过去乃至更遥远的从前，他本人也明确表示："我写的一切都没有越过肉身与思想的界限一步。我并不打算超越我不能超越的东西。"① 基尼亚尔自幼目睹战争遗毒与创伤，青年时期经历了"五月风暴"并深受其影响，现实的冲击无不反映在了他的笔下，作者写作的立足点始终都是当下，而探寻原初是他反思现代性的重要途径，并由此寻求一种不盲目跟从现代性的生活方式，或者说他是在寻求"真实"(réel)。基尼亚尔在八卷《小论》里反复探讨了"真实"，这个字眼的密度虽然在此后的作品中有所降低，但是从未远去，因为作者对语言的思考从未停止。"原初"与"真实"，它们分别是时间层面和语言层面的概念：前者偏向遥远与神秘，可作者的文字总是由一点一滴的生灵万物触发而成；后者偏向形而上，可当下个人与人类的境遇也从未远离作者的视野，它们两相结合，共同构成了基尼亚尔所书写的"生命"。他写原初，那是生命之始；他写真实，那是生命之本；他写语言的苍白，

---

① Pascal Quignard, *Mourir de penser* (*Dernier royaume* IX), Paris: Grasset, 2014, p. 163.

那是剥夺生命的行为；他写时间的绵延，那是对生命的体验；他写母亲与胎儿，探索个体的生命；他写神话与历史，探索文明的生命；他写宇宙与天空，探索万物的生命……生命，古老而常新的话题，遍布基尼亚尔的字里行间。

基尼亚尔在书写生命的过程中从多方面选取了素材，其中音乐素材尤为显著，在法国当代作家中，他"也许是最为经常书写音乐的"①，书写音乐极大地帮助了他思考自我、世界和万物。一方面，作者有若干部作品的主人公为音乐家，如《符腾堡的沙龙》（*Le salon du Wurtemberg*）的主人公查理·施诺涅（Charles Chenogne）是大提琴演奏家，《阿玛利娅别墅》（*Villa Amalia*）的主人公安娜·希登（Ann Hidden）为钢琴家，《音乐课》（*La leçon de musique*）的三则故事中有两则分别关于古大提琴演奏家马林·马莱（Marin Marais）和春秋战国时期的琴仙伯牙。另一方面，作者以音乐为主题创作了几部重要作品，例如，《音乐之恨》（*La haine de la musique*）在对音乐的特性进行严肃思考的同时对现代性进行了批判；《秘密生活》（*Vie secrète*）以描写"我"与钢琴老师的故事和"我"学习钢琴的经历与心得为引子，书写了爱情与生死；《布戴斯》（*Boutès*）则探讨了同名神话人物因听从塞壬（Sirènes）之歌的召唤而实施的跳海行动。在与音乐有关的众多素材中，基尼亚尔尤为热衷书写与音乐有关的神话和典故。除了《布戴斯》，作者对音乐神话的书写散见于各作品，其中以《音乐之恨》为

---

① Joseph Brami, « Origines de la musique en l'homme, selon Pascal Quignard », in *Revue italienne d'études françaises*, n°2, 2012, pp. 2-9.

主。相关典故则以伯牙学艺、成连入海和马林·马莱师从圣-科隆伯（Sainte-Colombe）为主。不知不觉中，基尼亚尔以塞壬之歌为核心，构建出了由音乐神话和典故引申出的生命思考脉络。作者不仅对相关原型进行了解读，更是从中汲取了创作的灵感。

为什么是音乐呢？其根源要从基尼亚尔的家世说起。其父来自音乐世家，该家族从十八世纪起就演奏音乐并从事音乐教学活动。其母来自语言学世家，祖辈曾任教于索邦大学。其中，基尼亚尔的外公夏尔·布吕诺（Charles Bruneau）是著名的语言学家，他完善了费尔迪南·布鲁诺（Ferdinand Brunot）撰写的《法语语言史》（*Histoire de la langue française*）和《法语历史语法概要》（*Précis de grammaire historique de la langue française*）。在家庭的影响下，基尼亚尔自幼便开始接触语言学和音乐，传统而严格的教育方式令他具备了出色的语言能力和良好的音乐素养，他也因此擅长以音乐为素材来进行文学创作。但这并非作者一开始就选择的道路。基尼亚尔曾师从法国当代著名哲学家伊曼努尔·列维纳斯（Emmanuel Levinas）和保罗·利科（Paul Ricœur），前者更是他攻读博士学位期间的导师，这段学习经历提高了他的哲学思辨能力，使其文学作品具有深刻的思想性。1968 年，受"五月风暴"的影响，基尼亚尔认为不应该给思想套上制服，于是放弃学业，回到家乡当了音乐老师。同年，基尼亚尔因撰写《口吃者——评萨赫-马索克》（*L'Être du balbutiement. Essai sur Sacher-Masoch*）得到了法国作家路易-勒内·德福雷（Louis-René des Forêts）的赏识，在法国文坛上初露头角，并在第二年入职法国著名的伽利玛（Gallimard）出版社，直至 1994 年离职。在出版社工作的这二十五年里，基尼亚尔阅读了大量书籍，并承担一部分古希腊典籍的翻译工作，这些经历为其文学创作奠定了深厚的文化底蕴，他在工作的同时持续进行着文学创作。而音乐并没有遭到抛弃。基尼亚尔早年既是一位大提琴演奏家，也是一位杰出的音乐会主办人，他于1998年成为巴洛克音乐中心（Centre de Musique Baroque）的顾问，曾在1990年和1993年与西班牙当代著名古提琴演奏家、大提琴家约迪·萨瓦尔（Jordi Savall）共同主持了民族音乐会（Concert des Nations），还在时任法国总统弗朗索瓦·密特朗的领导下于1990年创办了凡尔赛国际巴洛克歌剧戏剧节（Festival international d'opéra et de théâtre baroques au château de Versailles）。在从出版社离职的同时，基尼亚尔也停止了一切公开性的音乐活动，开始长期住在乡间，专心著书。至于基尼亚尔为什么最终选择了书写音乐而不是演奏音乐，我们将在最后一章中探讨作者的此种"沉默"。

无论是在本职工作上还是在副业爱好上，基尼亚尔都可谓成果丰硕，而他的文学创作也始终受到评论界的关注。国外对基尼亚尔作品的研究大致分为两个阶段：第一个阶段为20世纪80年代至2000年前后，研究以报刊文章、期刊论文和访谈为主，主要探讨作家最新作品，研究内容与其作品的出版大致同步，虽然研究者们已基本发现其作品中的关键词及写作特色，但多为描述性文章，缺少理论支撑；第二个阶段为2000年前后至今，出现了作家作品研究专著、博士论文以及专题研讨会，研究对象开始脱离作家的单部作品，转而从整体上把握创作思想。国外有关基尼亚尔的研究成果很多，仅在法国本土，就有数百篇期刊论文、四十余部研究专著和论文集、六十多篇访谈与对话、三十多篇博士论文，这些成果主要从以下三个方面进行了研究：一是基尼亚尔作品中的"原初"与"真实"这两个"生命"主旨的侧面；二是基尼亚尔作品的语言特色，主要体现为碎片化和常用"死去的语言"（如拉丁语）；三是基尼亚尔作品与听觉艺术和视觉艺术的结合。国内对基尼亚尔作品的研究也大致分为两个阶段：第一个阶段为1999年至2011年，国内学界开始正式接触并翻译基尼亚尔的作品，并借着作家于2002年荣获龚古尔文学奖的契机，通过多种方式将他介绍到国内，但该阶段内没有严格意义上的学术成果产出；第二个阶段为2012年至今，在现阶段，国内每年都有作家作品的研究成果或其作品的中译本问世。迄今为止，基尼亚尔作品的中译本共推出了八本，另有若干部的翻译工作正在进行，国内相关研究成果共有十四篇期刊文章和四篇博士论文，主要从音乐、语言、"原初"、历史书写和中国文化等方面探讨了基尼亚尔的作品。

在现有的研究成果里，不乏对基尼亚尔作品中音乐书写的探讨，既有对音乐素材的研究，也有对其文字的音乐性的分析。其中专著有三部：《世间的每一个清晨——40个问答与4项研究》（Mathieu Messager, François Mouttapa, *Tous les matins du monde: 40 questions, 40 réponses, 4 études*），以问答的形式全面分析了基尼亚尔的代表性音乐书写作品——《世间的每一个清晨》（*Tous les matins du monde*）及同名改编电影；《管风琴的怒火：帕斯卡·基尼亚尔与音乐》（Philippe Bonnefis, *Une colère d'orgues: Pascal Quignard et la musique*）突出了管风琴在基尼亚尔音乐书写中的重要性，引向一种创伤和"原初"的场景;《帕斯卡·基尼亚尔:舞蹈之声》(Chantal Lapeyre-Desmaison, *Pascal Quignard: La voix de la danse*) 阐述了基尼亚尔作品中音乐与舞蹈、舞蹈与写作、舞蹈与欲望等方面的关系。论文方面已涉及了与音乐有关的主要问题,如变声(如 Jean-Louis Pautrot, "La musique de Pascal Quignard")、听觉(如 Joseph Brami, "Origines de la musique en l'homme, selon Pascal Quignard")、寻找所失(如 Jean-Louis Pautrot, "Transmettre ce qui fut oublié: *Villa Amalia* et l'exception romanesque de Pascal Quignard")、神话(如 Pauline Vachaud, "Pascal Quignard: tours et détours d'une haine")、舞蹈(如 Chantal Lapeyre-Desmaison, "*Boutès*, de Pascal Quignard: Un Traité sur la danse")、寂静(如 Gabriela Nunes Caprara, "Le silence dans le livre *La leçon de musique* de Pascal Quignard")和哲学(如 John Hamilton, "Philology and Music in the Work of Pascal Quignard")等,但其中有不少倾向于介绍或梳理,缺乏深度与系统性,且理论支撑不足。博士论文有三篇:《格尔特·荣克与帕斯卡·基尼亚尔作品中的音乐体验:面对音乐危险的书写》(Isabelle Soraru, *L'Expérience musicale dans les œuvres de Gert Jonke et de Pascal Quignard: l'écriture face au risque de la musique*) 将基尼亚尔与奥地利作家荣克的作品进行了比较研究,分析了文学与音乐的对话,既表明音乐对文学作品具有启发作用,又指出音乐总是会向作者揭示出文学创作的限度;《帕斯卡·基尼亚尔:音乐与衰退的诗学》(Camilo Bogoya González, *Pascal Quignard: musique et poétique de la défaillance*)一文认为,基尼亚尔作品的特殊性在于将衰退的诗学作为阐释工具,这种

诗学凸显了一场以"原初"为中心的思辨性寻找，以及语言、知识、历史、音乐、思想和自传等之间悬而未决的关系，但该论文对其作品中音乐素材的解读居于次位，并且有脱离文本、只谈音乐艺术特性的倾向；《文学与音乐：音乐性叙事散文的诗学研究——评勒·克莱齐奥的〈饥饿间奏曲〉、帕斯卡·基尼亚尔的〈世间的每一个清晨〉、雅克·雷达的〈巴黎的废墟〉以及托妮·莫里森的〈爵士乐〉》（Tracy Ollende-Estendji, *Littérature et musique: Essai poétique d'une prose narrative musicalisée dans* Ritournelle de la Faim *de Jean-Marie Gustave le Clézio*, Tous les matins du monde *de Pascal Quignard*, Les ruines de Paris *de Jacques Résa et* Jazz *de Toni Morrison*）探讨了文学中的音乐性叙事，基尼亚尔之作《世间的每一个清晨》则是支撑观点的四个例证之一，因而从严格意义上来说，该论文的主要研究对象不是基尼亚尔的作品。

纵观基尼亚尔作品的研究成果，可以发现"生命"目前并不属于关键词，但这并不代表它不重要，更何况作者本人于2019年出版了一部作品，名为《生命不是一部传记》（*La vie n'est pas une biographie*）。"寻找原初"经常被视为其书写音乐的目的之所在，即便是"舞蹈""变声""欲望"或"写作"等，也与之关系密切，这些我们将在相关章节里逐一阐释。实际上，对基尼亚尔作品中的"原初"研究数不胜数，甚至可以说，从任何一个角度切入，都能够指向"原初"。相比之下，现有研究成果中只有少部分涉及了基尼亚尔作品中的"真实"。最早（2001年）对此进行探讨，同时也是目前对该问题研究最多的是法国学者尚达勒·拉佩尔-迪迈松（Chantal Lapeyre-Desmaison），不仅提到基尼亚尔的"真实"概念受到了拉康的影响，也将基尼亚尔对真实的思考纳入现当代法国文学的发展历程中，认为以探讨真实为目的的文学作品可归入"真实主义"（le réelisme）之列，此类作品"为一种敞开的、'非体系的''无纪律的''实验性的'思想提供了可能性"①。虽然研究者们已在论述中涉及了"原初"和"真实"这两者与"生命"的关系，但尚且没有研究将其作品中的"生命"或"生命观"作为关键词，所以对"原初"与"真实"的研究通常是分别进行的。但实际上，在其作品中，"原初"是生命的开端，"真实"是生命的本质，两相结合才能较为全面地把握作家的创作理念。

此外，虽然已有不少研究成果的对象是基尼亚尔的音乐书写，也涉及了其中的主要方面，但是尚未对作者笔下的音乐神话和音乐典故进行系统性研究，更没有从音乐素材出发，对"生命"进行较为深入的探讨。然而，尤利西斯（Ulysse）②、俄耳甫斯（Orphée）、阿波罗（Apollon）、狄奥尼索斯（Dionysos），这些响当当的希腊神话人物以及名不见经传的布戴斯，他们都与塞壬或音乐有着千丝万缕的联系，且每个人与这个核心的关系都有所不同，而《音乐课》与《音乐之恨》里看似散乱的人物与故事不仅相互之间存在内在关联，在深层次上也通往塞壬之歌。可以说，所有这些人物在整体上形成了两股力量：与塞壬之歌离心或向心。但基尼亚尔向来不喜创作条理清晰的作品，其文字令人眼花缭乱，所以厘清个中关系网的任务自然落

---

① Chantal Lapeyre-Desmaison, *Résonnances du réel—De Balzac à Pascal Quignard*, Paris: L'Harmattan, 2015, p. 13.

② 又作"奥德赛"或"奥德修斯"。因基尼亚尔的文本中对该人物的名称均采用了"尤利西斯"，故除直接引用他人作品之外，本书中也一律采用"尤利西斯"。

到了我们这些研究者的身上。而一旦任务完成，我们将从清晰的脉络中看到作者为何将塞壬之歌放在书写生命的重要位置之上、众人物的生命观如何体现、为什么中国的琴仙伯牙也能出现在这个以西方人物为主的关系网中，以及作者自己对生命采取了何种态度。

由于我们的研究对象中必然会有音乐这种艺术形式，且基尼亚尔的作品往往涉及欧洲传统文化、东方文化以及诸多学科知识，所以，我们将采用比较文学的研究方法。又由于文本素材多与神话有关，所以原型批评的研究方法也将为我们所用。我们将以前文所述的几位古希腊神话人物以及伯牙的典故分别统领各章节的展开，首先指出所涉及的人物最初具有何种形象，对他们的形象演变进行适当概述，随后分析基尼亚尔如何解读他们的故事、如何通过文学创作对他们进行重塑、这些重塑后的形象又如何体现了作品的主旨。在此过程中，我们将结合其他作家对有关原型所做的解读或重塑，从历时和共时这两个角度对他们在基尼亚尔作品中的重现做出定位。我们将依次从"主调""变调"和"华彩"这三个部分探究与音乐有关的神话和典故如何影响了基尼亚尔的创作及其对生命的思考。需要说明的是，我们没有在第一章着重分析任何与本研究有关的人物形象，而是从"真实"和"原初"这两个维度探讨了作者的生命书写，因为与生命之歌有关的种种都生发于此。我们不仅将分析相关人物在基尼亚尔的笔下如何体现了生命本真、如何远离了生命本真，又如何迎来生命本真的回归，更将在最后一章看到作者本人如何亲身实践自己在作品中所倡导的生命观，以及此种生命观如何影响了他的写作，在文学世界和现实世界中都给了我们以启发。

第一部分 主调

第一章　生命书写

很多作家都有这样一个共同点：书写内心所失，或者说，书写令自己困惑、迷惘之事。有人写身份焦虑，有人写丧亲之痛，有人写往昔岁月，有人写纷乱世界……基尼亚尔则爱写生命，追溯久已远去的源头。

"原初"大概是基尼亚尔作品中最容易被捕捉的关键词了，出镜率之高似是独占鳌头：他总是写我们现代人在清醒状态中看不见摸不着的神秘远方。往小处说，这远方深埋在每个个体的记忆最深处，只有在梦中、在某个恍惚的瞬间，甚至在濒死之时才能与之重逢，那里保留着个体生命的最初体验——绝对直接的体验，完全不为语言所知；往大处讲，这远方又是一种全人类的集体记忆，处在冰山的最底层，终年藏在阴暗的水下，撑起阳光中的一切，我们知道它的存在，却并不了解它，对于文明来说，它是一位重要的陌生者。所以，基尼亚尔的原初寻找之路带有精神分析学中的退行色彩，又有一丝神秘主义的味道，更是对语言的怀疑。然而，"原初"并非其作品的全部。虽说过去、远古乃至从前是基尼亚尔青睐的时间段，但这丝毫没有妨碍他关注现当代人类社会的境况：战后毒瘤、消费社会、艺术复制……可这些当然是无法被划归到"原初"名下的。是否有另一个词能够统领如此种种呢？

是"真实"（réel）吗？翻开基尼亚尔九十年代的作品，就会发现"真实"一词比比皆是，后又在新世纪的作品中荡漾开去。可在国外对其作品的研究走向成熟之时，"原初"成了主角，"真实"被长期忽视，好在近年来已有学者注意到了它。基尼亚尔向来热衷于从词源的角度解释关键词，认为一切对词源的分析都是对真实的转向①，以最古老又粗糙的单词制造出与现代语言猛然断裂的效果，令人眩晕，显示出词源如原初一样具有永不止息的生命力。同样，他也对"真实"进行了词源上的解读：

> Réel 一词来自 realis。Realis 来自 rem。Res 既是物质也是行动。Res 的宾格是 rem。这一宾格形式在法语中保留了下来，因为"物"通常是行动的"对象"。由宾格 rem 产生了法语单词 rien。根据词源，rien 在八个世纪里一直是一个阴性名词，而且将这一特征一直保留至十七世纪初。亨利五世依然在使用这个既为阴性又指称事物的单词。由于被用于否定句，这个词也变成了否定的单词；它变成了一个阳性单词。最终，rien 消除了虚无的否定代词。②

我们可以理出这样一条关系链：réel 来自 realis，realis 来自 rem，rem 来自 res（前者是后者的宾格），所以 réel 的根源是

---

① Cf., Pascal Quignard, *Sur le jadis*（*Dernier royaume* Ⅱ），Paris：Gallimard，2004，pp. 178-179.
② Pascal Quignard, *Petits traités* Ⅰ（Tome Ⅰ-Ⅳ），Paris：Gallimard，1997，p. 223.

res。Realis 是拉丁语中性形容词，意为"真实的、现实的、本质的、真实存在的"，而 res 的确如作者所说，既能表示物质也可意为行动。同样来自 res 的 rien 在现代法语中既可以作为泛指代词，也可以作为名词。作为泛指代词时，它常表示"什么也没有、什么也不"等否定含义；作为名词时，它表示"无、乌有"。在现代法语里，rien 作为名词时是阳性的，但它起初是阴性的，并且在很长一段时间里都是如此。

于是，réel 和 rien 的同源意味着"真实"和"无/乌有"之间有所关联；rien 起初为阴性名词，这一点与基尼亚尔作品中的母亲、女性、繁殖等高频词相呼应；res 对行动本身和行动对象的双重指向性暗示了在真实中不存在将自我与他者进行区分的意识。"真实"是无，是意识之外的存在，和母亲一样具有繁衍能力，甚至在某种意义上类似于老庄之道。

既然原初指向遥远的从前，真实也和成熟的语言思维相去甚远，那么两者的含义是否有所重叠？不尽其然，因为它们各自提出的立场有所不同。真实是从语言层面提出的，而原初则是时间，这就致使两者各自的对立面也有所不同。不过，真实与原初都从某个特定的角度呈现出了基尼亚尔的生命观，两相结合，使其生命书写更为立体而可感。

第一节　真实：生命之本

在现代社会里，"生活"与"生命"这样的字眼已经难以形容大部分人的存在状态，因为那里几乎只有"生存"。很多时候，生命是被剥夺的，因为灵魂被摄走了，只剩下用以驱使的肉体。这种摄魂怪不是某个个体，也不是某个组织，而是人类文明自身。小到一个单位，大到整个世界，每个层级的组织都是一处蚁穴，我们就是那一只只恪尽职守的小蚂蚁。电子屏幕暗淡了眼神，钢筋水泥禁锢了灵动，广告宣传吸食了脑髓……人们感慨着网红的世外桃源，羡慕着朋友圈的照骗美文，向往着诗和远方，想和他们一样让生命绽放，却时常忘了他们其实和自己一样，都在过着爬满虱子的日子。这样的存在状态可以称之为"真实"吗？

"真实"有多种理解，可以说它不是虚假，可以说它是本真，也有人会联想到事实。在基尼亚尔这里，它是"现实"的对立面。他自问："什么是真实？/如何'命名'一被语言指称就立刻沉默的外部世界的极点？"[1] 虽然作者将外部世界的极点称为"真实"，但这是一个迫不得已的做法。在对"真实"的理解上，基尼亚尔受到了拉康的影响。拉康认为"真实"在任何方面都是不可能的：不可能被言说，不可能被思考[2]。基尼亚尔则说："真实关乎确实存在于我们之外的事物。"[3] 简言之，真实是的确存在的，但是超越了我们的认知范畴，或者说，语言在它面前丧失了指称的功能。虽然如此，基尼亚尔依然认为真实和语言之间存在某种关联：

> 真实是语言的后遗症。没有全体性的全体脱离了语言

---

[1] Pascal Quignard, *Abîmes* (*Dernier royaume* Ⅲ), Paris: Gallimard, 2004, p. 125.
[2] *Cf.*, Chantal Lapeyre-Desmaison, *Mémoires de l'origine: un essai sur Pascal Quignard*, Paris: Les Flohic, 2001, p. 23.
[3] Pascal Quignard, *Petits traités* Ⅰ (Tome Ⅰ-Ⅳ), Paris: Gallimard, 1997, p. 222.

的组织性全体。确切来讲，这个没有跟随语言的后续是"无边无际的"。每一个语言都消失在"它的"真实内部——消失在避开了自己的事物的内部——像是草地里的草叶。然而，一切"真实"都不过是"它的"语言的残余。①

"真实是语言的后遗症"，因为"真实"概念的提出是基于语言的建构，但真实本身存在于语言诞生之前。真实和语言之间具有某种矛盾的关系，亦如"道可道，非常道"这六字箴言。真实是一种全体，但不具备全体性，因为全体性是语言附加给对象的一种属性，而真实并不需要自己的属性被言说。但同时，真实又确实是一种全体，因为它是浑然一体的，尚未被意识划分开来。虽然"真实"概念的提出建立在语言存在的基础之上，可真实却永远在语言之外，这一矛盾性导致了真实和语言之间若即若离的关系。基尼亚尔的写作是在寻找一种媒介，用以从此岸走向彼岸，从生命的表象走向生命的本质。那么，真实究竟是如何表现为语言之外的存在呢？它为何可以被视为生命之本？语言又有何种过错？

"人类生命依赖语言，如同箭依赖风。"② 然而，如同箭与风是两种事物，人类生命和语言也并无必然关联。从第一部作品至今，基尼亚尔始终质疑语言的功用。在《舌尖上的名字》(*Le nom sur le bout de la langue*) 一书中，他特别提及了幼年的一次经历：母亲想说某个词，却忘记了它是什么，于是面目僵化地定在那儿，像是去了另一个世界。这让作者意识到，语

---

① Pascal Quignard, *Petits traités* Ⅰ (Tome Ⅰ-Ⅳ), Paris: Gallimard, 1997, p. 509.
② Pascal Quignard, *Rhétorique spéculative*, Paris: Gallimard, 1997, p. 64.

言不是我们与生俱来的,它随时都可能与我们剥离。

基尼亚尔根据是否由语言构成将"真实"(réel)和"现实"(réalité)这两个概念对立起来:"现实包含了他人观点的全部影射。这是集体语言的镜子。/真实是现实的对立面。[……]它是接近死亡的。"① 现实是由语言从各个不同的角度建构而成的镜子,而真实作为语言的对立面,意味着消解语言,消解由语言构成的人类社会和每一个人,也因此接近死亡。基尼亚尔对"真实"和"现实"的区分也受到了拉康的影响。英国学者肖恩·霍默(Sean Homer)在《导读拉康》里对拉康思想中"真实"与"现实"的概念叙述道:

> 理解真实的困难,部分地是由于它其实并非一种"事物";它既不是存在于这个世界上的某种物质对象,也不是人类的身体或者"现实"(reality)。对于拉康而言,我们的现实是由象征符号或意指过程所构成的。因此,我们所谓的"现实",即联系着象征秩序或者"社会现实"(social reality)。然而,真实是未知的,它存在于这个社会象征世界的边界之上。②

比利时著名学者米歇尔·梅耶(Michel Meyer)也指出了此二者的区别:

---

① Pascal Quignard, *Sordidissimes* (*Dernier royaume V*), Paris: Gallimard, 2007, p. 139.
② 肖恩·霍默:《导读拉康》,李新雨译,重庆:重庆大学出版社,2014年,第109页。为统一本书中的术语,原译文中的"实在界"(le réel)被更改为"真实"。

> 真实被我们所了解是通过一大堆回答而达致的,它们从不同的角度规定真实是什么,因为真实中的问题是这个或那个具体的东西。这些"这个"和"那个"编织了现实的土壤,如同人们所说的那样,构成了现实。①

与其说我们在尝试去回答"什么是真实?"这一问题,倒不如说我们实际上是在回答"真实是什么样的?",因为作为语言生物,我们只能去形容语言之外的真实具有哪些特征,只能通过增加了解的角度和加强思考的深度来不断地接近真实,却迷失在纷繁的现实里,始终不得完全把捉到真实,无法去说它"是什么",而这场寻找的结果则构成了我们能够经验到的现实。

我个人很喜欢基尼亚尔的一句话:"言语只是一种奢侈品,没有它,生命依旧可以继续。"② 语言符号将指称对象外显出来,赋予它们以意义,但真实并不以割裂、划分为目的,如同生命本身并不与意义相关。而只有在语言的驱使下,人才会去寻找意义,从深度、广度等各种维度赋予生命以价值,否则就像身处皑皑白雪之中,双手无处可依,双眼无处可落,此间的不确定性带来安全感的匮乏。真实和生命都不需要语言这种会对自己造成损害的外来者,它至多是一种媒介,虽然能够帮助主体去认知客体,但也在两者之间制造了一段距离,阻碍我们去直接感知对象。渐渐地,我们对世界的认知越来越依赖语

---

① 米歇尔·梅耶:《如何思考现实?》,史忠义译,沈阳:辽宁人民出版社,2017年,第131页。为统一本书中的术语,原译文中的"实在"(la réalité)被更改为"现实",而原译文中的"现实"(le réel)则对应本书中的"真实"。

② 帕斯卡·基尼亚尔:《秘密生活》,王海洲译,上海:上海文艺出版社,2014年,第54页。

言，直到认为世界本身就如语言所述，认为我们自身就如语言所述。然而，人的生物属性是不需要通过语言来体现的，语言所呈现的身份和标签是人类社会独有的，也是可以被改变、被剥离的。语言试图将真实纳入自己的体系，把它变为分析对象，终而不得，却告诉我们那些文字符号就代表了真实，而我们也总是生活在这种自欺欺人的语言骗局里。

既然真实无法被言说，那么在语言认知中，它便是彻彻底底的"无"。基尼亚尔曾经引用过神秀和慧能的一则典故来体现自己对"无"的认识：

> 神秀走向慧能，满脸被压抑的愤怒。
> 他推了推慧能，对他说：
> "身似菩提树，心似明镜台。时时勤拂拭，莫使惹尘埃。"
> 神秀又拍了拍慧能，但是慧能耸了耸肩。他没有去看神秀。他自言自语道：
> "菩提本无树，明镜亦非台。本来无一物，何处惹尘埃。"[①]

代表真实的"无"是"无中生有"的"无"。既然如此，如同"道生一，一生二，二生三，三生万物"一样，以语言建构为基石的现实也是由真实而来的。生命以及与生命息息相关的事物在语言诞生之前就已经存在，它们是自然的产物，不因意识的出现而改变，人类对它们的认识只是语言的片面性描述。语言本身并不具有生命力，只是一具空壳，却试图将生命限定在

---

① Pascal Quignard, *Sur le jadis* (*Dernier royaume* Ⅱ), Paris: Gallimard, 2004, p. 189.

自己的框架结构里，所以基尼亚尔又说："当我们说话时，并非生命的本源在说话：我们只是在装扮它，或者说我们通过它，通过我们自身的遣词造句和语言表达来掩盖其本质。"①他时常表达自己对抛弃无生命的语言（现实）的渴望，以及对回到有生命的真实的向往。在《音乐课》里的第二个故事［《一个马其顿年轻人在比雷埃夫斯港登岸了》（"Un jeune Macédonien débarque au port du Pirée"）］中，作者书写了晚年的亚里士多德对真实的向往：

> 年纪大了，他不再阅读。他热情满满地观察一切活物。最宽广的物，一切思辨的产物，思想尽头的猎物，这就是真实。也许他是第一位现实主义者、第一位动物学家。在皮拉港湾，在米耶萨宫殿的花园，在学园的围墙里，他都在看。天地如一座巨大的 théatron（剧场）。②

并描述了他的死亡：

> 亚里士多德死了。但死去的是那位现实主义者、那位动物学家。他仔仔细细地抛弃了日子、气味、嗓音、自己。即便是变了声的嗓音，他也将其抛诸脑后。变了声的嗓音在不太粗糙、不太失衡的某物里变声。最后被丢下的衣袍，是生命。

---

① 帕斯卡·基尼亚尔：《秘密生活》，王海洲译，上海：上海文艺出版社，2014年，第54页。
② 帕斯卡·基尼亚尔：《音乐课》，王明睿译，郑州：河南大学出版社，2018年，第85页。

　　　　一具躯体忽然腐烂，在沉默中转化。它在变成矿物。走过来的，是真实。①

从现实回到真实的唯一有效途径便是摆脱语言的束缚、抛弃语言附加给我们的身份并拥抱自然界里鲜活的生命。在死亡里，人的躯体化作了自然界的一部分，回到了真实的世界，正所谓"赤条条来，赤条条去"。不过这便意味着，必须以死亡来迎接真正的生命。

　　虽然从现实回到真实的企图在经验范畴中注定是没有实质性结果的，但基尼亚尔从未放弃，似是将此视为延续一生的修行，倔强地明知其不可为而为之，不禁让人觉得"在抽象的概念之下，依然有可能听到这个世界里先祖的粗粝喧闹"②。而寻找这些"粗粝喧闹"大概就是他执迷于词源的一个原因。所以，基尼亚尔经常在作品中剥去语言的皮囊，让人类最原始的呼喊迸发出来。在《小论》的第五卷中，作者先后提及了两个文学片段。第一个片段出自法国中世纪伟大的传奇诗人克雷蒂安·德·特鲁瓦（Chrétien de Troyes）之作《英格兰之王纪尧姆》（*Guillaume d'Angleterre*）。英格兰之王纪尧姆在与妻子重逢的宴会上竟然没有注意到她，却梦见自己在追赶一头鹿，他突然大声叫道："呜！呜！布里奥，鹿跑了！"布里奥是一条猎犬的名字。第二个片段出自普鲁斯特（Marcel Proust）的《追

---

① 帕斯卡·基尼亚尔：《音乐课》，王明睿译，郑州：河南大学出版社，2018年，第89页。
② Dominique Viart, « Les "fictions critiques" de Pascal Quignard », in *Études françaises*, vol. 40, n° 2, 2004, pp. 25–37.

忆似水年华》(À la recherche du temps perdu)，叙述者因想到过世的祖母而泪流满面，大喊道："鹿！鹿！弗朗西斯·雅姆，叉子！"这两个片段在《音乐之恨》中都再次被基尼亚尔提及。基尼亚尔在分别叙述完上述两个片段之后，随即对主人公的话语评论道，"确切来讲，这个示意没有意义"[1]，并认为在第一个片段里，"这声叫喊，在一个句子的空间里，集中起了五件事物：召唤猎犬、猎兔狗的名字、猎人、狩猎、猎物"[2]，而第二个片段里的呜咽则"没有远离英格兰之王纪尧姆的叫喊"[3]。作者在阐释这两个片段的含义时提到真实既非外在亦非内在，也传达出这样一个观点：人类语言的本质与符号和意义无关，只涉及情感冲动，与动物的嘶吼鸣叫并无两样。所以在他书写生命的过程中，鹿、马、山羊、野猪、海龟、乌鸦等各类动物悉数登场，甚至还有人物幻化为动物的传奇情节。虽然我们可以手捧书本获取知识，但是在认识真实方面，基尼亚尔认为只能经由动物的感知来实现：

> 一本书几乎什么都不是，而在一具身体的眼中，它无疑是一种可笑的现实。它不能通往真实，除非借由一些维度，而这些维度只能让苍蝇感动，也许会让蟑螂兴奋，令蛆虫大惊失色。有时候，是一只蜗牛宝宝的眼睛。
>
> 它在真实里引入了一种表面，每一条边都极少超过十

---

[1] Pascal Quignard, *Petits traités* II (Tome V - VIII), Paris: Gallimard, 1997, p. 80.
[2] 同上。
[3] 同上。

二至二十一厘米,厚度不超过一根手指。①

因此,作为早期能够与动物交流的一类人,萨满受到了作者的青睐。我们还将看到,不仅庄子被他称为"萨满",萨满的形象也在作者描述挥舞着小棒的指挥家时重现。用基尼亚尔的话来说,萨满的"旅行关乎真实的空间"②,因为他能够和自然界交流,让动物在自己的体内发出叫喊。这种人与动物合为一体的体验在现代生活中几乎是无法实现的,但做梦给作者打开了一扇门:

> 一部小说不在语言里。因为梦从来都不在语言里。
> 梦不是从语言中诞生的。
> 没有语言的动物在做着梦。③

他将写作视为做梦,借此退行到语言诞生之前的状态,释放被压抑的兽性,去接近语言之外的世界。因此,和普鲁斯特缠缠绵绵的长句不同,他的句子往往是支离破碎、短小精悍的,上下文之间也时常缺乏必要的起承转合,可谓天马行空、火花四射。他不但认可了人类的动物起源,更是将人类社会和人类活动上溯至动物的世界:"狩猎是艺术的本质。/戒备是凝视的本

---

① Pascal Quignard, *Petits traités* Ⅰ (Tome Ⅰ-Ⅳ), Paris: Gallimard, 1997, p. 74.
② Pascal Quignard, *Sur le jadis* (*Dernier royaume* Ⅱ), Paris: Gallimard, 2004, p. 50.
③ Pascal Quignard, *Rhétorique spéculative*, Paris: Gallimard, 1997, p. 186.

质。/饥饿是欲望的本质。/食肉是赞美的本质。"①

　　动物叫声之于人类语言，正如真实与现实、生命与生存。自然本身并不会去"说"，只会"发出声响"。可开化了的人类就是忘了本，"喜欢让薄雾在语言的形式下闭合起来"②。基尼亚尔的这句话与他另一部作品《眼泪》（Les Larmes）中的一个片段遥相呼应。《眼泪》着重描述了书写《斯特拉斯堡誓言》（Serments de Strasbourg）的史官尼哈（Nithard）的生平。《斯特拉斯堡誓言》于公元842年签署，标志着法语首次被用于书写，在法国历史和法语语言文学史上都是一座雄伟的里程碑。在描写签署誓言的场景时，基尼亚尔写道："于是，842年2月14日星期五，临近正午时，在寒冷中，一种奇怪的薄雾从他们的嘴唇上升起。/人们称之为法语。"③ 薄雾化成语言，动物界里无意义的叫喊、喘息和哀嚎变成了被赋予某种特定含义的人类语言。

　　人类将自己从动物中分离出来，与之对立，用语言抹去本性，标榜自身的特殊性，将人性与兽性、文明与野蛮对立起来。可是，正所谓"有无相生，难易相成，长短相形，高下相倾，音声相和，前后相随"，人类所做出的割裂与对立并不符合实际，只会产生自食其果的后果：自身认知的分裂与进退两难，这也是西方二元对立思想在欧洲遭受两次世界大战的炮火之后所凸显的遗毒。基尼亚尔也否认了此种对立，并嘲讽而

---

① Pascal Quignard, *Abîmes*（*Dernier royaume* Ⅲ），Paris：Gallimard，2004，p. 26.
② Pascal Quignard, *Les désarçonnés*（*Dernier royaume* Ⅶ），Paris：Gallimard，2014，p. 78.
③ 帕斯卡·基尼亚尔：《眼泪》，王明睿译，南京：南京大学出版社，2022年，第151页。

无奈地说我们现在生活在中世纪。中世纪，总是让人联想到愚昧黑暗、宗教纷争。反观当今世界，有形的和无形的硝烟也从未止息，"和平"只是不堪一击的花瓶。我们依然可以在人性中发现兽性，在文明里看到野蛮。于是基尼亚尔的作品"在这样一个空间里展开：它向西方的、人道的现代蓝图的意义缺失而敞开，这个蓝图建立在与动物的区别之上。其作品产生的基础是认识论的发展，以及二十世纪的灾难性冲突，这些冲突前所未有地凸显出了野蛮，而非文明的成果"①。野蛮与凶残似乎是刻在现代人骨子里的基因。人类（智人）不仅屠杀与自己不同属的动物，还会残杀其他人种，"毕竟，宽容可不是智人的特色。即使到了现代，不过是因为肤色、方言、宗教等等微小的差异，就足以让智人彼此大动干戈、非要把对方赶尽杀绝。而远古的智人面对的可是个完全不同的人类物种，又岂能期待他们更加宽容？"②一个事实是，"每当他们〔智人〕抵达一个新地点，当地的原生人类族群很快就会灭绝"③。对于人类（智人）的残忍行径，基尼亚尔也多有书写，认为"人类群体不断地想强迫人性剔除自己的源头和源头赋予自己的财产"④。于是，"在语言里寻找翻转的地方"⑤ 便成了基尼亚尔

---

① Jean-Louis Pautrot, « Humain-animal: l'ultime frontière », in *Pascal Quignard. Littérature hors frontières*, Irène Fenoglio et Verónica Galindez-Jorge (dir.), Paris: Hermann, 2014, pp. 21 - 41.
② 尤瓦尔·赫拉利:《人类简史:从动物到上帝》,林俊宏译,北京:中信出版社,2017年,第17页。
③ 同上书,第18页。
④ Pascal Quignard, *Rhétorique spéculative*, Paris: Gallimard, 1997, p. 43.
⑤ Pascal Quignard, « De l'espace », avec Valère Novarina, in *Pascal Quignard ou la littérature démembrée par les muses*, Mireille Calle-Gruber, Grilles Delercq et Stella Spriet (éds), Paris: Presses Sorbonne nouvelle, 2011, pp. 213 - 219.

的一个重要写作动机。翻转到语言诞生之前的世界、人与动物没有区分的世界、灵魂没有脱离身体的世界、真实的世界、生命绚烂的世界。

第二节 原初：生命之始

司汤达说自己想在十九世纪做一个被 1935 年的人阅读的作家，基尼亚尔却俏皮地反向说道："在 1979 年，我写下了一个希望，希望自己的作品被 1640 年的人阅读。"[①] 当世之作被早已离世之人阅读，听着就很奇幻，似是渴望与祖先交流，又似是想来一场穿越。无论如何，这句话都否认了我们习以为常的时间先后顺序。人对世界的认识总是从自身出发，我们也总是以人的标准去度量和衡量自然界。如果没有人，如果人没有开化，万物还会存在吗？当然，而且它们是以"自在"的模样存在着，时间亦然。我们通常认为，时间是一直往前走的，像一条射线，从大爆炸出发，走向未知，直至毁灭或重生。西方人认为，双面神雅努斯（Janus）是一面朝过去、一面朝未来；我们的老话也说"人要向前看"。然而时间的真实面目就是如此吗？现代科学告诉我们，光是能够弯曲的，虫洞或许是存在的，在四维空间里是可以进行时间旅行的……虽然基尼亚尔对生命的看法部分受到科学新发现的影响，但是作为一位非科幻、非纪实的作家，他的写作思想主要还是吸收了人文思潮的观念。

---

① Pascal Quignard, *La frontière*, Paris: Gallimard, 1994, p. 9.

还是那句颠倒了司汤达期待的俏皮话，基尼亚尔对此说："让近日遥不可及，让远方触手可摸。梦，就是说：我为原初写作。"① "无，名万物之始；有，名万物之母。"原初便是这万物之母，它是什么样的呢？"我们的生命没有大地之根，因为原初在水里。"② 基尼亚尔常用大海或羊水来类比原初，生命在其中孕育，从此绵延不绝、奔流不息。岛屿则像胎儿一样漂浮在羊水里，而且始终如此，没有出生，没有离开水中世界，也就没有死亡，没有意识，成了作者眼中的现世天堂。

事实上，没有任何一个文明人能够准确说出原初的模样，因为它和真实一样，是先于语言的存在，是语言之外的世界。无论是偷吃禁果还是开天辟地，东西方文明都以"看见"象征着混沌的结束、光明的到来，随之出现智识。原初是不可见的，不可见意味着没有光。在我们的认知里，"阴暗"和"黑暗"等词语常被用来形容无光的世界。基尼亚尔在《眼泪》中讲了这样一个故事：811 年，有个教堂敲钟人在小酒馆里找乐子，被妻子和同僚抓了现行，当即逃跑，影子却留在了墙上；后来，一位宫廷画师以这墙影子为基础，创作了一幅画，在画中，影子原封不动，被塑造成一片阴暗的源头之水，眼泪汇入其中，回到了诞生地。可是，哪种生命能够亲历自身被孕育的场景呢？有意识的自我又怎能去意识到尚且没有意识，甚至还

---

① Pascal Quignard, « La littérature est le langage qui ignore sa puissance », entretien avec Christphe Kantcheff, in *La Matricule des Anges*, n° 10, 15 décembre 1994 – 15 février 1995, pp. 4 – 7.

② Pascal Quignard, *Les Paradisiaques* (*Dernier royaume* Ⅳ), Paris: Gallimard, 2007, p. 16.

不能被称为"我"的那个生命呢？这既是一个无解的谜题，也是基尼亚尔不竭的创作源泉。

原初在最初的最初，而这最初的最初是一个怎样的时间？它当然是一种已经逝去的时间，却比过去更远。我们可以通过书籍与过去对话，却无法追忆最初的最初。这个时间，基尼亚尔称之为"从前"（jadis）。"从前"是童话的时间："从前有座山，山上有座庙""从前有个国王，每天都要换新衣服穿""从前有个可爱的小姑娘，总是戴着一顶红色的帽子"……似乎没有孩子不爱童话，可长大后的他们很少再去读了，反倒常说"童话里都是骗人的"。然而矛盾的是，给孩子讲童话的正是这些大人。从前与童话虚虚实实，跟刚刚启蒙的孩子们恰好合拍。成熟的大人往往不再相信这些奇幻，却乐此不疲、绘声绘色地向孩子讲述它们，并将这种讲述一代又一代地传下去。或许因为，每个人对自己的来时之处都有一种割不断的情感。虽然基尼亚尔的多数作品不能带来强烈的阅读快感，其本人也总是以一身黑衣示人，但老爷子其实很爱童话。不过他的童话是黑暗系的，是没有经过伦理道德加工的初始童话，更接近此类文本的本来面目——血腥、暴力、死亡、恐惧，因为基尼亚尔寻找的时间从来都不是有意义的时间，后者是语言的产物，前者则反之，并且是体现生命本真的时间。

为什么是时间？基尼亚尔说："没有任何东西从真实中出现，除了不可见的时间。"[1] 有一本特殊的辞典，叫作《野性

---

[1] Pascal Quignard, *Abîmes*（*Dernier royaume* Ⅲ），Paris：Gallimard，2004，p. 184.

辞典：帕斯卡·基尼亚尔》（*Dictionnaire sauvage: Pascal Quignard*），集结了众多基尼亚尔作品研究专家的成果，他们对其作品中的可见与不可见阐释道：

> 可见的世界只是由原子碰撞引发的幻象所织就的一张布。这场原子的冲击也决定了"一切感觉"和"一切看法"。对于基尼亚尔来说，可见受制于符号的制度，它只是一个不可见世界的遗迹，而这个不可见的世界在他的文学思想中更为真实、更为本质。①

可见世界是语言符号构建出的假象，试图遮蔽不可见世界、遮蔽真实，我们只有跳出可见的世界，才有可能认识到生命本身。基尼亚尔提到了这样一个现象："在各处，语言的使用者普遍发现，可见并不足以了解所见。发现可见只有在涉及不可见时才能被理解。"② 就像小王子说的那样，最重要的东西，用眼睛是看不见的。虽然基尼亚尔的创作素材多来自古代，但他并不意图去复兴什么，而是以此为跳板，跳进"先于在经验范畴中有所记忆的人的全体时间"③。这种时间不同于语言世界、可见世界里的时间，它"让人无法理解，正如世界像梦幻

---

① *Dictionnaire sauvage: Pascal Quignard*, Mireille Calle-Gruber et Anaïs Frantz (dir.), Paris: Hermann, 2016, pp. 271-272.
② Pascal Quignard, *Sur le jadis* (*Dernier royaume II*), Paris: Gallimard, 2004, p. 74.
③ 同上书，第233页。

那样"①，它"没有方向，就像它没有刻度一样"②。是普鲁斯特式的时间吗？像，但不完全是。两个人都是任由时间旋涡裹挟着自己四处乱窜，可普鲁斯特是通过感官穿梭在自己或身边人亲历事件的记忆中，基尼亚尔则从自身出发去往远处，飞得既宏大又微小，飞到天边看星辰，飞回脚下观果实，在无拘无束的书写中唤醒生命记忆。在探讨其作品中和原初有关的时间与记忆时，我们需要着重借助亨利·柏格森（Henri Bergson）的时间理论。基尼亚尔攻读博士学位时的选题正与柏格森的思想有关，题为《语言在亨利·柏格森思想中的地位》（*Le statut du langage dans la pensée de Henri Bergson*）③。虽然作者在1968年放弃了学业，但是柏格森的理论对他的创作影响不容小觑。

每个人都有一份自己的"日程表"，或者以24小时制为基准，或者以日月星辰为参照。可是，我们习以为常的时间概念是如何形成的呢？它和我们的关系是怎样的？它的存在是合理的吗？真实与现实各自对应着两种时间：纯粹的时间和空间化的时间。前者是时间本身，后者则是语言世界中的时间，被限定在特定的符号体系里。纯粹的时间又被称为"心理时间"或

---

① 帕斯卡·基尼亚尔：《游荡的影子》，张新木译，南京：译林出版社，2007年，第68页。
② Pascal Quignard, « Pascal Quignard: Écrire n'est pas un choix, mais un symptôme », entretien avec Jean-Pierre Salgas, in *Quinzaine*, n° 565, le 1er novembre 1990, pp. 17–19.
③ Cf., Pascal Quignard, « De la phrase », dialogue, Pascal Quignard et Mireille Calle-Gruber reçoivent Michaël Levinas, in *Pascal Quignard ou la littérature démembrée par les muses*, Mireille Calle-Gruber, Gilles Declercq et Stella Spriet (dir.), Paris: Presses Sorbonne Nouvelle, 2011, pp. 139–145.

"虚幻时间",空间化的时间又被称为"物理时间""实际时间"或"时钟时间"。总体来讲,纯粹的时间是感知与体验的时间,强调生命在时间形成过程中的参与;空间化的时间则指科学计数法所呈现的有明确标识和计量的时间。纯粹的时间是内在感觉,因个体经验的差异而有不同,并随着生命体验的累积而变化。空间化的时间则是外在的显露,因为广泛用于各种生产活动,所以具备唯一性和稳定性,是高度组织化和秩序化的产物。这两种时间我们都在经历,只是纯粹的时间看不见摸不着,空间化的时间被显示在钟表上。借用爱因斯坦的著名比方,对纯粹时间的体验就是"一个男人和美女对坐一个小时,会觉得似乎只过了一分钟,但如果让他坐在火炉上一分钟,那么他会觉得似乎过了不止一个小时"。

苏珊·朗格（Susanne K. Langer）在其代表作《情感与形式》（*Feeling and Form*）中对心理时间和物理时间进行了详细的对比和分析,指出现代科学时间是"'时钟时间'的系统提纯",但"并非唯一的可能时间"[1]。物理时间是被符号化的时间,虽然具有高度的抽象性,但也因此丧失了有趣性[2],而有趣性则是由生命个体的差异性带来的。采用空间化的时间是工业革命给人类带来的一个重大变化,让整个世界的所有人都按照同一套时间标准体系行事,并且每个人的行动都被牢牢地捆绑在这套时间体系上。尤瓦尔·赫拉利（Yuval Harari）说：

---

[1] 苏珊·朗格：《情感与形式》,刘大基、傅志强、周发祥译,北京：中国社会科学出版社,1986 年,第 130 页。
[2] 参见苏珊·朗格：《情感与形式》,刘大基、傅志强、周发祥译,北京：中国社会科学出版社,1986 年,第 130 页。

"一般人每天会看上几十次时间,原因就在于现代似乎一切都得按时完成。"① 居伊·德波(Guy Debord)则认为这"是经济生产的时间,是切割成等份的抽象碎片时间"②,而作为时间自然基础的"时间流逝的感性资料"③ 则变成了社会性的东西。在基尼亚尔这里,空间化的时间被称为"社会时间":

> 社会时间既不是线性的,也不是循环的。它既是双极的,像两性一样,又是对立的,像使它自己成为可能的语言一样。
> 社会时间对立起了赞美和违抗、安静和喧闹、个体和集体。每个人的生活都首先处于由规则制成的一系列节点中,以无序为节奏。这些无序,这些冲动,是鲜血的流淌,是欢腾。④

不同于其他学者从科学、工业和经济的角度对物理时间做出阐释,基尼亚尔的出发点是语言。虽然他说社会时间具有双极和对立两种特点,但实质上都源自二分法,认为语言对时间进行了挑选,它"标记了表示先前、之后、同时的行动。我们说过去、将来、现在。我们可以说完成、最近将来或者

---

① 尤瓦尔·赫拉利:《人类简史:从动物到上帝》,林俊宏译,北京:中信出版社,2017年,第335页。
② 居伊·德波:《景观社会》,张新木译,南京:南京大学出版社,2017年,第93页。
③ 同上书,第103页。
④ Pascal Quignard, *Abîmes* (*Dernier royaume* Ⅲ), Paris: Gallimard, 2004, pp. 31–32.

将来"①，又说"如果时间性没有用叙述方式说出，它就不能成为人类的时间性。意即行动、真实、情节、狩猎场景——如此已是一段口头叙事。但真实的行动并不能够被体验、'被实现'，除非它自己也被视为猎物在被寻找，除非它以口头寻觅、以叙述性狩猎的形式被抓住"②。虽然我们知道奥妙和玄机总是"只可意会不可言传"，比如《功夫熊猫》里的阿宝最后得到的家传面条秘方和功夫秘籍都是"无"，但是人类文明发展到今天，简单的肢体语言和眼神早已无法满足我们对便捷性、准确性和高效性的追求。即便这最原始的交流方式如今依然能够达到一定的交流目的，但与人类社会的复杂程度和现实需求相比，着实不匹配。于是出现了这样一个悖论：我们明知对生命本身来说语言是个累赘，可身处现代社会，不得不戴上这具枷锁；明知终极之处不可言说，却只能借助语言去表达。使用语言是个将事物外显、赋予其意义的过程，也就是让万物"可见"。时间，作为一种无形无色无味的存在，被语言驯化成可见的指针，它不再是于各类介质中自由穿梭的精灵，而是被囚禁在玻璃罩里围着一个小黑点绕圈的拉磨驴，随着电量的不足和充满、仪器的损坏和更新而死亡、重生。其结果就是，"抓紧时间""珍惜时间""死线是唯一生产力""时间就是金钱"等一系列将时间量化、将人的活动限制在那条虚拟射线上的表述层出不穷。这的确保证了社会机器的有效运转，我们在社会时间的鞭策下也的确能够得到某些收获和成就感。然而，又有

---

① Pascal Quignard, *Abîmes* (*Dernier royaume* Ⅲ), Paris: Gallimard, 2004, p. 32.
② 帕斯卡·基尼亚尔：《音乐课》，王明睿译，郑州：河南大学出版社，2018年，第55—56页。

多少人能够隔三岔五地享受时光呢？在各行各业的内卷形势日趋严重的今天，这个问题的答案并不明朗。

可是，"体验"是人最本能、最直接的经验感受，对未来进行数字化和模型化的预计反而可能会影响人的个体成长与对事物的判断。亚里士多德说，人是政治动物。而我觉得，人还是"不听老人言，就爱吃亏在眼前"的经验动物，总是要亲自去尝试、去体会之后才对老人言彻底信服，否则历史怎会翻来覆去地上演？而纯粹时间的本质便是"经过"，是主体在当下的感觉，并且不断处于被塑形的过程中，不会被定性，直至主体消亡。对于基尼亚尔来说，体验这种经过是幸福的："对于时间而言，只有一种方向：过路人的过去。只有浇灌在过路人身上的过去。/也许不能说过去在前进或者将来在倒退。应当说过去在增加。幸福在上升。"① 与此相反，"经过"在空间化的时间中不是必需的，因为这种时间的制定并不考虑心理因素，它是"纯粹的、单一的、可当作一维体系看待的"②，只在长度上进行衡量，无视在时间内部展开的事件，将活动抽象为一条线。纯粹的时间则是立体的，包含了丰富的内容，主观性较强，它的形成不是若干事件的简单叠加，而是有赖于各事件之间的张力。这种张力的变化是无穷无尽的，使得个体对时间的感知也不是唯一的，所以作者说："时间——时间的无常气象——也许是生命中最原始、最独有的特征。"③

---

① Pascal Quignard, *Sur le jadis* (*Dernier royaume II*), Paris: Gallimard, 2004, pp. 89–90.
② 苏珊·朗格:《情感与形式》，刘大基、傅志强、周发祥译，北京：中国社会科学出版社，1986年，第131页。
③ Pascal Quignard, *La Suite des chats et des ânes*, avec Mireille Calle-Gruber, Paris: Presses Sorbonne Nouvelle, 2013, p. 125.

柏格森提出的"绵延"(la durée)就是与纯粹的时间有关的一个概念。他首先指出,我们在谈论时间时,通常指向的是一种"纯一的媒介"①,也就是空间化的时间。在这个纯一的时间里,若干个意识状态"在其中构成无连续性的系列"②,它们被割除了相互之间的张力,像空间中的物体一样被排列在一条线上,可以被简化成某个符号而不考虑实质性的内容。在这样的时间中,我们可以将事物区分开来并加以计算,因此纯一的时间实质上"不过是空间而已"③,而我们"只有从物理时空维度渐渐离去,才能进入内在时间的领域"④。恩斯特·卡西尔(Ernst Cassirer)在著作《人论》(*An Essay on Man*)中同样提到了时间问题:"有机生命只是就其在时间中逐渐形成而言才存在着。它不是一个物而是一个过程——一个永不停歇的持续的事件之流。在这个事件之流中,从来没有任何东西能以完全同一的形态重新发生。"⑤ 基尼亚尔也认为,空间投射出的时间表现为一种延长的线性形式。⑥

我们常说"时空",常说"时间与空间",却习惯于将时间空间化,热衷于将"空"实体化,或是满足自身的控制欲,或是消除对虚空的恐惧。然而,认识纯粹时间的第一要务就是将

---

① 柏格森:《时间与自由意志》,吴士栋译,北京:商务印书馆,1958年,第67页。
② 同上书,第66页。
③ 同上。
④ 于润洋:《现代西方音乐哲学导论》,北京:人民音乐出版社,2012年,第134页。
⑤ 恩斯特·卡西尔:《人论》,甘阳译,北京:西苑出版社,2003年,第86页。
⑥ *Cf*., Pascal Quignard, *Les Paradisiaques* (*Dernier royaume Ⅳ*), Paris: Gallimard, 2007, p. 69.

空间概念从时间概念中剔除，前提是分辨出"陆续出现"和"同时存在"。对时间进行去空间化，让纯粹的时间显现出来，就是在时间中去除视觉的干扰，去除语言、理性思维和抽象思维的干扰，在内心感知时间，而非从外部处理时间。柏格森列举了钟摆的例子对此进行阐释，认为我们虽然可以对绵延内部的先后瞬间进行计算和叠加，但这并不意味着时间和空间是一样的。在一分钟里，钟摆会摇 60 次。如果将这 60 次视为在空间里发生的事件，则类似于一条直线上相同的 60 个点，我们观察其中某个点时，并不受前一个点的影响，因为空间没有保存前一次摇摆留下的痕迹。换言之，若在空间中观察这 60 次摇摆，我们的视野永远都只能停留在当前的观测点，此前的所有摇摆与其代表的过去都只是与现在毫无关联的存在。出现这种情况的原因在于，空间里的事件是通过一次知觉呈现的，它们只能同时出现，而非陆续出现，彼此之间是相互独立的外在存在。如果我们在考察当前这个点的时候，心里还保留着前一个点的影像，则这两次摇摆的影像位置关系无外乎并排置列和重叠。并排置列的本质是将这两个点看作一个点来处理，于是又回到了空间中事件彼此外在的情况。而重叠则否认了彼此外在，摒弃了作为纯一媒介的空间，以纯绵延的形象进入时间。时间与空间不同，它不是计量式的，而是性质式的、连续性的非纯-媒介。钟摆摇动所产生的催眠效果不是单次摆动能够产生的，无论某次摆动处于一系列摆动的哪一个位置，都无法独自达到催眠效果。但一系列的钟摆摇动能够将人催眠，是因为在时间中，每次摆动都会留下余迹，于是连续性的效能发挥了出来，并影响下一次摆动在人的心中所引起的感觉，所以是摆动的累积产生了催眠的效果。①这个例子形象地证明时间不是纯一的媒介,空间的广度和时间的绵延也是不可以互相置换的,因为物质和意识在本质上具有根本性的不同:"彼此外在"是物质的特征,存在于空间之内,同一个空间里的各物质是"同时存在"的;"互相渗透"则是意识的特征,属于时间的范畴,意识在时间里通常是"陆续出现"的。一旦时间是纯一的,意识就会变成物质性的实体,意识之间的关系也会相应地由相互渗透变为外在于彼此。又由于"物质的东西是外于彼此的,同时又是外于我们的,并从媒介的纯一性上得到这两种外在性,这媒介把它们隔断起来又把它们的轮廓衬托出来"②,所以意识变为物质实体就会导致意识外在于我们、外在于产生意识的主体,绵延之说也就无从谈起,这种结果与意识的实际情况是不相符的。如果在时间里引入空间,实际上就是把心理时间简化为物理时间,而物理时间却不过是"空间的鬼影在思索意识上作祟"③,它契合的是"把地球上的感觉材料和运动化为数学符号的现代理想"④,剔除绵延也成了将时间空间化的关键步骤。

简单来说,基尼亚尔作品中的两个时间关键词——"从前"与"过去"——分别对应着纯粹的时间和空间化的时间。不过还得先了解一下柏格森的记忆理论,对这两个概念的理解

---

① 参见柏格森:《时间与自由意志》,吴士栋译,北京:商务印书馆,1958年,第77—78页。
② 柏格森:《时间与自由意志》,吴士栋译,北京:商务印书馆,1958年,第72—73页。
③ 同上书,第73页。
④ 汉娜·阿伦特:《人的境况》,王寅丽译,上海:上海人民出版社,2017年,第210页。

方能更为清晰,因为过去是我们记得并可以复述出的时间,而从前虽然也是我们记得的时间,但是它不能够被语言描述出来。

柏格森在《材料与记忆》(Matière et mémoire)中建立了一个经典的圆锥体模型(图一)。根据柏格森的说明,圆锥体

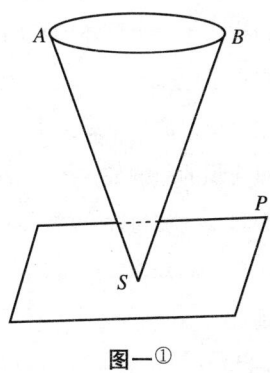

图一①

SAB 代表个体的全部记忆,其底部 AB 位于过去,是固定不动的;其顶点 S 始终表示个体的当下,它在不断向前移动,同时不断地与可移动的平面 P 接触,而平面 P 则代表个体的实际表现。于是可以发现,圆锥体的高度会随着时间的推移而增加,其体积也随之增大。但在这两个同时进行的变化中始终有一个不变的量:圆锥体的底面。柏格森说:"我们让自己脱离感觉和运动状态而生活在梦境中的时候,往往会将自己散布在 AB 平面上;而我们更牢固地与当前现实联系在一起并且对感觉刺激做出运动反应的时候,则往往会将自己浓缩在

---

① 柏格森:《材料与记忆》,肖聿译,北京:北京联合出版公司,2013 年,第 140 页。

S 点上。"① 从时间维度看，AB 平面和 S 点分别代表过去和当下。根据弗洛伊德的理论，组成梦境的基本元素来自已经历过的事件。所以，从这个角度来看，AB 平面和 S 点分别代表梦境与现实。不过，AB 平面并非梦境素材的唯一来源，AB 平面与 S 点之间的整个锥体部分都可以成为梦境的素材来源。AB 平面与锥体主体的区别在于：AB 平面不仅代表着过去，而且是最初的过去，构成了整个锥体的基础；锥体的主体虽然在个人经验的范畴中占了绝大部分，但它是可变的，AB 平面却是不变的，是从这个恒定的量中诞生出了此后的一切。而在梦境素材来源中，对意识的影响最大的部分正是源自最初的过去。此外，与过去和将来的相对性一样，梦境与现实也是以现时为参照系而言的：现时的梦境曾经是现实，此刻的现实也会在将来的梦境中出现。

和对纯粹的时间与空间化的时间进行区分一样，我们在此需要区分出两种记忆：形象的记忆和习得的记忆。形象的记忆"记录我们日常生活中各个时间发生的全部事件；它不忽略任何细节；它保留着每个事实、每个姿态的时间和地点。它不考虑实用性和实际用途，只是出于自身性质的必然性把过去保存起来"②。这种记忆是与生俱来的，柏格森之所以用"形象"将其命名，意在指出它和语言行为无关，而且先于语言出现，是直接印在脑海里的。习得的记忆是形象的记忆与重复性活动相结合的产物。此处谈论的重复性活动不仅在过程上是每次相同的，在结果上也是如此。当重复性活动积累到一定

---

① 柏格森：《材料与记忆》，肖聿译，北京：北京联合出版公司，2013 年，第 151 页。
② 同上书，第 64 页。

程度时，记忆就会把它固定成一种模式，以后再出现同样的情况时，大脑就会做出应激反应，给出事先准备好的对策。形象的记忆由此转变成了习得的记忆，感性的直觉也相应地变成了理性的认知。从严格意义上讲，习得的记忆并不是一种记忆，因为它只是"将形象的使用效果延伸到了当前之中"①。更确切地说，它是一种习惯。

与空间化的时间取代了纯粹的时间一样，习得的记忆会不断抑制形象的记忆，因为在人类社会中，它较之后者更具有可操作性，更能有效地转化为实际性的应用。习得的记忆存储与提取的方式和语言的组织结构是一致的，这保证了它具备系统性和逻辑性，也是它便于使用的重要原因。这两种记忆呈现过去的方式是不同的：习得的记忆"受行动的支配，位于当前意识中，并且只顾及未来"②，它在"表演（act）我们的往日"③；而形象的记忆则是自然发生的、面向过去的，它在"表现（represent）我们的往日"④。在基尼亚尔看来，"记忆纯粹是一种语言现象：话在嘴边却说不出的经验揭露了记忆的性质和它的不稳定性"⑤。而"如果说记忆是语言的，那么它就只能将语言的事实和意识联系起来。它总是捉不住语言之外的事物"⑥。这种记忆指的就是习得的记忆。除了为习得的记忆提供经验，形象的记忆中还有一部分用于梦象。弗洛伊德也表

---

① 柏格森：《材料与记忆》，肖聿译，北京：北京联合出版公司，2013年，第65页。
② 同上。
③ 同上。
④ 同上。
⑤ Chantal Lapeyre-Desmaison, *Mémoires de l'origine: un essai sur Pascal Quignard*, Paris：Les Flohic, 2001, p. 79.
⑥ 同上书，第84页。

示,"视觉意象组成我们梦的重要部分"①,并且梦的内容都是可以被记住的。但是,我们在清醒状态下只能用语言思维将其复述,这种复述往往曲解了梦的本意。而当我们可以通过语言之外的形象来重现梦境时,却又回到了梦里。形象的记忆中有一部分内容是语言无法表述的,因为该部分只能通过形象被个人体验到,而不可被转换成概念性的语言。因此弗洛伊德说:"我们知道而且记得一件在清醒时不知道的事。"②

在基尼亚尔的作品中,有一个关键词对应上文里锥体模型中 AB 平面所代表的最初的过去,这就是"从前",也是原初所在的时间维度,他的作品"考察了从前这一持续作用于人类的、远古的外部-时间"③。

我们可以将基尼亚尔作品中的"从前"和"过去"分别视为"原初的时间"和"开化的时间"。他将这两者明确地划分开来,原因有二。首先,"从前"与"过去"的关系有如母体与个体,后者诞生于前者,是两个不可混淆的概念,而我们则是"不可见的先前的嫩苗"④。此处的母体并非指某个人的"母亲",而是指所有个体的母体,是没有经历过个体成长的母体。在柏格森的锥体模型上,表示"从前"的是一个面,表示"过去"的则是一个体,两者之间存在本质上的区别,并且后

---

① 弗洛伊德:《梦的解析》,周艳红、胡惠君译,上海:上海三联书店,2007年,第17页。
② 同上书,第6页。
③ Jean-Louis Pautrot, « Humain-animal: l'ultime frontière », in *Pascal Quignard. Littérature hors frontières*, Irène Fenoglio et Verónica Galindez-Jorge (dir.), Paris: Hermann, 2014, pp. 21 – 41.
④ Pascal Quignard, *Sur le jadis* (*Dernier royaume II*), Paris: Gallimard, 2004, p. 29.

者也是在前者的基础上建立起来的。其次，基尼亚尔总是说，"我们可以改变过去，却改变不了从前"①。正如上文所述，模型中的 AB 平面是一个恒定的量，而锥体的高度和体积却都是时刻在变化的。在他看来，导致这个区别产生的关键在于有无语言。作者有时也将"从前"称为"第一次"（la première fois），并说"第一次是没有经验的。它是没有语言的"②。而过去则是由语言塑造的、可被描述的时间。时间原本不是流逝的，而是一个场，时间的流逝只有在具备语言能力的情况下、在离开真实世界的情况下才能够被觉察到。语言不是被指称的对象本身，而仅仅是一个差强人意的替代品，会根据不同的需要改变指称对象被显示的角度。因此，被语言描述的过去也会由于叙述者的视角不同而呈现出截然不同的形态。基尼亚尔说："'现在'是从教给新生儿的语言中诞生出来的一种新的器官。在与书写的页面结合之后，它展开了一种新的空间，人们称之为'历史'。"③ 在作者看来，由语言构造出的历史是具有虚构性的，他也经常在作品中书写历史。但"从前"则是语言之外的存在，因而也是不可被更改、不可被驯化的：

　　有一种不可驯化之物，我称之为从前，我把它与过去相互对立，像喷发的火山熔岩冲涌而出，摧毁了坚固的地

---

① Pascal Quignard, *Sur le jadis* (*Dernier royaume II*), Paris: Gallimard, 2004, p. 17.
② Pascal Quignard, *Abîmes* (*Dernier royaume III*), Paris: Gallimard, 2004, p. 85.
③ Pascal Quignard, *Sur le jadis* (*Dernier royaume II*), Paris: Gallimard, 2004, p. 17.

壳，较之已经沉淀的久远爆发更为新近。有一种事物，它没有语言上的性、数和格的变化。①

从现代观点来看，"从前"并不是一个严格意义上的时间概念，因为那时"时间尚未开始"②。那是"时间的暗夜"，"无形，不定，无穷，无限，是不定的过去时"③。正是在这样有无限可能的非理性时间里，才会诞生"从前有一天"的神话、传奇与童话。

简而言之，在基尼亚尔笔下，从前是单数的，过去则是复数的。我们可以将柏格森的锥体模型扩展开去，也同样适用于这个观点。如图二所示，锥体 SAB、$S'AB$ 和 $S''AB$ 共用同一个底面，但是由于倾斜角度不同，构成了不同的锥体。此外，随着高度的增加（时间的流逝），这三个锥体重合的部分（相

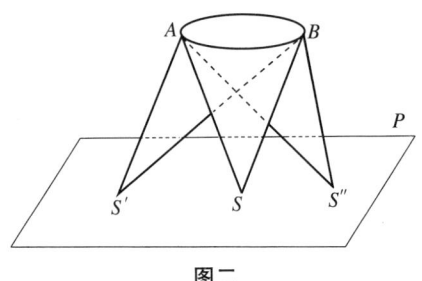

图二

---

① Pascal Quignard, *Les Paradisiaques* (*Dernier royaume* Ⅳ), Paris：Gallimard, 2007, p. 271.
② Philippe Forest, *Le chat de Schrödinger*, Paris, Editions Gallimard, 2013, p. 63.
③ Pascal Quignard, *Abîmes* (*Dernier royaume* Ⅲ), Paris：Gallimard, 2004, p. 215.

同的经验）越来越少。换言之，语言的出现致使感知和认知在不同的主体身上得到不同的体现，生活体验在不同个体的描述中也各有不同。

在基尼亚尔的文字中，真实和原初，一个是生命之本，一个是生命之始。前者是个难题，后者是个谜团，作者在文学创作中寻找答案、寻找谜底。基尼亚尔一面享受着今日获取文化知识的便捷性，一面又试图逃离语言在现代社会的方方面面中所带来的压迫感，在书写生命的过程中与自我和解。现实作为语言的产物，是真实的对立面，是失真的存在。可以说，现代社会中的所有人都是失真之我，是由语言建构的表象的自我，掩盖了真实世界中基本的自我。我们很少会通过显性的、明确的空间化自我去探寻隐性的、不定的时间化自我，因为表象的自我不但易于辨识，而且对于日常生活的展开似乎也没有构成不可逾越的障碍，"这种被折射了的、因而被切成片段的自我远较符合一般的社会需要，尤其符合语言的需要"[1]。在语言的渗透下，我们"把基本的自我逐渐忘记干净"[2]，生命的历程也被简化为一张个人信息表，浓缩成了从出生年月日到死亡年月日的那一条线段。可是，谁都不愿意承认这就是自己充满了酸甜苦辣、嬉笑怒骂的生命。我们虽然基本上一辈子都被束缚在空间化的时间里，却不愿意认同这个语言规则的产物所呈现出的生命，因为在我们身上，纯粹时间和形象记忆一直都在，原初的集体记忆也永远都在，支撑着吵吵嚷嚷的巴别塔屹

---

[1] 柏格森：《时间与自由意志》，吴士栋译，北京：商务印书馆，1958年，第95页。

[2] 同上。

立不倒。基尼亚尔也相信,"事物在自己的名字里从未完全脱离真实"①。在他的笔下,音乐"从多个角度体现了一个秘密:所失之物的永久性,我们身上古老之物的永久性"②,历经千百年沉沉浮浮的塞壬之歌重现生机。

---

① Pascal Quignard, *Sordidissimes* (*Dernier royaume V*), Paris: Gallimard, 2007, p. 143.
② Jean-Louis Pautrot, *Pascal Quignard ou le fonds du monde*, Amsterdam-New York: Éditions Rodopi B. V., 2007, p. 82.

第二章　塞壬的复仇

文学与音乐的渊源由来已久，书写音乐或以音乐结构谋篇布局的作家数不胜数，亦不乏借此抒怀叙志者。基尼亚尔写音乐自是与个人经历有关，但远不限于此：他从神话出发，视野推向人类文明的过去、现在和未来。塞壬、俄耳甫斯、尤利西斯、布戴斯、日神阿波罗、酒神狄奥尼索斯、酒神的女祭司、酒神的从神林神潘（Pan）……这些神话人物都是基尼亚尔爱写的对象，他们几乎个个家喻户晓，从古至今的相关改编也是浩如繁星。他们原本各有各的经历，彼此之间虽有些许交集，但是神话本身并没有把他们全部紧密地联系在一起。基尼亚尔却别出心裁地从音乐角度将他们有意无意地安排在了一个相对完整的体系里，该体系的核心就是塞壬。塞壬是人首鸟身的女妖，基尼亚尔把她们的天籁之声视为对生命本真的召唤，以上各神话人物则分别走上了与之对抗或应答的道路。在他的文字中，"塞壬这一持续不断的主题，用一根统一的线在作品之间游走，这根线在本质上关乎令人心醉神迷的幽暗之歌"[1]。塞

---

[1] Laurence Plazenet, « Poème obscur : le grec et la littérature grecque dans l'œuvre de Pascal Quignard », in *Éclats de littérature grecque d'Homère à Pascal Quignard : Mélanges offerts à Susanne Saïd*, Sandrine Dubel, Sophie Gotteland et Estelle Oudot (dir.), Nanterre : Presses universitaires de Paris Nanterre, 2012, pp. 313 - 366.

壬的歌声究竟有何种魅力与象征，使作者把它安排在如此重要的位置？

第一节 塞壬之歌

在史诗《奥德赛》中，荷马对塞壬之歌的详细描述使之成为一个经典的原型。几千年来，无数文人都对此做了阐释与延伸，塞壬的形象以及塞壬之歌的内涵也在不断与多样的移位活动中得到了丰富的发展。但是，无论移位的程度多大，塞壬之歌的本质特征却没有变化：不可抗拒。在《奥德赛》里，有关塞壬的叙述出现在尤利西斯在特洛伊获胜之后的归途中，女巫基尔克（Circé）告诫尤利西斯：

> 你会首先遇到女仙塞壬，她们迷惑
> 所有行船过路的凡人；谁要是
> 不加防范，接近她们，聆听塞壬的
> 歌声，便不会有回家的机会，不能
> 给站等的妻儿送去欢乐。
> 塞壬的歌声，优美的旋律，会把他引入迷津。
> 她们坐栖草地，四周堆满白骨，
> 死烂的人们，挂着皱缩的皮肤。[①]

依迪丝·汉密尔顿（Edith Hamilton）也有类似记载："基尔克

[①] 荷马：《奥德赛》，陈中梅译，上海：上海译文出版社，2016年，第223页。

警告他,他们会路过塞壬的岛屿,她们甜美而和谐的嗓音会让听到的人们忘记一切,将他们最终带向死亡。被她们引向死亡的白骨堆积在海岸上,围绕着她们,而她们则在海岸上日夜歌唱。"① 塞壬之歌具有不可抗拒的诱惑力,进而导致听者死亡。所以基尼亚尔认为,这些"唱着歌的鸟儿几乎不会顾及听自己唱歌的生物"②,而且在塞壬之歌的魔力之下,"一切活物都遭受着被声音之海吞没的威胁"③。

不过,至于塞壬为什么要唱出具有致命诱惑力的歌声,关于神话的经典之作里似乎并没有给出解释或者暗示,诸多改写也往往更关注塞壬之歌所导致的后果,以及塞壬女妖本身有多么邪恶。基尼亚尔却盯上了这一点。远古时期,人类祖先在捕猎时往往会借助工具模仿捕猎对象的叫喊声,以此引诱对方并将其捕获。基尼亚尔将此类工具统称为"诱鸟笛"(appeau),颇具人类学意味地说第一首人造音乐就是"用于捕猎的诱鸟笛哨子发出来的"④。或者,人们利用已被捕捉的野生动物,将它们捆绑起来,让它们因饥饿和恐惧而叫喊,最终将它们的同类引到人类的网兜里。作者称这种动物为"召唤者"(appelant),而"在最初,音乐意味着同类被召唤后的遇难"⑤。无论是诱

---

① Edith Hamilton,*La mythologie*,由 Abeth de Beughem 译自英文,Alleur (Belgique):Marabout,1997,pp. 274 - 275。
② Pascal Quignard,*Critique du jugement*,Paris:Galilée,2015,p. 249.
③ Pascal Quignard,*La haine de la musique*,Paris:Gallimard,1997,p. 181.
④ 同上书,第 168 页。
⑤ Pascal Quignard,*Abîmes* (*Dernier royaume* Ⅲ),Paris:Gallimard,2004,p. 161.

鸟笛还是召唤者，它们都是人类智慧的产物，却产生了一个"反"人类的效果：最终都将人类技能拉回最原始的满足生存需求的方式，也就是捕猎。所以"诱鸟笛和召唤者都在歌声中呼唤那声音的发送者。音乐的宗旨丝毫不在于让听者走近一个人类圆环，而是进入一个仿制的动物圆环"①，人类也从未走出本性的驱使。在这场捕猎中，人类作为声音的发送者始终都在窥视自己的听众——猎物。于是基尼亚尔将音乐视为一种有关"狩猎和捕食的原始活动"②，而作为驯化者的诱鸟笛驯化了召唤者，音乐因此"稳固了驯化"③，继续施展淫威。这门艺术是一支"引向死亡的诱鸟笛"④，带有狩猎的基因："音乐关乎先于人类的有声世界，可以说那是动物的世界。音乐因此反映出人类有声空间的对立面，即反映出对狩猎的回忆。这个回忆嵌刻在人类记忆中，像隐藏在深处的声音影响。"⑤

塞壬看着自己的同类被人类利用、诱杀，于是产生了本能的冲动：复仇。基尼亚尔的视角颇有新意，认为塞壬选择用歌声复仇是在以其人之道还治其人之身："鸟儿们用超自然的歌

---

① Pascal Quignard, *La haine de la musique*, Paris: Gallimard, 1997, p. 170.
② Jean-Louis Pautrot, « De *La Leçon de musique* à *La haine de la musique*: Pascal Quignard, le structuralisme et le postmoderne », in *French Forum*, vol. 22, n° 3, September 1997, pp. 343 - 358.
③ Pascal Quignard, *La haine de la musique*, Paris: Gallimard, 1997, p. 171.
④ 同上书，第 181 页。
⑤ *Dictionnaire sauvage: Pascal Quignard*, Mireille Calle-Gruber et Anaïs Frantz (dir.), Paris: Hermann, 2016, p. 250.

声把人吸引到自己堆满骸骨的栖息地,人们用人造的歌声把鸟儿吸引到自己堆满骸骨的栖身地。"① 人类捕捉动物时模仿的是其同类的叫声,塞壬引诱人类时所唱的歌声则是他们业已失去并永不会复得的歌声,而这种歌声来自生命本真,来自从前。塞壬的复仇动机对人类而言是一种提醒,提醒他们不要忘记自己原本也是最基本的食物链中的一员,既有能力去捕食,也有被捕食的危险;也在提醒他们记住自己最初的生命状态是融入自然、顺应自然而为,但今日的人类在引以为傲的文明进程中越来越背离自己的本性,并且朝着异化的方向而去。

塞壬之歌不可抗拒的诱惑力其实意味着人们希望能够再次拥有已被埋没许久的真性情,否则人类也不会如此痴迷这歌声,而最终结局也算是愿者上钩。人类听塞壬之歌的欲望"跟无尽的所失有关"②,所以前赴后继地朝那片死亡之地涌去。"我心想聆听,带着强烈的欲望。"③ 这是尤利西斯听到塞壬之歌后对同伴们所说的感慨,内心的空洞激发了去寻找的欲望。在《奥德赛》里,塞壬在引诱尤利西斯时没有说"来我们的岛屿上吧""来我们的海滩上吧"等指出现实地点的话,只是说

---

① Pascal Quignard, *La haine de la musique*, Paris: Gallimard, 1997, p. 167.
② Pascal Quignard, *Abîmes*(*Dernier royaume* Ⅲ), Paris: Gallimard, 2004, p. 57.
③ 荷马:《奥德赛》,陈中梅译,上海:上海译文出版社,2016 年,第 229 页。

了一句简单的"过来吧"[①]。塞壬通过歌声引诱水手们不断地缩小与自己之间的距离,距离小到极致时的最终状态被基尼亚尔称为"去个体化"(désindividuation):"我认为可以将变成'这儿'的'那儿'称为'去个体化'。/'去个体化'是对容器的认同。"[②] 被称为"这儿"的容器便是塞壬之岛,它是生命本真的所在之处。塞壬之歌则是来自生命本真的召唤,吸引作为容物的生命失真者回到作为容器的生命本真。容物与容器合二为一,不仅意味着容器吸收了容物,更意味着容物本就是容器的一部分,最终的合体则是容物回归的一种形式,像是一滴海水被蒸发到云层之后,通过降雨的方式回归故里。借用海德格尔的话来讲,生命失真者便是沉沦后的人,以非本真的状态生存着。不过,生命失真并非生命本真的对立面,而是失去了一部分本真状态,也正是那一部分留存的本真状态支撑着人类生命的延续,如若不然,也许这个蓝色星球上将迎来一个全新的文明。在失真的生命中,本真便是我们时不时挂在嘴边、每晚在梦中浮现的"无意识",它虽然在显性的失真状态中被弱化甚至是被遗忘,但始终就在那里,在我们迷茫之时指出一条明路。"这儿"与"那儿"的指称也揭示了这一点。作者将容物称为"那儿",暗示了疏远性,被称作"这儿"的容器则具有亲密性。容器是我们的根源,容物是我们从容器中分离之后的形态。但无论容物离开容器多久、多远,都会回到与自己藕断丝连的容器之中。

[①] 荷马:《奥德赛》,陈中梅译,上海:上海译文出版社,2016年,第228页。
[②] Pascal Quignard,*Boutès*,Paris:Galilée,2008,p. 67.

第二章 塞壬的复仇

图三①

基尼亚尔之所以将塞壬之歌视为来自生命本真的召唤，不仅由于歌声不可抗拒的吸引力，也在于塞壬的鸟类形象。在他创作的一幅以《布戴斯》为题的绘画中，他将塞壬展现为一只乌鸦（图三），因为乌鸦是夜晚的化身，是死亡的伴侣。② 而鸟是一种在空中飞翔的动物，被他视为飞翔的灵魂：

空间里鸟儿们的世界不仅比胎生哺乳动物的世界更古老，而且比人类世界崇高得多。
那里，耳朵抛弃了面庞，消失在空气里；
那里，手指离开了臂膀，长出羽毛，像圆形的船桨一

---

① Pascal Quignard, *Sur le désir de se jeter à l'eau*, avec Irène Fenoglio, Paris: Presses Sorbonne Nouvelle, 2011, p. 261.
② Cf., Stéphanie Boulard, « Les oiseaux de Pascal Quignard. Écrire, danser, mourir-rêver d'ombre et d'oubli », in *Pascal Quignard. Translations et métamorphoses*, Mirelle Calle-Gruber, Jonathan Degenève et Irène Fenoglio (dir.), Paris: Hermann, 2015, pp. 419 - 434.

样铺展开来；

　　那里，灵魂在飘动，于尘世之上静静地盘旋，而栖息已不再必需。①

在古希腊，陶器艺人常在陶器上绘制一种鸟的图案。这种鸟象征着古埃及人的"巴"。古埃及人认为人有四种灵魂：卡、巴、科胡和沙胡。卡和人同生同死，是灵魂的外显；巴是人死之后的灵魂，能够飞向天堂，所以它的形象是人首鸟身；科胡是人死之后与神同在的灵魂；沙胡则是人死之后留在世间的虚体。所以作者说"在希腊，气息（psychai）被视为鸟儿"②，又说"巴是内心的鸟儿，人面人手，是气息的追寻者。它离开肉身，与木乃伊相会。古埃及人的巴类似于古希腊人的气息。实际上，人面鸟巴的图案被希腊陶器手艺人细致地表现了出来，用以在瓦罐上绘出引诱尤利西斯的塞壬女妖"③。飞向天堂的灵魂脱离了肉体，也脱离了尘世间的失真状态，朝着归真的方向而去。塞壬之歌是"一种召唤，邀人踏上旅程"④，虽然神话中的这场旅程会导致死亡，但是纵观基尼亚尔作品的思想，此处死去的是生命失真之我，并将如凤凰涅槃一般迎来拥有生命本真之我。作者甚至将本为妖怪的塞壬摆在了与诸神同等的地位上："诸神起先是升到唇边的呜咽。这些是纯粹的召唤。/塞

---

① Pascal Quignard, *Performances de ténèbres*, Paris: Galilée, 2017, p. 54.
② Pascal Quignard, *Abîmes*（*Dernier royaume* Ⅲ）, Paris: Gallimard, 2004, p. 186.
③ Pascal Quignard, *La haine de la musique*, Paris: Gallimard, 1997, p. 174.
④ 让·克洛德·阿梅森，《时间的律动》，曲晓蕊译，北京：中信出版社，2016年，第274页。

壬也是纯粹的召唤，在那大海之上。"①

塞壬之歌是尖细的女高音，可谓天籁之音，引发我们本能的归属感；塞壬之岛像胎儿一样漂浮在大海这片羊水里。这些特征使基尼亚尔联想到另一种声音：母亲的嗓音。不过，在他的作品中，与母亲嗓音的远离几乎只是针对男性而言的，因为如果不采取任何措施，男性在成长过程中不可避免地会经历变声，这是一道永远无法逾越的障碍，使男性不得再次拥有天籁之声，也标志着人造音乐的崛起，用以代替塞壬之歌，我们就此走上了理性之路。人们总说大海是母亲，因为不计其数的地球生命诞生于此，却很少意识到海中的岛屿犹如胎儿，而海水就是它的羊水。基尼亚尔感性而诗意地写道："出生也是一场海难。这就是罗马人对它的描述。分娩是一阵巨大的海浪。一个赤裸的、湿漉漉的身体在一处岸边登陆了。"② 他在作品《恰如天堂》（*Les Paradisiaques*）中列出了十余座岛屿的名字，将它们视为人间的天堂③。在西方传统观念中，世间万物由土、气、水、火四种元素构成，其中只有水会摇晃，而"这又是一种水的女性特征：水像一位母亲那样摇晃"④，并且从精神分析的角度来看，"一切水都是一种乳汁"⑤，就像老话常说的那样，水是生命之源。而塞壬之岛与其他岛屿最大的区别

---

① Pascal Quignard, *La barque silencieuse*（*Dernier royaume* Ⅵ），Paris：Gallimard, 2011, pp. 186-187.
② Pascal Quignard, *La Suite des chats et des ânes*, avec Mireille Calle-Gruber, Paris: Presses Sorbonne Nouvelle, 2013, p. 61.
③ *Cf.*, Pascal Quignard, *Les Paradisiaques*（*Dernier royaume* Ⅳ），Paris：Gallimard, 2007, pp. 187-188.
④ 加斯东·巴什拉：《水与梦》，顾嘉琛译，郑州：河南大学出版社，2016年，第221页。
⑤ 同上书，第198页。

在于，在这里能够听到塞壬之歌，它作为最初的音乐映射出了"子宫内部的经验，胎儿通过有孕之身的皮肤振动听到母亲的嗓音"①。母亲的嗓音之于基尼亚尔笔下的男性音乐家正如塞壬之歌之于人类，具有不可抗拒的吸引力，都是来自生命本真的召唤。但是，擅长结合实证科学来进行文学创作的作者并没有局限于去书写歌声之美、之魅，而是辅以对听觉做出解读，从感官的本质属性上寻找以塞壬之歌为原型的生命召唤不可抗拒的原因。

"聆听即服从。"②基尼亚尔的这个判断句短促有力，有种不容分说的一言堂之感。除了词源能够佐证③之外，耳朵的自然属性也挺有趣。耳朵是听觉的感官，在自然状态下，它不能像眼睛一样可以被眼睑遮住，也不能像嘴巴一样可以自主闭合。所以在听还是不听的问题上，我们没有选择的权利，只能被动接受。因此作者说，"在睡眠中，面对前来的无意识被动性，听觉是最后一个妥协的感官"④，他将听觉的这种特点形象地概括为"耳朵没有眼睑"⑤：

---

① Midori Ogawa, « Tout est couvert du sang lié au son », in *Pascal Quignard ou la littérature démembrée par les muses*, Mireille Calle-Gruber, Gilles Declercq et Stella Spriet (dir.), Paris: Presses Sorbonne Nouvelle, 2011, pp. 161 – 170.

② Pascal Quignard, *La haine de la musique*, Paris: Gallimard, 1997, p. 108.

③ "听"在拉丁语中是 obaudire。Obaudire 在法语中派生出了 obéir（服从）这一形式。(Pascal Quignard, *La haine de la musique*, Paris: Gallimard, 1997, p. 108.)

④ Pascal Quignard, *La haine de la musique*, Paris: Gallimard, 1997, p. 110.

⑤ 同上书，第 108 页。

所有声音都在包裹物上钻孔,是不可见的。无论是声音、房间、公寓、城堡,还是有围墙的城池。它不是实物,能跨越所有障碍。声音无视皮肤,不知道界限为何物:它既不是内在的,也不是外在的。它是无限的,不可定位。它不能被触碰到:它是捉不住的。听觉和视觉不同。所见之物可以被眼睑废除,可以被隔板或帷幔阻挡,可以因城墙而即刻变得无法抵达。所听之物既不知晓眼睑,也不知晓隔板、帷幔和高墙。它没有界限,谁都无法躲避它。声音的视角是不存在的。对于声音而言,没有露台、没有窗户、没有城堡主塔、没有堡垒,也没有全景视角。听觉里没有主体和客体。声音涌了进来。它是违法者。在个人的历史进程中,听觉是最古老的感知,甚至先于气味,远先于视觉,与夜晚达成结盟。[1]

听觉之所以具有被动性,是基于声音的两个特性:不可见性与渗透性。基尼亚尔将能够发声的主体称为"声体"(le sonore),它"是不会注视自我的国度。是没有风景的国度"[2],也就是没有视觉的国度。产生可见性的前提条件是观察的主体和对象之间具有间隔,如果没有这个间隔,便意味着两者不可分离,对象就不能被主体看见,也自然不会出现风景。正因为在视觉中主体和对象可以互相分开,主体才有权利选择是否去看。如果一定要从视觉角度来理解听觉的不可见,我们可以说听觉是

---

[1] Pascal Quignard, *La haine de la musique*, Paris: Gallimard, 1997, pp. 107 - 108.
[2] 同上书,第110页。

黑色的，因为它根本不需要光线。基尼亚尔提到了希腊神话中最后自戕双眼的俄狄浦斯（Œdipe），认为此举致使"儿子直接与母亲体内曾经的黑暗重逢"①。胎儿虽然看不见任何事物，却已经可以听到声响，所以作者说"黑色在经验中是初始的"②，而我们之后的一切经验都源自于此。于是，音乐也成了一种"黑色"的艺术，就像《奥德赛》中写的那样："其时，使者走近人群，引来杰出的歌手，/缪斯女神极为钟爱的凡人，给了一好一坏的赠礼。/女神黑瞎了他的眼睛，却给了他甜美的诗段。"③

听觉的不可见性取消了声体和听者之间的距离，任何物体在它面前都丧失了阻碍的功能。基尼亚尔因此说听觉是"一切都无法抵挡的擅入"④，"好像在它面前，身体不仅是裸露的，还被剥夺了皮肤"⑤。听觉的渗透性决定了它无处不在、每时每刻都在侵犯耳朵，这一点被基尼亚尔等同于神性："无意识和不限定是神圣的属性。声音的本质是不可见，没有确切的轮廓，有能力对不可见者说话，或者能让自己成为无界限的使者。/听觉是对普遍存在性的唯一可感知的体验。"⑥ 听觉或许已经不仅仅是具有神性了，而且是类似于上帝般的存在。基尼亚尔对宗教的态度究竟如何，这尚且不属于我的研究范畴，不过有一点可以肯定：上帝的属性于他而言和生命本真有所交

---

① Pascal Quignard, *Performances de ténèbres*, Paris: Galilée, 2017, p. 114.
② 同上书，第 14 页。
③ 荷马：《奥德赛》，陈中梅译，上海：上海译文出版社，2016 年，第 134 页。
④ Pascal Quignard, *La haine de la musique*, Paris: Gallimard, 1997, p. 30.
⑤ 同上书，第 110 页。
⑥ 同上书，第 114 页。

集,因为两者都是超越意识的存在。从前一直在延续,同样,基尼亚尔也不认为我们被永远地逐出了伊甸园:"是的,我们在天堂里。亚当右脚后跟的一部分还嵌在伊甸园的门槛里。"①这句话影射了意大利文艺复兴时期的著名画家马萨乔(Masaccio)之作《亚当被逐出天堂》(*Adam tenté au Paradis*)。在《秘密生活》中,基尼亚尔将第四十章命名为"关于阴足"(Sur le pied négatif),其内容正与此画有关:

> 一四一四年的第二天,马萨乔站在摇摆不定的脚手架上,在礼拜堂入口墙面的最左边全神贯注画了一扇门,人类的始祖就是从这扇门走出,离开了最初的世界。
>
> 接着,他开始画亚当的右脚,那只脚还没有踏出天堂之门。②

作者在分析这幅作品时说:"马萨乔的观点很简单:最早的男人已经走出了天堂和人间的壁板,一只脚却依然留在壁板之中,尽管双眼紧闭,但他却依然能够看见。"③ "阴足"的提法暗示了它身处不可见的世界,阴足的存在又表明那遥远的从前始终在我们身上。在《英戈尔施塔特的孩子》(*L'enfant d'Ingolstadt*)里,基尼亚尔再次隐射了这只阴足:"左脚踏进

---

① Pascal Quignard, *Performances de ténèbres*, Paris:Galilée, 2017, p. 132.
② 帕斯卡·基尼亚尔:《秘密生活》,王海洲译,上海:上海文艺出版社,2014年,第281—282页。
③ 同上书,第285页。译文略有改动。

白昼和世界的同时,右脚被永远封在了伊甸园的门口。"① 而我们,其实一直都在准备着转身,只待那一声召唤。

在塞壬的神话里,声体是塞壬,听者是人,在两者之间取消距离的是塞壬之歌。听觉的被动性在此处表现为人因为沉沦而对回归生命本真产生了强烈的渴望,这也构成了塞壬之歌不可抗拒性的基础。它唤醒了我们内心深处古老而久远的本性,驱除了其他任何杂念,使我们只会听从它的召唤。

母亲的嗓音,多么美好的回家呼唤;母亲的形象也往往被冠以温柔、伟大、无私等一系列赞美之词,但是荣格(Carl Gustav Jung)指出母亲形象还有与此相反的一面:"母亲原型可以意指任何秘密的、隐藏的、阴暗的东西,意指深渊,意指死亡时间,意指任何贪吃、诱惑、放毒的东西,任何像命运一样恐怖和不可逃避的东西。"② 基于母亲形象的矛盾特征,荣格将其总结为"既可爱又可怕的母亲"③。在基尼亚尔的作品中,母亲的嗓音也是一种矛盾的存在。一方面,作为塞壬之歌的现世化身,它是我们的心灵寄托,代表着我们"处于一种无意识认同状态之中"④,依照生命本性而行事。可另一方面,对母语的习得却埋下了沉沦与失真的隐患:"合作渐渐减弱,意识开始进入对无意识——其自身的前提——的反对之中。"⑤并且,随着沉沦的程度越来越大,生命本真也越来越被视为神

---

① Pascal Quignard, *L'enfant d'Ingolstadt* (*Dernier royaume Ⅹ*), Paris: Grasset, 2018, p. 50.
② 卡尔·古斯塔夫·荣格:《原型与集体无意识》,徐德林译,北京:国际文化出版公司,2011 年,第 68 页。
③ 同上。
④ 同上书,第 82 页。
⑤ 同上。

秘的甚至是不可能的存在，它的神话特征也愈发显著。

母亲的嗓音对我们的影响首先体现在胎儿时期。尤利西斯是希腊神话中第一个主动愿意去听塞壬之歌但又不愿命丧黄泉的人物，通过计谋达成了愿望。于是基尼亚尔将胎儿形容为"迷失在母亲腹部海洋里的小尤利西斯"①，因为胎儿被完全包裹在剧场一般的子宫里，对于任何一种声音都没有丝毫抵挡的能力。这种绝对的被动性令胎儿服从于听到的声音，尤其是母亲的声音：

> 子宫里的听觉被自然主义者们描述为遥远的所在，胎盘让心脏和肠道的声响远离开去，羊水减轻了声音的强度，让它变得低沉，用聚集在身体里的大潮大浪将其运走。于是在子宫深处，有一种低沉又持久的深处声响在统治，声学家们将它比作"喑哑的气息"。外部世界的声响在子宫里被视为一种"喑哑、温柔又低沉的轰鸣声"，在这之上涌现了母亲嗓音的曲调，它重复着自己加在所说语言之上的重读音调、韵律和句法。这就是哼唱的个人基础。②

作者将胎儿听到的母亲哼唱称为"最初的哼唱"③，形容它是"仍然微不足道的母语的晦涩旋律"④。声音的被动性决定了母

---

① Pascal Quignard, *La haine de la musique*, Paris: Gallimard, 1997, p. 67.
② 同上书，第 210 页。
③ 帕斯卡·基尼亚尔：《音乐课》，王明睿译，郑州：河南大学出版社，2018 年，第 53 页。
④ 同上。

亲的哼唱除了具有慰藉的功能之外，还拥有强大的侵占能力，它"迅捷地嵌进人们的心脏，像铁锈嵌进铁器那样"①。

母亲的哼唱逐渐转变成母亲的语言："在被气息入侵之前，我们就已经和语言建立了联系。在掌握发声技巧之前，我们就已经服从于名字和词语。我们说出这些词，清晰地念出它们，用这个语言唱歌，借助的是母亲的震慑。"②出生之后，我们对母亲的语言保持着下意识的服从。正是在这种情形下，我们习得了"母语"。基尼亚尔将习得母语的过程比作"被迫屈服于侵犯者的意志"③，这正是从听觉被动性的角度所做出的论断。因此，语言从一开始就将人分为两种，即侵犯者和被侵犯者："母语的习得过程意味着对侵犯者的认同，然后用于侵犯敌对者，而所谓的敌对者，无非就是那些和母亲说不同语言的人，这一点至关重要。"④使用语言的每一个个体在本能上都有摆脱被侵犯者身份的欲望，希望成为自己的对立面，成为侵犯者，并最终掌握话语权，比如来自科西嘉的拿破仑从小立志要学好法国本土的语言并征服对方。于是出现了争论和冲突，一系列因分裂和对立而带来痛苦的事物随之产生："战争，国家，艺术，宗教，信仰，地震，传染病，动物，母亲，父亲，政党，强制，痛苦，疾病，语言，听到声音，服从。"⑤而对母语的习得正是生命失真的开始。

---

① Pascal Quignard, *La haine de la musique*, Paris：Gallimard, 1997, p. 65.
② Pascal Quignard, *Sur le jadis* (*Dernier royaume* Ⅱ), Paris：Gallimard, 2004, p. 28.
③ 帕斯卡·基尼亚尔：《秘密生活》，王海洲译，上海：上海文艺出版社，2014年，第118页。
④ 同上书，第118—119页。
⑤ Pascal Quignard, *La haine de la musique*, Paris：Gallimard, 1997, p. 49.

第二节　塞壬的沉默

塞壬的歌声固然威力巨大，可并非这群女妖最厉害的武器。尤利西斯的计划成功了，他如愿听到了塞壬之歌而依然存活，却未曾想落入了塞壬另一张根本逃脱不了的捕猎网：沉默。

《奥德赛》里详细记述了这位希腊英雄对抗塞壬的过程。在基尔克的指点下，尤利西斯和伙伴们按计行事：

> 就这样，我把详情细细转告，对我的伙伴；
> 制作坚固的船儿急速奔驰，借着
> 神妙的风力，接近塞壬的海滩。
> 突然，徐风停吹，一片静谧的宁静笼罩着
> 海面，某种神力息止了波涛的滚翻。
> 伙伴们站起身子，收下船帆，
> 置放在深旷的海船，坐入舱位，
> 挥动船桨，平滑的桨面划开雪白的水线。
> 其时，我抓起一大片蜡盘，用锋快的铜剑
> 切下小块，在粗壮的手掌里搓开，
> 很快温软了蜡块，得之于强有力的辗转
> 和呼裴里昂王爷的热晒，太阳的光线。
> 我用软蜡塞封每个伙伴的耳朵，一个接着一个，
> 而他们则转而捆住我的手脚，在迅捷的海船，
> 让我贴站桅杆之上，绳端将杆身紧紧围圈，

> 然后坐入舱位，荡开船桨，击打灰蓝色的海面。①

尤利西斯被伙伴们松绑的情形如下：

> 她们引吭高歌，声音舒软甜美，我心想聆听，
> 带着强烈的欲望，示意伙伴们松绑，
> 摇动我的额眉，无奈他们趋身桨杆，猛划向前，
> 裴里墨得斯和欧鲁洛科斯站起身子，
> 给我绑上更多的绳条，勒得更紧更严。但是，
> 当他们划船驶过塞壬停驻的地点，而我们亦不能
> 听见她们的声音，欣赏歌喉的舒美，
> 我的好伙伴们挖出耳朵里的蜂蜡，
> 我给他们的充填，随后动手，接触我的绳环。②

基尼亚尔发现了神话中一处看似有违常理的地方：

> 当寂静重返大海时，很可能是耳朵被堵住的水手们听到了塞壬歌声的远去，因为根据约定，若是尤利西斯要求松绑，裴里墨得斯和欧鲁洛科斯就要立刻拉紧绳索。简而言之，两耳被堵住的水手们听到寂静后，急忙从耳朵里取出尤利西斯用青铜刀切下又用手指揉搓的小块蜂蜡。③

---

① 荷马：《奥德赛》，陈中梅译，上海：上海译文出版社，2016年，第228页。
② 同上书，第229页。
③ Pascal Quignard, *La haine de la musique*, Paris: Gallimard, 1997, pp. 166-167.

"听到寂静",这就是作者认为故事中不合情理的地方,却也是他对塞壬之歌的理解升华之处。

卡夫卡写有一篇题为《塞壬的沉默》("Das Schweigen der Sirenen")的短篇故事,认为如果尤利西斯的伎俩(绑绳索、塞蜜蜡)真的奏效,那么早就有人这么做了,因为"塞壬的歌声穿透一切,蜡丸更不在话下了,受诱惑者的激情足以使他们挣断比铁链和桅杆更牢固的东西"①。而他之所以成功,是因为塞壬在他的船只前来时,根本没有唱歌:"他以为她们唱着歌,只有他一个人受到保护而听不见。他瞟了她们一眼,看见她们转动粉颈,深呼浅吸,眼里含泪,朱唇半起,他以为她们正展喉高歌,而歌声在他周围消失。"②

基尼亚尔的观点与卡夫卡异曲同工,都将塞壬的沉默视为更强者。塞壬之歌的所及范围是有限的,否则人们无论是否靠近她们的岛屿都会被吸引。但她们的沉默是没有边界的,也因此是永恒的:"寂静不属于生者。它不是死亡的一个'属性'。寂静不会诞生。寂静不会死去。"③ 塞壬之歌通过致死的方式让人们回归生命本真,这其实是在取消人死亡的可能性,因为不再存在的人是不可能死亡的。于是,有限的塞壬之歌实际上是把人们带入了永恒,带入了它的另一面——沉默。基尼亚尔说寂静"是一首缺席的歌唱"④。虽然在寂静中声体并没有发声,但是寂静在我们心里激起了去听的欲望。塞壬之歌是一种

---

① 卡夫卡:《塞壬的沉默》,谢莹莹译,收于《卡夫卡小说全集·第三卷》,北京:人民文学出版社,2013年,第266页。
② 同上。
③ Pascal Quignard, *Petits traités* Ⅰ (Tome Ⅰ-Ⅳ), Paris: Gallimard, 1997, p. 96.
④ Pascal Quignard, *La haine de la musique*, Paris: Gallimard, 1997, p. 26.

引诱,人们跟随歌声而去的举动因此具有一定的被动性,这样的生命回归实际上是一次不明就里的听从指挥。而塞壬的沉默却通过歌声的缺席促使人们去主动寻找,而只有在这种情况下,人们才有可能领悟到生命本真的内涵,并最终在本质上回归故里。塞壬的沉默是一块跳板,基尼亚尔借此跳入了对寂静与生命本真更深入的思考。

"听觉的最小值"①,这是基尼亚尔对"寂静"的定义,但它并不是声响的对立面。寂静之于声响,正如真实之于现实、从前之于过去、生命本真之于生命失真,前者孕育了后者,所以他认为"寂静是一种震耳欲聋的喧嚣"②。美国先锋派古典音乐作曲家约翰·凯奇(John Cage)有一部题为《4分33秒》的作品,该作品分为三个乐章:30秒、2分23秒和1分40秒。这支乐曲可以用任何乐器以任何组合方式来进行演奏。三个乐章的题目即表示演奏者三次停止演奏的时间。例如,《4分33秒》的第一位表演者——钢琴家戴维·图德(David Tudor)"在作品开始时关上键盘盖,并且在作品结束时又重新打开琴盖;他通过手臂姿势来标示三个乐章"③。在这个实验性的作品中,虽然没有一个音符发声,但是能够容纳在演奏现场发出的任何一种声音,例如观众的窃窃私语、脚步声、关门声等一切看似与音乐没有关联的声音,可恰恰就是这些声音构

---

① Pascal Quignard, *La haine de la musique*, Paris: Gallimard, 1997, p. 134.
② 同上书,第283页。
③ 戴维斯:《音乐哲学的论题》,谌蕾译,长沙:湖南文艺出版社,2011年,第2页。

成了整部音乐作品。寂静的喧嚣有两层含义：在寂静中，任何一种声体都有可能发声；随着听者的主体变化或听者注意力的转移，发声的声体与被听到的声响都会产生变化。于是，我们可以在寂静中听到的声响不计其数。假设有一个凌驾于人类之上的存在者，那么他在寂静里听到的就是一切可能性声响的全体，寂静也因此是一种"震耳欲聋的喧嚣"。

　　寂静孕育了声响，音乐当然也包括在内。"当音乐失去寂静、失去自己的影子时，它也失去了自己。"① 法国哲学家和音乐学家弗拉基米尔·扬科列维奇（Vladimir Jankélévitch）则认为，音乐本身就是一种寂静，因为若要聆听音乐，就必须要有寂静，必须要让其他所有声音都安静下来以便听到旋律，而我们称为音乐的这种声音，必然要"用寂静将其包围"②。卢梭（Jean-Jacques Rousseau）持有类似的观点："像音乐这种只能通过运动来展开的声音艺术，它的最神奇之处是它可以表现静谧。"③ 音乐的存在必须以寂静为前提，所以在基尼亚尔的文本中，"聆听寂静似乎走在聆听音乐之前，发生在一种退隐和抛弃音乐的行为中"④。《在这座我们所爱的花园里》（Dans

---

① Angela Peduto, « Métamorphoses du silence », in *Pascal Quignard. Translations et métamorphoses*, Mirelle Calle-Gruber, Jonathan Degenève et Irène Fenoglio (dir.), Paris: Hermann, 2015, pp. 331 – 346.
② Vladimir Jankélévitch, *La musique et l'ineffable*, Paris: Seuil, 2015, p. 155.
③ 卢梭：《论语言的起源兼论旋律与音乐的模仿》，吴克峰、胡涛译，北京：北京出版社，2009 年，第 95 页。
④ Isabelle Soraru, « De quelques musiques secrètes: Pascal Quignard et Richard Millet », in *L'Esprit Créateur*, vol. 47, n° 2, Summer 2007, pp. 115 – 126.

ce jardin qu'on aimait）是作者以美国牧师、音乐家西蒙·皮兹·舍内（Simeon Pease Cheney）为人物原型而创作的小说。在对舍内弹琴的场景进行描写时他写道："黑暗里，在蜡烛的微光中，他拱起双手，悬在琴键上方。/他在等待寂静落定。"[1] 情绪在寂静中酝酿，等待时机喷涌而出。在《秘密生活》中，音乐老师内米也有此类观点。在对此进行叙述时，基尼亚尔将从寂静里爆发出的音乐追溯到了婴儿的第一声啼哭，溯源之情跃然纸上：

> 内米·萨特蕾的教学中所关注的并非技巧，而是注意力本身，在于能否全神贯注，能否在无声中突然爆发。技巧因为这样的全神贯注而改变。音乐在一片沉寂中响起，这片沉寂也因此而戏剧性地全然改变。声音涌现于一片宁静之中，从乐器深处突然涌现，就像诞下生命一般。生命诞生的过程令人难以置信。就像在一片死沉沉的宁静中出现的第一声哭喊一样。[2]

寂静可谓"音乐空洞的身体"[3]，基尼亚尔所推崇的音乐强调演奏的外在环境与演奏者的内心都处于寂静的状态中。而在此处，我们看到了道家思想对作者的影响。基尼亚尔对中国

---

[1] Pascal Quignard, *Dans ce jardin qu'on aimait*, Paris: Grasset, 2017, p. 19.
[2] 帕斯卡·基尼亚尔：《秘密生活》，王海洲译，上海：上海文艺出版社，2014年，第45页。
[3] Angela Peduto, « Métamorphoses du silence », in *Pascal Quignard. Translations et métamorphoses*, Mirelle Calle-Gruber, Jonathan Degenève et Irène Fenoglio (dir.), Paris: Hermann, 2015, pp. 331–346.

第二章 塞壬的复仇

古代典籍兴趣浓厚。就目前已有的公开文字记载来看,他对中国典籍的阅读量在攻读博士学位期间大有增加。其间,他阅读了庄子和蒲松龄等人的著作。① "中国影子及其智慧对他颇具魅力:老子的世界观、庄子的哲学、李商隐的诗歌、韩愈的散文、公孙龙的雄辩、伯成子高的境界等"②,他曾为李商隐诗集的法文版作序③。在中国典籍中,尤以道家经典著作对基尼亚尔的影响最大。基尼亚尔在《秘密生活》里记述了自己于二十世纪九十年代来中国进行的一次"朝圣",朝圣的地点是庄子的出生地:"一座干草覆盖着的小丘:这就是我老师的坟墓。"④ 作者自诩"庄子的徒弟"⑤,具体到生命本真与寂静的关系上,基尼亚尔的理解则与老子的"大音希声"颇为相似。

明朝末期的著名琴家徐上瀛在著作《溪山琴况》中对此处的"希"字做了如下解读:"所谓希者,至静之极,通乎杳渺,出有入无,而神游于羲皇之上者也。"⑥编者徐樑解读道,"所谓'希',就是静到极点,通向深远,进而出入于有无之间,

---

① Cf., Agnieszka Wloczewska, « Image et fragment. Outils de la déprogrammation de la littérature », in *La Rencontre*: *Études sur l'œuvre de Pascal Quignard*, Lublin: Wydawnictwo UMCS, 2011, pp. 11 – 18.
② 张璐:《基尼亚尔与其中国影子的自我认同》,《跨文化对话》2012 年第 29 期,第 525—535 页。
③ 该序言的出版信息为:« Préface » à Li Yi-Chan, *Notes*, 由 Georges Bonmarchand 译自中文, Paris: Gallimard, 1992, pp. 7 – 20。其中, Yi-Chan 为李商隐的字"义山"。
④ 帕斯卡・基尼亚尔:《秘密生活》,王海洲译,上海:上海文艺出版社,2014 年,第 141 页。
⑤ Pascal Quignard, *Petits traités* I (Tome I - IV), Paris: Gallimard, 1997, p. 438.
⑥ 〔明〕徐上瀛:《溪山琴况》,徐樑编著,北京:中华书局,2013 年,第 31 页。

神游于悠然自得的理想境界之中。"① "大音希声"描述的是与天地、与自然融为一体的境界。徐上瀛又说,"古人以琴能涵养情性,为其有太和之气也,故名其声曰'希声'"②。此种境界意味着超脱人世,进入另一个世界。同样,基尼亚尔之所以青睐寂静,正是想要摆脱现代社会中的嘈杂,转而回归自然的声响中。紧接着"大音希声",老子又说"大象无形",而基尼亚尔也时常书写听觉与视觉之间此消彼长的关系。

"大"字既可以理解为"好",也可以作"广阔"之意,两者在基尼亚尔对寂静的阐释中均有所体现。从听觉角度来看,作者对现代音乐的机械复制和扩张式的传播表示厌恶,反衬出他对寂静的认同,这是寂静"好"的一面;寂静和塞壬的沉默一样漫无边际,即"广阔"。从视觉角度来看,基尼亚尔认为摒弃光亮是阻断生命失真的一种方式,因为"看"意味着脱离混沌、诞生理性。而"黑夜,深不见底,超越了空间,只有一维,没有断续"③,它带领着我们回到生命本真。从逻辑上讲,视觉的最小值应当出现在午夜,因为在夜里,光线被取消,一切都融合在一起,"夜晚是语言的对立面,因为在夜晚,语言的词语失去了自身的意义,同时,事物也失去了自身的影子,于是语言在夜晚中并不存在,因此,人们被交付给自己的被动

---

① 〔明〕徐上瀛:《溪山琴况》,徐樑编著,北京:中华书局,2013年,第32页。
② 同上书,第180页。
③ 帕斯卡·基尼亚尔:《秘密生活》,王海洲译,上海:上海文艺出版社,2014年,第219页。

性，即无意识或者动物性"①。基尼亚尔则说："寂静之于耳朵正如夜晚之于眼睛。"② 其实，寂静和夜晚并不意味着声音和光亮的缺席，而是包含了一切声音和一切光亮，它们分别占据着整个听觉与视觉，指向万物之母。不过作者并没有把"寂静的时刻"这一名号赋予夜晚，却给了黄昏。

黄昏是"自然秩序中的'声音零点'"③。而"实际上，它并不是一个零点，也根本不是寂静，却是自然特有的声音最小值"④。需要指出的是，在这句引文中，基尼亚尔所说的"寂静"意为声响的对立面，而不是其整体创作思想中通向生命本真的寂静，他也在该句之后写道："寂静丝毫没有定义出声音的缺乏。"⑤ 基尼亚尔对黄昏的青睐尤其体现在这几句话上："那是我喜欢的时光。是所有我爱独处的时光中的一个，我喜欢独处。是我愿意在那一刻死去的时光。"⑥ 他之所以将黄昏视为寂静在自然界中的体现，是因为在黄昏时，声音降低的幅度最大，这是听觉最为灵敏的时候，也是声音的可能性最丰富的时候。和真实与现实、从前与过去的关系一样，听觉与视觉并非完全对立。虽然黄昏不是视觉最小值出现的时刻，却是从可见到不可见的过渡时间，警醒人们夜晚即将到来，而正是这种警醒作用是基尼亚尔尤为关注的，因为它使人的听觉从

---

① Benoît Vincent, *Le revenant (sur Pascal Quignard)*, 于 publie. net 网络首发, 2009, p. 79。
② Pascal Quignard, *La haine de la musique*, Paris: Gallimard, 1997, p. 281.
③ 同上书，第 134 页。
④ 同上。
⑤ 同上书，第 135 页。
⑥ 同上。

理解语义的社会功能退行到注意危险的原始功能,那是猎物对捕食者(潜在危险)的警惕。他认为寂静"定义了耳朵最警惕的状态"①,这种警惕正是人们在塞壬停止歌唱时进行的紧张寻找。在《显义与晦义》(*L'obvie et l'obtus*)一书中,罗兰·巴特(Roland Barthes)将"听"分成了三种,其中第一种,也是最先出现的"听"被称为"迹象"(indice)②。人类最初和动物没有本质上的分别,时刻注意周围的动静是一种自我保护的本能。人类进入文明社会后,随着智力活动的发展,听的含义里增加了对语义的理解,并且逐渐成为人类听觉的主要功能。不过,和梦的退行特征一样,在睡眠与寂静中,耳朵是最为警觉的,人类听觉的原始功能在此时显现。

在《恰如天堂》里,基尼亚尔说"每个晚上的黄昏都像是'远处的亲吻'"③。"远处的亲吻"影射的是《音乐之恨》中记述的一段逸事。十七世纪时,法国政客圣-吕克(Saint-Luc)和拉罗什富科(La Rochefoucauld)因同时追求一位女士而彼此疏远。王后玛丽·德·美第奇(Marie de Médicis)的情人巴松皮埃尔(Bassompierre)对另一位政客表示,自己"不但能调解他们,还能让圣-吕克和拉罗什富科当天就互相拥吻"④。这四位男子在花园里的亲密举动被王后和大臣孔奇尼(Concini)看到了,后者添油加醋地做了两种猜测:或者他们之间有着超越友谊的感情,或者他们之间有密谋。这些猜测导

---

① Pascal Quignard, *La haine de la musique*, Paris: Gallimard, 1997, p. 135.
② *Cf.*, Roland Barthes, *L'obvie et l'obtus*, Paris: Seuil, 1982, p. 217.
③ Pascal Quignard, *Les Paradisiaques* (*Dernier royaume* Ⅳ), Paris: Gallimard, 2007, p. 86.
④ Pascal Quignard, *La haine de la musique*, Paris: Gallimard, 1997, p. 81.

致王后当天不愿意理睬情人。不过实际上,"那只是一些在远处比画手势的矮小身影,周遭寂静、清凉,沐浴在初升的阳光中"①。在只看得见身影但听不见声音的情况下,对于观察者而言,当事人之间的对话内容可以是任何一种。但是,一旦观察者给出了自己的理解与恰当的理由,对话内容在很大程度上就被确定了。所以作者说,"孔奇尼对那些'听不见的话'做出的口头解释获胜了"②。基尼亚尔将这则逸事与十七世纪法国画家克罗德·热莱(Claude Gellée)的画作联系在一起。在热莱的画中,人物经常只是作为自然景色的点缀出现,"他们只有一根手指那么高。他们在远处一起闲谈。看洛林人③的画作时,我们总是离得太远,听不见。他们消失在光线中。他们在热烈地交谈,可我们只听得见寂静和坠下的光线"④。基尼亚尔热衷于这些"误-听"的场景,而它们其实是"没-听见"的场景。黄昏是出现这种场景的时段,因为此时,依然在工作的视觉保证了"场景"的成立,声音的骤然降低则隐去了被听到的内容,却又随时都可能将其显现。

  无论是猎物的警惕之听,还是好事者的猜疑之听,听到的内容和被解读出的内容都反映了听者的注意力和内心活动。在以黄昏为代表的寂静时刻里,任何声响都有出现的可能,而最终得以显现的那一种声响来自听者的欲望,如同塞壬的沉默里依旧充斥着听者想去听的欲求。

---

① Pascal Quignard, *La haine de la musique*, Paris: Gallimard, 1997, p. 82.
② 同上书,第83页。
③ 即画家克罗德·热莱。
④ 同上。

第三章　塞壬之岛

古往今来，人们在各类书写中对塞壬与塞壬之歌的改写不计其数，可塞壬之岛作为女妖们的栖息地却鲜有问津。在基尼亚尔这里，塞壬之岛是一个重要的原型，它是生命本真的所在之处。2002 年，他开始创作《最后的王国》系列，其中第三部名为《深渊》(*Abîmes*)。说到深渊，我脑海里首先浮现的画面就是一个黑漆漆的大洞，深不见底又神秘莫测，本是令人恐惧之物，却像黑洞一样吸引着自己。在基尼亚尔的书写中，深渊既是往下的深海之渊，也是向上的天空之渊。通过天空，他把对个人生命的思考投入几乎是最为宏观的起源问题中，并在深渊的意象里引入了时间。

第一节　深渊之镜：海洋与天空

无论是《荷马史诗》还是其他权威神话记载，都说塞壬之岛上堆满了人类的白骨。基尼亚尔说："塞壬之岛是一片围有人类骸骨的潮湿（leimôni）草地，骸骨上的肉在腐烂。"[①] 莫里斯·布

[①] Pascal Quignard, *La haine de la musique*, Paris: Gallimard, 1997, pp. 165-166.

朗肖（Maurice Blanchot）在《未来之书》（*Livre à venir*）中也提及了塞壬的居所："迷醉，用谜一样的承诺让人无法忠于自己、人类的歌唱乃至歌的本质，唤起希望与欲望，去更高更远的地方，一个神奇的地方，一片荒野，就像音乐的源地是唯一一个完全没有音乐的地方，这神奇的地方，一片干旱，寸草不生。"① 他们对塞壬之岛的描述中有一个明显的不同之处：一个说那里是潮湿的草地，另一个却认为那里干旱得寸草不生。他们之所以会对塞壬之岛做出截然相反的描述，是因为阐释角度有不同，但所揭示的内涵是一致的。基尼亚尔的出发点是生命的孕育和终结。无论是塞壬之岛所在的大海，还是胎儿所处的羊水，两者都具有潮湿、温润的特征，以孕育生命。可同时，塞壬之岛也是生命的终结之处，被塞壬之歌吸引而去的人们都会走向死亡。虽然死亡是否定性的，但基尼亚尔赋予死亡以积极的意义，因为生命失真者朝向意味着死亡的塞壬之岛而去时，才有可能实现根本意义上的生命回归。布朗肖的角度则是主体的消解，而且他对塞壬神话的解读是用以阐释对文学和写作者的理解的。他认为，叙事活动在"朝向某个未知、无人知晓又陌生的点"②，这个点的原型正是塞壬之岛。那里是叙事（文学）开始的地方，没有主体，甚至是空无一物，所以布朗肖才会说塞壬之岛上是一片荒芜。只有当写作者消解了自己的主体性，将自身溶解到叙事之内时，才有可能走向叙事的完成，而叙事完成的地方恰恰就是它的开始之处。

基尼亚尔与布朗肖都将塞壬之岛视为起点与终点的集合，

---

① 莫里斯·布朗肖：《未来之书》，赵岑岑译，南京：南京大学出版社，2015年，第4页。
② 同上书，第8页。

并且只有回到终点才有可能了解起点,而回归的关键步骤则是人自身的消解。似是掉进了一个走不出去的圈,因为这是一个深渊。基尼亚尔作品的研究者对"深渊"释义道:"abîme('深渊')一词由拉丁语吸收希腊语 abyssos('没有底部')而来,最初指的是原初的时空,更确切地说,指的是一个深坑,从中混乱地散发出神谱秩序的萌芽。"① 具体到基尼亚尔的文字,"深渊"意为"一种具有强大引力的原初之场"②,在这个"场"里,"与可度量时间的关联被瓦解,它是一种'比生命还要古老的力量';它是毫无逻辑的空间幻象和无限时间的直觉,人们为讲述自己的历史而创造的感性的、心智的形式是无法将其领会的"③。作者本人则说:"在希腊语中,深渊意为没有底部,正如不定过去时意为没有界限"④,它是"一个深不见底的张开的嘴"⑤。布朗肖也认为塞壬之歌"是深渊之歌,一旦流入人的耳朵,每个字都似深渊大敞,强烈地诱人消失"⑥。深渊先于语言的诞生,在那里没有任何一种分类、对立和排序等明确指向。它是混沌的,不是线性的,更不是向度单一的,所以起点和终点可以在其中同时呈现,而作为习惯了可度量的线性生活的我们,则是脱离了深渊的存在。无光、无

---

① *Dictionnaire sauvage*:*Pascal Quignard*,Mireille Calle-Gruber et Anaïs Frantz (dir.),Paris:Hermann,2016,p. 23.
② 同上。
③ 同上。
④ Pascal Quignard,*Abîmes*(*Dernier royaume* Ⅲ),Paris:Gallimard,2004,p. 47.
⑤ Pascal Quignard,*Rhétorique spéculative*,Paris:Gallimard,1997,p. 116.
⑥ 莫里斯·布朗肖:《未来之书》,赵苓岑译,南京:南京大学出版社,2015年,第4页。

时序、无语义、无生无死，这便是塞壬之歌所在的岛屿被视为深渊的原因。

动画电影《大鱼海棠》中，大鱼在合一的海天里飞翔；而现实里，鲸鲨背部的闪闪斑点犹如深蓝夜空中的点点星辰。海天不仅能够一色，也可以互为镜像。基尼亚尔将海中深渊向上翻转，从俯视大海变为仰望星空，仰望引人遥想过去的星辰大海。天空的深渊被作者视为不朽者与凡胎肉体之间一道不可逾越的障碍。① 被视为深渊的天空并不是我们日常可见的天空，而是整个宇宙。所谓"不朽者"，顾名思义，就是超越生死的存在。我们虽然可以去寻找生命本真，但是否能够实现真正意义上的生命回归是个未知数，原因正在于不朽者、凡胎肉体与深渊这三者之间的关系。如果说不朽者和凡胎肉体分别是生命本真和生命失真的代表者，那么深渊就既是生命本真之场，也是凡胎肉体实现回归生命本真的必经之路。

虽然深渊没有底部、没有界限，但是有一个中心，基尼亚尔称之为"物质爆炸之前天空的黑色之空"②。整个深渊便是以此"空"为中心而产生的场，在这个场里，离中心越远则生命失真程度越大。换句话说，我们其实始终都在深渊里，只是离中心太过遥远，远得几乎感觉不到中心对我们的引力。跟各类天体和宇宙大爆炸的关系一样，自文明伊始，我们就在沿着一条以生命本真为端点的射线加速度地远去。如果一味向前，势必无法回归。不过，作为个体，我们不可能逆转这条射线的

---

① *Cf*., Pascal Quignard, *Mourir de penser*（*Dernier royaume* IX）, Paris：Grasset, 2014, p. 126.

② Pascal Quignard, *Sur le jadis*（*Dernier royaume* II）, Paris：Gallimard, 2004, p. 271.

进程。基尼亚尔虽然反思和批判了现代性,但他于现实中实现回归生命本真的方式有赖于个体对生命的体悟,这一点与海德格尔不同。

海德格尔将存在的状态分为两种:本真的和非本真的。简要来说,海德格尔将非本真的存在称为"常人",这是一种"中性的东西"①,主宰着我们日常生活中的方方面面。通过对常人的模仿,我们将自我消解在他人的生活中。如果想以本真的自己存在,就需要"从常人中收回自己"②。本真的此在是从常人中脱离出来的、与众不同的"我"自己,最初是指向个体的一个概念。但是发展到二十世纪三十年代时,这个概念转化成了"'人民''国家''德意志民族'等集体词汇"③,本真的个体也被放大为本真的集体,个体只有在通过集体融入历史决断中时,才有可能与现代性对抗,并在集体的胜利中找回本真的个体存在。但是,海德格尔并没有找到集体对抗现代性的落脚点,只考虑了破,却没有考虑如何去立,于是发展为只要是与现代性对抗的、破坏一切既有文明成果的,就都表示赞成。而到最后,我们看到了海德格尔对德国纳粹的拥护。

基尼亚尔则没有将个人的生命回归之路投进集体之中,他看清了个人无力左右大局,不做螳臂当车之举,只求个人能寻回真我。正因为如此,他笔下的深渊也可以是个体的,这个场

---

① 海德格尔:《存在与时间》,陈嘉映、王庆节译,北京:生活·读书·新知三联书店,2006年,第147页。
② 同上书,第308页。
③ 赵卫国:《海德格尔本真概念的多重意蕴》,《复旦学报(社会科学版)》2010年第1期,第114—120页。

第三章 塞壬之岛

的中心则是被投入语言浪潮之前的本我。无数的个体深渊都处于那唯一的集体深渊里,就像无数的过去自唯一的从前而来。虽然个体深渊在集体深渊中的运动趋向是不可逆的,但是在个体深渊的内部,我们可以做出相对性的逆向运动。这两者之间的关系如同各星体和宇宙之间的关系:每个星体都在离开最初爆炸的那个点,但是有一部分恒星发生了坍缩,与爆炸活动呈相反的方向。不过,在可预测的时间范围内,大面积的恒星坍缩尚不会发生,至于整个宇宙是否会在遥遥不可期的未来发生坍缩,暂且也只是理论上的探讨。同样,我们无法颠覆整个生命失真的进程而实现彻底的、真正意义上的回归,只能做到在自身的个人生活中向生命本真靠拢。因此,基尼亚尔说天空的深渊是不朽者与凡胎肉体之间一道不可逾越的障碍,一如现实不可变回真实,过去无法逆流到从前。

将基尼亚尔文学作品里的深渊之"场"的概念和宇宙大爆炸相提并论,并非臆测之为。这位博学作家的写作内容常以宏观的人类发展状况为背景,也对与人类自身关系密切的学科较为关注。宇宙大爆炸理论作为现代科学中对万物起源研究的一个重大突破,其理念同样被作者吸收进了自己的创作中,它"朝思想打开了深渊"[1]:

> 光线和死亡一道离开了我们。死亡是一种暗淡,唤回了一个更为古老的时间(出生是去除暗淡)。在这个更古老的时间里,某种模糊的、晦暗的东西重新掌有对一个身体的权力,这个身体在这更古老的时间里孕育、附着、成

---

[1] Jean-Louis Pautrot, *Pascal Quignard*, Paris: Gallimard, 2013, p. 18.

形、内旋、发展。

死亡和第一个生命一样,都是非比寻常的黑暗。

我时常想起那些亡者严肃的眼神,他们是我曾经爱着的人。我走近他们临终时僵化而蜷缩的身体。我恐惧地走上前,去看那些再也看不见的人。那些再也不去看的眼睛。那些抛弃了支撑的眼睛。亡者的眼睛没有在看任何事物,却似乎在看着世界尽头。

在三个夜晚(子宫的夜晚、天空的夜晚、地狱的夜晚)的后面,有个第四夜晚。在怀胎的夜晚后面,在死亡的夜晚后面,有个真正的夜晚,是夜晚之夜,是非生物的夜晚,是生命之前的夜晚,是存在之前的夜晚,是宇宙大爆炸之前的夜晚。

时间的夜晚,是宇宙尽头的虚无,它没有使命,在制造空无,它燃烧着,万分黑暗。

化石的夜晚。

在过去之夜的尽头,是从前的夜晚。

那里空无一物。

那是没有方向、没有利益关系、不存在的夜晚。①

基尼亚尔的天空深渊由时间构成:

如果失去了时间,就不会有天空。

若要阅读时间,就必须望向天空。

---

① Pascal Quignard, *La Nuit sexuelle*, Paris: Éditions J'ai lu, 2009. pp. 189-190.

第三章 塞壬之岛

时间就是天空。

当我们抬起头来仰望太阳消失在地平线之后的苍穹，就会凝视过去那张深暗的脸。①

"过去那张深暗的脸"属于祖先或亡者。作者对这两者与时间的关系分别写有如下代表性的话语："总是祖先造就了今人。永远都不会出现相反的情况。这就是时间的不可逆"②；"时间就是亡者和对死亡的欲望所构成的链环"③。祖先和亡者在本质上同属一类人——此刻并不存在的人，只是前者强调对今人的影响，属于实际生活体验的范畴，后者则在抽象层面上探讨生死，两者都意味着所失之物始终未曾远去。基尼亚尔始终认为，祖先和亡者一直在注视着我们，他们的目光有如遥远星球放出的光芒。而我们出于对起源的好奇，总是会用自己的双眼去迎接这光芒，又出于对生命本真的探索，会转过身去，在个体深渊中走上逆-线性时间的道路。这种探索是出于怀念，而怀念是"人类时间的一种构造，它让人想起天空里的二至点"④。

由于此类目光来自黑暗的宇宙，所以基尼亚尔在对天空深渊的书写中纳入了"夜晚"，而从前作为真实世界的时间维度，

---

① Pascal Quignard, *Abîmes*（*Dernier royaume* Ⅲ），Paris：Gallimard, 2004，p. 86.
② Pascal Quignard, *Sur le jadis*（*Dernier royaume* Ⅱ），Paris：Gallimard, 2004，p. 225.
③ Pascal Quignard, *L'Occupation américaine*，Paris：Seuil, 1996，p. 119.
④ Pascal Quignard, *Abîmes*（*Dernier royaume* Ⅲ），Paris：Gallimard, 2004，p. 45.

则是"时间的夜晚"①。作者坦言,"定义夜晚不是一件易事。或许应该简单地说:那是人的恐惧"②。之所以说夜晚是人的恐惧,是因为"作者提及的夜晚是原初的夜晚"③。在这个夜晚,人会显露出自己的本性,一切社会活动中的光鲜亮丽都会消失,这种消失的背后是语言功能的丧失,而语言却是人类社会得以运行的基石。布朗肖说,"语言很清楚其国度是白昼,而非无显的内在"④。语言是外显的过程,与夜晚的内隐相对,而投身于深渊就是要求摆脱语言和白昼。之所以会产生夜晚(天空深渊),是因为有很大一部分远处的光亮并不能以聚集的形态到达我们面前,它们在前来的路上逐渐消散,而基尼亚尔称之为夜晚的,便是"在空间中耗去的光线"⑤,夜晚的天空则"因为没有时间,所以是黑暗的。/自空间中最初的星星成形之时就产生的光,总是没有时间到达望着它们的动物的眼睛"⑥。但是这并不能阻止我们去凝视那些遥远得不可见之物,如同神话中人们对塞壬之歌怀有不可遏制的聆听欲望,亦如布朗肖所说,"不可见之物便是那种人们无法停止观看的东西,

---

① Pascal Quignard, *Abîmes（Dernier royaume Ⅲ）*, Paris: Gallimard, 2004, p. 215.
② 同上书,第207页。
③ Angela Peduto,《 Métamorphoses du silence 》, in *Pascal Quignard. Translations et métamorphoses*, Mirelle Calle-Gruber, Jonathan Degenève et Irène Fenoglio (dir.), Paris: Hermann, 2015, pp. 331 - 346.
④ 莫里斯·布朗肖:《从卡夫卡到卡夫卡》,潘怡帆译,南京:南京大学出版社,2014年,第90—91页。
⑤ Pascal Quignard, *Abîmes（Dernier royaume Ⅲ）*, Paris: Gallimard, 2004, p. 55.
⑥ 同上。

即永不止息在使自己被看到"[1]。总有一些生命失真者不愿意被抛弃在深渊的边缘,他们凝视着凝视自己的深渊。

第二节 现时的深渊

"现时的深渊"[2]语出自布朗肖,他还写道:"过去触及并立刻达到未来的边际,而无任何当前的中介,而这就是永不是现在的死亡的时辰本身,这些我们已见过,这时辰是绝对的未来的节日,在这时辰,可以说在无现在的时间里,曾存在过的东西将存在下去。"[3] 基尼亚尔虽然并没有在作品中使用过"现时的深渊"这个词组,但是他对时间的认识体现了个中内涵。在第一章中,我们从语言将真实遮蔽为现实的角度探讨了纯粹的时间与空间化的时间,以及单数的从前和复数的过去。而在这里,"现时"这种"没有时间性的时间"[4] 在基尼亚尔的作品中将在音乐上得到体现。

一、嘀嗒之间:死亡间隙

我们曾在前文中提道,寂静既是声音的产生之处,也是声音的消失之处,并且寂静之于音乐也是如此。扬科列维奇就此

---

[1] 莫里斯·布朗肖:《文学空间》,顾嘉琛译,北京:商务印书馆,2003年,第162—163页。
[2] 同上书,第105页。
[3] 同上。
[4] Irène Fenoglio, « Habiter le jadis », in *Carnets de Chaminadour*: *Pascal Quignard*, n° 6, juillet 2011, pp. 67–94.

写道：

> 音乐凸显在寂静之上，而且它需要这寂静，如同生命需要死亡，也像诡辩家柏拉图认为的那样，如同思想需要虚无。生命，与艺术作品完全一样，是一种有生气的、受到限制的建构，显现在死亡的无尽之中；而音乐，则与生命完全一样，是一种旋律的构建，一段迷人的绵延，一次非常短暂的冒险，一场瞬时的相遇，这场相遇独处在虚无之无限里的开始与结束之间。①

在基尼亚尔看来，处于两段音乐之间的寂静在本质上对应于时间中的"死亡间隙"，视其为"时间的心脏"，是"在音乐内部跳动的心脏"②。"死亡间隙"由罗伯特·麦克·杜加尔（Robert MacDougall）于 1903 年在长篇论文《简单节奏形式的结构》（The Structure of simple rhythm forms）中提出，代指人的耳朵将两个连续的节奏组分开的寂静③。这种"在'结束'中诞生，又在'开始'中止息"④ 的寂静非常特殊，因为它本身"既不存在于感知中，也不存在于实际的连续中"⑤，

---

① Vladimir Jankélévitch, La musique et l'ineffable, Paris: Seuil, 2015, p. 147.
② Pascal Quignard, Sordidissimes (Dernier royaume V), Paris: Gallimard, 2007, p. 218.
③ Cf., MacDougall, Robert, « The Structure of simple rhythm forms », in Psychol Monographs, n°4, 1903, pp. 309–416.
④ Pascal Quignard, La haine de la musique, Paris: Gallimard, 1997, p. 216.
⑤ Pascal Quignard, Sordidissimes (Dernier royaume V), Paris: Gallimard, 2007, p. 219.

纯粹是人类的想象。这种寂静的两端都是实际存在的声音，但它自身是空无的，因此基尼亚尔将它称为"真实内部的想象性切割"①，是"没有发生的旋律暂停"②。正是这种本质为空无的寂静反映出了音乐和时间的真实境况，如作者所说："有一个关于真实的秘密：就是无。"③ 这种想象是掌握语言的人类所特有的，我们区分出自我与他者，对原本融为一体的世间万物进行划分，赋予观察对象以语义上的意义。掌握语言的人类近乎本能地会对听到的声音进行划分，死亡间隙由此产生，如同观察者与观察对象之间的分隔距离产生了风景：

> 声音让我们结成群，支配我们，组织我们。但是我们在自己身上打开了声音。如果去注意在相同间隔里重复出现的一模一样的声音，我们就不会完整统一地听到它们。我们会自发地将这些声音分成两两一组或四四一组。有时三个一组；几乎没有五个一组；从未有过其他情况。而且，并不是说声音在我们看来是重复的，而是说组合在我们眼中是前后相接的。④

与死亡间隙的概念有关的另一个人物是柏格森。柏格森曾列举过钟摆的例子，用于指出人们总是习惯于将标记着"秒"

---

① Pascal Quignard, *Sordidissimes*（*Dernier royaume* V），Paris：Gallimard，2007，p. 219.
② 同上书，第 220 页。
③ Pascal Quignard, *Petits traités* I（Tome I - IV），Paris：Gallimard，1997，p. 225.
④ Pascal Quignard, *La haine de la musique*，Paris：Gallimard，1997，p. 213.

的声音两两分为一组,并用"嘀—嗒"来表示。"嘀—嗒"两声之间的间隙正对应着死亡间隙。从柏格森的钟摆理论可以看出,他也认为人类对声音的节奏划分是一种本能,并且倾向于划为两两一组。基尼亚尔则说"嘀—嗒"这个词"像是时间的名字"①,像是在我们"自己的身体里藏着摆之舞的幽灵"②。卢梭曾说,"音乐是连续的,是一个音符接着另一个音符"③,音符的前后相接正对应着钟摆的一来一回,所以基尼亚尔提到的声音分组情况对应了音乐的不同节拍,同时暗示着音乐与我们对声音的本能反应密不可分,这也给塞壬之歌对人进行操控提供了可能:"在死亡的间隙中,人类的两种节奏(心的然后是肺的)相互抓住不放,它们在这个间隙的周围产生出大声的狂喜,也许还有音乐,再从音乐产生出时间。"④

死亡间隙不是某个实体的存在,而是两个实体的连接处。死亡间隙没有明确的界限,而是两个实体之间强弱程度的交替。这两个特征与基尼亚尔的真实时间是一致的:"我认为时间没有三个维度。它只是这种拍打,这种往复。它只是这种没有方向的撕扯。/留在人类身上的原初时间的深处,是两种时间之间的拍打:一个在失去,一个在逼近。"⑤ 在失去的是过

---

① Pascal Quignard, *Sordidissimes*(*Dernier royaume* V), Paris: Gallimard, 2007, p. 219.

② Pascal Quignard, *La haine de la musique*, Paris: Gallimard, 1997, p. 213.

③ 卢梭:《论语言的起源兼论旋律与音乐的模仿》,吴克峰、胡涛译,北京:北京出版社,2009年,第92页。

④ 帕斯卡·基尼亚尔:《游荡的影子》,张新木译,南京:译林出版社,2007年,第55页。

⑤ Pascal Quignard, *Abîmes*(*Dernier royaume* Ⅲ), Paris: Gallimard, 2004, p. 30.

第三章 塞壬之岛

去,在逼近的是将来,而我们通常所说的现时则和死亡间隙一样并不存在。现时像是在语言世界中开出了一道豁口,随时等待自愿之人走进去,坠入深渊。

让·克洛德·阿梅森(Jean Claude Ameisen)在集科普与哲思于一体的著作《时间的律动》(*Les battements du temps*)中写道:"这一刻不断地逃逸。一直在消失"①,"我们生活的此刻其实一直、已然是过去"②。这也正是基尼亚尔的观点:只有过去(失去的时间)和将来(逼近的时间)是实际存在的,而现时则仅仅在概念上存在。我们只能对已经发生的事物进行观察和判断,而当现时被意识到时,它其实已经成为过去,如作者所说,"我们不可能思考'现时'"③。所以,从意识角度来看,我们一直生活在过去。在小说《世间的每一个清晨》里,基尼亚尔描述音乐家圣-科隆伯对待作曲的态度时写道:

> 德·圣科隆布先生把棚屋叫作他的"伏尔德"。伏尔德是一个旧词,它指的是河边柳荫下的潮湿地。在他的桑树上方,在杨柳树面前,他脑袋挺得直直的,嘴唇紧闭,上身微微俯向乐器,手游荡在套环之上,以孜孜的苦练完善着他的实践,一阵阵的曲调或者诉怨声从他的手指头底下流出。当它们一再返回,或者当他的头脑被它们所萦绕,当它们在他那形单影只的床上牢牢地纠缠住他时,他

---

① 让·克洛德·阿梅森:《时间的律动》,曲晓蕊译,北京:中信出版社,2016年,第3页。
② 同上书,第4页。
③ Pascal Quignard, *Boutès*, Paris: Galilée, 2008, p. 53.

便打开他那红色的谱本,匆匆地将它们记下,然后便不再关注它们。①

作者安排圣-科隆伯对此做出如下解释:"他说那都是一些在瞬间中记下来的即兴曲,而不是已完成的作品,只有瞬间才是它们的托词。"② 通过这个人物形象,基尼亚尔向我们传达了音乐流逝的观点:音乐无法停留,即使是记录在册的乐谱,也只是将当时的乐曲变成了可供分析的过去。

音乐的流逝对应了时间的流逝,节拍(声音)中的死亡间隙则对应着时间中的现时,飘忽不定。在法语中,单词maintenant(现在)是动词maintenir(保持)的现在分词形式。但矛盾的是,现在并不能留住任何东西:"现在是典型的社会幻象,但是现在什么都留不住。它是从前(没有年岁的所失之物)与极其不稳定的威胁者之间的共存。"③ 海德格尔也感叹道:"时间逝去这话表达出了这样一种'经验':无法让时间驻留。而这种'经验'则又唯根据我们愿让时间驻留才是可能的。"④ 基尼亚尔把将来之物比作威胁者,认为过去与将来的关系如同猎物与捕食者之间的关系:

时间衍生自捕食者们跳跃之前的窥伺。

---

① 帕斯卡·基尼亚尔:《世间的每一个清晨》,余中先译,桂林:广西师范大学出版社,2019年,第10页。"德·圣科隆布"即"圣-科隆伯",原文写法就有不同。
② 同上书,第20页。
③ Pascal Quignard, *Abimes* (*Dernier royaume* Ⅲ), Paris: Gallimard, 2004, p. 82.
④ 海德格尔:《存在与时间》,陈嘉映、王庆节译,北京:生活·读书·新知三联书店,2006年,第480页。

> 时间的前辈在第一次死亡舞蹈的两个时间中隐藏地生活。
>
> 时间的本质就是警惕。
>
> 保持着警惕。
>
> 永久处于警惕状态。
>
> 处于最纯净状态的先人类生活的时间张力。
>
> 警惕是处于特殊状态的经验。
>
> 这就是猎物的生活,就是警惕。这就是处于对捕食的预先觉察和对死亡的预先觉察中的被捕食者的生活。①

他从动物学的角度将世界分为三种:捕食者的世界、猎物的世界和亡者的世界。② 这一观点在作者对时间的看法上同样成立,依次分别对应将来、过去和现时。其中,作为"死亡间隙"的现时是不能被人感知的一种超验存在。过去确实如猎物一般一直被作为捕食者的将来所窥视,而现时则是两者的相遇:"现在,是生者,是过去之物与将来之物的激烈斗争。是融于出现之物的捕食里的过去之终。"③ 或者说,现时是死亡对生命的威胁,它始终在临近死亡,却从未真正死去,而寂静也是一种无生无死的形态。现时是一个动态过程,声音也"意

---

① 帕斯卡·基尼亚尔:《游荡的影子》,张新木译,南京:译林出版社,2007年,第74页。

② Cf., Pascal Quignard, *Abîmes* (*Dernier royaume III*), Paris: Gallimard, 2004, p. 33.

③ Pascal Quignard, *Rhétorique spéculative*, Paris: Gallimard, 1997, pp. 188–189.

味着运动,它是一种感觉存在的证据"①。可以说,现时具有模糊性,这种模糊性源自它对过去和将来的兼容,它"既是一个告别的时刻,也是重返的时刻,又是出发的时刻"②。基尼亚尔就现时的模糊性诗意地写道:

有时候,应当用一根蜡烛来代替灯光。源自黑暗。它不会打断夜晚。它会与一种生命重逢,那生命是隐藏的、有欲望的、不满足的、深邃的。
这就是道。是原初之路。
而原初在世界上蔓延开去。
时间在漫溢。
光线在黑暗的空间深处越来越白热化。③

蜡烛上摇曳的火焰就像被过去和将来拉扯的现时,它不会打断夜晚,因为它就是夜晚,是天空的深渊,是一个向外扩张、不断生成的场。现时也在漫溢,从过去漫溢到将来,又紧接着从变为过去的将来中再漫溢到更远的将来,如此接连下去,永不止息。因此,现时同样构成了一个深渊。在这个深渊里,包含了一切过去和所有将来的可能性,却又没有将它们明确分割。过去如何结束,将来如何开始,都存在不确定的因素。唯一确

---

① 卢梭:《论语言的起源兼论旋律与音乐的模仿》,吴克峰、胡涛译,北京:北京出版社,2009年,第92页。
② 赵汀阳:《四种分叉》,上海:华东师范大学出版社,2017年,第14页。
③ Pascal Quignard, *Les désarçonnés* (*Dernier royaume* Ⅶ), Paris: Gallimard, 2014, p. 335.

定的是，现时的深渊是超越经验的。如何在经验范畴中去接近它，成了基尼亚尔心心念念的思考，而音乐则是一个重要的突破口。

二、音乐：时间的艺术

"在它〔音乐〕身上，好像时间回到了自身，好像它回到了比自己的原初更为遥远的地方。"① 借着这句话，基尼亚尔指出了音乐和时间具有密切关联：时间可以通过音乐脱离空间的束缚而回到自身原本的状态，我们可以通过音乐回到一个非常远古的时间维度，因为"音乐在时间里剥夺了语言，切除了意图回到线性的事物，意图走向中断一切的死亡的事物"②，它将空间化的时间拉回纯粹的时间。

音乐被广泛认为是时间的艺术，因为它"使时间可听，使时间形式和连续可感"③，因为音乐体验"不涉及外部世界中的具体对象，而是源于人的内在时间流，源于意识流"④。不过，音乐并不是唯一与时间有关的艺术，"在传统意义上，'时

---

① 帕斯卡·基尼亚尔：《音乐课》，王明睿译，郑州：河南大学出版社，2018 年，第 57 页。
② Pascal Quignard, *Abîmes (Dernier royaume Ⅲ)*, Paris：Gallimard, 2004，p. 147.
③ 苏珊·朗格：《情感与形式》，刘大基、傅志强、周发祥译，北京：中国社会科学出版社，1986 年，第 128 页。
④ 于润洋：《现代西方音乐哲学导论》，北京：人民音乐出版社，2012 年，第 134 页。

间艺术'一词不仅运用于音乐,而且运用于文学、戏剧和舞蹈"①,但朗格指出,"在一种比传统意义更本质更重要的意义上,即一种明确的感觉时间意义上,音乐也被称为'时间艺术',在这里,'时间艺术'针对'空间艺术'而言"②。文学、戏剧、舞蹈和绘画等其他艺术都与空间有关,它们在离开空间的情况下是不可实现的,因此只能被称为"与时间有关的艺术",却不能被冠以"时间艺术"之名,而音乐是可以只在时间中发生的艺术。音乐之所以能够只在时间中展开,一个重要的原因是它对物质的依赖微乎其微。艺术品由于"是独一无二的,也没有可交换性","远离日常生活的紧迫需求和需要,比其他东西都更少地与日常生活发生关系",而具有"显著的恒久性(permanence)"③。其中,"艺术的'物质化'在音乐和诗歌中是最少的,因为它们的'物质'只有声音和语词,它们所需要的对象化和工艺也保持在最低限度"④。而与诗歌相比,音乐的物质化程度更加微小,因为它不需要语词,声音本身就足以形成音乐。因此,在众多艺术形态中,音乐最有可能摆脱语言构建的现实世界,走向真实。

音乐与纯粹的时间相关,也是由于它的意义生成和时间一样有赖于"经过",有赖于生命体验。本真之乐发生在纯粹时间的内部,不是如空间化时间那样被人为地划分和切割,它的

---

① 苏珊·朗格:《情感与形式》,刘大基、傅志强、周发祥译,北京:中国社会科学出版社,1986年,第140页。
② 同上。
③ 汉娜·阿伦特:《人的境况》,王寅丽译,上海:上海人民出版社,2017年,第127页。
④ 同上书,第129页。

绵延特征保证了对生命本真的保存。失真之乐则发生在空间化时间中，也因而是被语言和理性改造过的音乐。基尼亚尔在《世间的每一个清晨》中，安排圣-科隆伯说出这样一段有关音乐与生命的话："当我拉动琴弓时，我撕裂的，是我小小的一块活蹦乱跳的心。我所做的，只不过是一种生命的训练，而在这一生命中，没有一天是节假日。我履行了命运赋予我的职责。"① 音乐的意义和语言的意义不同，没有确切的指向，甚至是彻底地没有指向。个体的经验与感知影响着音乐意义的生成，音乐的意义随之改变。扬科列维奇说，"它是流动的，不是巡回的：这就是音乐。它的维度是所有维度中最难以操控的、最容易消失的，因为这个维度是变化"②。音乐的意义有赖于听者当时的心境，甚至作曲者本人在创作过程中和演奏过程中所希望表现的情感也是不同的。虽然不少音乐作品通过文字标题明确了主旨，但是，"音乐，无论它想要表现得多么客观，都停留在我们的内心；我们体验着音乐，如同我们体验着时间，在一种愉快的经历中，在对我们整个生命的实体参与里"③。我们将在后文中陆续看到，在基尼亚尔的文字中，本真之乐的韵律关乎心脏跳动与肺部呼吸的节奏，音乐家的出现源自变声后的男性对女高音的怀念，弦乐器的琴体被比作业已失去的母体，琴弦则是声带的化身……这些都强化了音乐与生命的关联，是被抽象为数字的物理时间所无法体现的。

---

① 帕斯卡·基尼亚尔：《世间的每一个清晨》，余中先译，桂林：广西师范大学出版社，2019 年，第 53 页。
② Vladimir Jankélévitch, *La musique et l'ineffable*, Paris：Seuil, 2015, p. 108.
③ 同上书，第 109—110 页。

音乐和纯粹的时间一样是对生命的体验,具有绵延的特征,所以基尼亚尔认为它保留了对真实和原初的记忆,能够帮助我们溯源。他自陈道:"我所寻找的,是一种好像外在于自我的东西;一种既悲剧又令人振奋的东西。"① 但其实,他寻找的东西是内在于自我的,只是当个体产生了自我意识之后,这种东西被逐渐遗忘,被误认为是外在于自我的。可这遗忘的部分"在我们的生命中、在我们对自我的连续性的感知和维持中,或许起到了重要的作用"②。这种东西是悲剧性的,因为我们在现实世界里永久失去了它。它又是令人振奋的,因为它像塞壬之歌一样对我们具有致命的吸引力。我们对它的记忆可以追溯至胎儿时期,母亲的嗓音和塞壬之歌早就施展威力的时期,它是最初的形象记忆,在梦中将我们从习得记忆的织网中救赎出来:"黑暗中,人的身体有如一条船,松开了缆绳,离开陆地,漂走了。"③ 漂向大海,而大海"就是古老的从前"④。

---

① Pascal Quignard, « Pascal Quignard », entretien avec Catherine Argand, in *Lire*, février 1998, pp. 85 – 91.
② 让·克洛德·阿梅森:《时间的律动》,曲晓蕊译,北京:中信出版社,2016 年,第 150 页。
③ Pascal Quignard, *La barque silencieuse* (*Dernier royaume* Ⅵ), Paris: Gallimard, 2011, p. 18.
④ 帕斯卡·基尼亚尔:《秘密生活》,王海洲译,上海:上海文艺出版社,2014 年,第 105 页。

第二部分 变调

第四章 俄耳甫斯之琴

"诞生，就是失去他的母亲。"① 从真实世界中而来的现实世界离开了自己的本源。有这样几位神话人物，他们与塞壬的关系恰如开化与混沌、生命失真与生命本真：尤利西斯、俄耳甫斯以及阿波罗。神话中最先出现的是作为奥林匹斯十二主神之一的阿波罗，其次是缪斯卡利俄佩（Calliope）与色雷斯国王俄阿格洛斯（Œagre）之子俄耳甫斯，最后是伊塔刻（Ithaca）岛国的国王尤利西斯。这三位在神话中的表现让基尼亚尔把他们都视为塞壬的反面，是不同生命失真程度的代表，所以他们在下文中的出场安排并非依照在希腊神话中的先后顺序或者主次之分。其中，对尤利西斯和俄耳甫斯的失真程度判断直接来自他们和塞壬之间的故事。阿波罗与塞壬虽然没有直接接触，但是他的象征意义与塞壬之歌有着千丝万缕的联系。

---

① 帕斯卡·基尼亚尔：《秘密生活》，王海洲译，上海：上海文艺出版社，2014年，第93页。

第一节　塞壬败北

尤利西斯和俄耳甫斯都"拒绝回应'来自真实的前所未闻的召唤'"①，而尤利西斯的诡计可谓开天辟地头一遭。尤利西斯是第一个主动想去听塞壬之歌的人，但是不愿意付出生命，因而使用了计谋：让水手们把自己牢牢地绑在桅杆上，其他所有人则堵上耳朵，负责划桨。这条计谋虽然是基尔克提供的，但是基尔克并没有鼓励尤利西斯这样做，只是为后者可能遇到的情况提供解决方案。基尔克首先告诉尤利西斯，必须用蜂蜡塞住伙伴们的耳朵，随后才说，如果尤利西斯想听塞壬之歌，他本人就必须被捆住手脚。②基尼亚尔提到了希腊文献对此事的记载中的一个细节："此刻，欧鲁洛科斯和裴里墨得斯解开了（anelysan）尤利西斯。这也是词语'分析'（analyse）第一次在希腊文献中出现。"③ 在古希腊语中，άνάλυσις（análusis）的确有"分析"之意，但它最初的意思是"松开"。被解绑的人是尤利西斯，因而被分析的人也是尤利西斯。不过确切地说，被分析的对象是塞壬之歌，尤利西斯则是塞壬之歌走进人世间的一个载体，因为在他之前，没有任何一个人能够活着逃离塞壬的魔爪，也没有任何一个人能向未曾听闻塞壬之

---

① Chantal Lapeyre-Desmaison, *Pascal Quignard: La voix de la danse*, Villeneuve d'Ascq: Presses Universitaires du Septentrion, 2013, p. 90.
② 参见荷马:《奥德赛》，陈中梅译，上海：上海译文出版社，2016年，第223—224页。
③ Pascal Quignard, *La haine de la musique*, Paris: Gallimard, 1997, p. 167.

歌的人描述这种歌声。

可以说,尤利西斯开启了生命失真——理性的时代。他有了自主思考的意识,会自己决定是否去听塞壬之歌,是否采纳基尔克的建议。在进入文明社会之前,人类不具备自主思考的能力,荣格认为,在这种情况下,只能说是"'某种东西在他心中思考'。所以,思考行动的自发性并不是存在于他的意识大脑之中,而是存在于其无意识之中"①,并将思想的这种呈现方式称为"思想自显"②。在《荷马史诗》中,尤利西斯是一位智者,他的性格特征之一就是理性克制,否则难以通过神明安排的诸多考验,包括塞壬之歌的诱惑。他代表了最初一批向自然发起挑战的人,他们力图将命运掌握在自己的手中,而不再是如浮萍一般随波漂荡。计谋得逞之后,尤利西斯用语言描述出了塞壬之歌,说那是令人充满欲望的歌声。这是在用语言描述从前,把原本处于黑暗深渊中混沌不明的真实带进了光亮的、秩序的世界,使之成为被分析的对象,真实开始被现实化。虽然在塞壬神话中尤利西斯是第一个言说真实的人,但是在接触真实的过程中并非只有他一个人,只是其他所有人都被堵住了耳朵,都被禁止去听来自生命本真的召唤。尤利西斯是一个领导者,他很清楚如果水手们都去听会导致怎样严重的后果,于是主动采取了基尔克的意见。虽然基尔克所做的只是提醒和建议,却依然具有暗示性,暗示着只有尤利西斯一个人有资格去听塞壬之歌,认可了这位英雄的权威。水手们无法亲自去认识真实,只能通过尤利西斯的描述而间接地去了解。但

---

① 卡尔·古斯塔夫·荣格:《原型与集体无意识》,徐德林译,北京:国际文化出版公司,2011年,第123页。
② 同上。

是，尤利西斯所言是否完全属实，这是存疑的。他说那是令人充满想去听的欲望的歌，这是可以由众多水手被吸引致死的案例所证实的。不过，他是否有所隐瞒呢？卡夫卡在短文《塞壬的沉默》结尾处写道：

> 关于这个故事还有一段补遗。传说奥德赛诡计多端，是只老狐狸。他的内心深处就连命运女神也侵入不了。虽说正常人无法理解他的这种做法，但说不定他真的觉察到塞壬们沉默着，而他将计就计，演出上面说的那一幕，以之作为盾牌，抵挡塞壬和诸神。①

尤利西斯可能知道塞壬在以沉默之网捕捉自己，却假装不知晓此事，既避免了遭受更大的危险，又能巩固自己的统治地位。尤利西斯对塞壬之歌的描述有两个目的：给水手们一个交代；仅限于一个能够令水手们满意的交代。如果什么都不说，或者含糊其词，水手们是不可能相信他的；而如果说得过多，水手们就会和他知道得一样多。无论是哪种情况，他的权威都会受到威胁。统治者的智慧于是体现在语言方面，而他本人既是生命失真者，也是令被统治者始终处于失真状态的人。

虽然尤利西斯在面对塞壬之歌的诱惑时采用了理性思维，但是他并没有与之正面交锋，只是使用计谋使自己和船员逃过一劫。理性时代在尤利西斯那里诞生，接着在俄耳甫斯身上得到了发展，因为后者用人的力量打败了塞壬之歌。我们现在通

---

① 卡夫卡：《塞壬的沉默》，谢莹莹译，收于《卡夫卡小说全集·第三卷》，北京：人民文学出版社，2013年，第267页。

常所说的希腊神话指的是荷马-赫西俄德的神谱系统，但实际上，"在古希腊城邦还有另一影响深远的神话系统：俄耳甫斯诗教系统"①。此外，在古希腊的英雄族谱中，俄耳甫斯排名最靠前，足见俄耳甫斯与神的对抗能力非同一般。俄耳甫斯的母亲是缪斯女神，父亲是色雷斯人，而色雷斯人在希腊是最具有音乐天赋的民族，俄耳甫斯自然是个音乐天才，"当他唱歌或弹奏时，他的力量无边无际，任何物、任何人都无法抗拒"②。没有人能在音乐上与俄耳甫斯匹敌，他的音乐魅力也为后世文人提供了创作原型，在文艺领域享有盛誉。品达称他为"金竖琴手"和"抒情诗歌之父"，柏拉图和维吉尔等也都对他的形象进行过再塑造。

在希腊神话中，伊阿宋（Jason）为夺取金羊毛出海航行，随行成员中就有俄耳甫斯。当船只行驶到塞壬附近，水手们调转航线朝死亡之岛而去时，俄耳甫斯"抓起里拉琴，射出一支非常清晰有力的曲调，扼制了那迷人又致命的嗓音发出的声音"③，英雄们这才逃离了危险。基尼亚尔将这场较量的双方分别称为动物之歌和人造音乐④。前者是天籁之声，是"无临界的""没有分段的、模糊的、连续的"，同时也是"尖细的"⑤，这与他经常提及的女高音具有相同的性质，都代表了来自生命本真的召唤；后者却是社会化的产物，是"人类

---

① 《俄耳甫斯教辑语》，吴雅凌编译，北京：华夏出版社，2006年，第10页。
② Edith Hamilton, *La mythologie*，由 Abeth de Beughem 译自英文，Alleur (Belgique)：Marabout, 1997, p. 132。
③ 同上。
④ *Cf.*, Pascal Quignard, *Boutès*, Paris：Galilée, 2008, p. 16.
⑤ Pascal Quignard, *Boutès*, Paris：Galilée, 2008, p. 17.

的'反-歌声'"①，为了维护社会的稳定而调动起人们的统一性，这一点在音乐特征上反映为后文将详述的"和谐"。在西方，俄耳甫斯被普遍认为是音乐始祖，他的胜利代表着人类力量战胜了自然之力。在这个神话中，音乐是人类的一项计谋，用来对抗猎物的反扑，压垮了"更为原初、更有吸引力的声音源头"②。基尼亚尔根据古希腊诗人阿波罗尼奥斯（Apollonios）的诗篇得出这样的论断："人造齐特拉琴的音乐阻碍了动物之歌那令人晕厥的力量"③。

不过，在有关俄耳甫斯的神话中，最著名的并非对抗塞壬之歌，而是拯救亡妻失败。俄耳甫斯的经典形象来源于此，也使他成了基尼亚尔作品中音乐家人物形象的原型，理性在认识生命本真过程中的能动性和局限性都在这则神话中得到了展现。爱妻欧律狄刻（Euridice）不幸离世后，俄耳甫斯来到地狱弹起里拉琴，因感动了冥神而获准带走妻子的魂魄，但必须遵守一个要求：回到阳间之前绝不可回头看妻子。可是，走到阴阳两界交界处时，已经回到人间的俄耳甫斯忍不住看了一眼尚在地狱里的妻子，于是妻子的魂魄瞬间被重新卷回去，失去了一切重生的机会。

俄耳甫斯用人力打败了塞壬，却没能再次借助人力冲破生死之界。对于俄耳甫斯失败的原因，较为公认的一个答案是"缺乏耐心"。里尔克（Rilke）写有诗作《俄耳甫斯·欧律狄

---

① Midori Ogawa, « Tout est couvert du sang lié au son », in *Pascal Quignard ou la littérature démembrée par les muses*, Mireille Calle-Gruber, Gilles Declercq et Stella Spriet (dir.), Paris: Presses Sorbonne Nouvelle, 2011, pp. 161 - 170.
② 同上。
③ Pascal Quignard, *Boutès*, Paris: Galilée, 2008, p. 16.

刻·赫耳墨斯》，其精彩之处在于，诗人将欧律狄刻的形象由一个具体的女人转变为没有表情也没有感情的"根"①。作为"根"的欧律狄刻在跟随俄耳甫斯走出地狱的过程中"轻柔而没有不耐烦"②。当昔日的丈夫忍不住回头看时，她只是"什么也不懂并轻声说：谁？"③ 在她眼里，"但远远的，暗暗的在明亮的出口前/站着某个人，他的脸/难以辨认"④。当俄耳甫斯仍恋恋不舍地望着欧律狄刻时，"她已经往回走在这同一条路上/被长长的尸带绑住了脚步/走得不稳当，轻柔而没有不耐烦"⑤。里尔克将欧律狄刻称为"根"，因为她已是死亡本身，回到了自己来时的地方。死亡令欧律狄刻摆脱了尘世间的一切约束和定义，她不再是任何一种人，只是她本身。俄耳甫斯满心期待着与妻子重逢，但是已故的妻子已不认识他，更不需要他，因为她回到了一种完满的存在状态。布朗肖则从文学创作的角度写道："看着欧律狄刻，而不关注歌唱，缺乏耐心而且还有忘了戒律的那种带有欲望的不慎，这一切本身就是灵感。"⑥ 他赋予俄耳甫斯的缺乏耐心以肯定的意义，认为这是"无限的期待，寂静"⑦。写作正诞生于他急切的目光，而已经死亡的欧律狄刻则是灵感的源泉、深渊的象征，写作就是对目

---

① 里尔克：《里尔克诗选》，林克译，成都：四川人民出版社，2017年，第84页。
② 同上书，第82页。
③ 同上书，第85页。
④ 同上。
⑤ 同上。
⑥ 莫里斯·布朗肖：《文学空间》，顾嘉琛译，北京：商务印书馆，2003年，第175页。
⑦ 同上书，第178页。

光所及的深渊所做的回应。虽然里尔克消解了俄耳甫斯拯救行动的意义,而布朗肖肯定了他的回头之举,但是两人都将欧律狄刻视为某种来源。在基尼亚尔的笔下,欧律狄刻则位于深渊之底:

> 俄耳甫斯为了寻找欧律狄刻来到地狱。他和她一道从地狱向上走去,她跟在他的身后,但是亡者世界的王后提醒他不可回头、不可看她。他回头了,他看到了她。Flexit amans oculos. 爱着她的人转过眼睛,随即,她就被向后拖走。Et protinus relapsa est. 她向后退去,伸出臂膀,只捉住了不可触摸的空气。她重又坠入了深渊之底。①

"Flexit amans oculos"和"Et protinus relapsa est"是拉丁语,出自古罗马诗人奥维德(Ovide)之作《变形记》(*Metamorphoses*)的第十卷,本是前后相接的两句诗,大意为"在爱意中他转过眼睛,即刻,她就向后退去",基尼亚尔所述与之基本一致。作者说欧律狄刻重新坠入深渊,暗示着俄耳甫斯与妻子之间有一道不可逾越的障碍。如果说俄耳甫斯是凡胎肉体,那么欧律狄刻就是不朽者。

"欧律狄刻"的字面意思为"'统治遥远国度的',或'无边国度的'"②,本就不属于有限的、可被理性支配的世界,而属于深渊,俄耳甫斯的拯救行动也因此注定失败。实际上,

---

① Pascal Quignard, *Boutès*, Paris: Galilée, 2008, p. 68.
② 《俄耳甫斯教辑语》,吴雅凌编译,北京:华夏出版社,2006年,第25页。

第四章 俄耳甫斯之琴

欧律狄刻并不需要俄耳甫斯的拯救,需要拯救的反倒是俄耳甫斯,因为他身处海德格尔所说的"被抛境况"①。从字源上看,"俄耳甫斯"(Orphée)中的 orph-"在古希腊文里也许与 orphnos(夜)、orphné(暗)或者 orphos(藏在石下的海鱼)有关"②。在此意义上,他身处暗夜,身处自我认知的暗夜。我们总是认为,开化的人摆脱了知识的暗夜,但是里尔克和布朗肖显然都将俄耳甫斯置于一种无知的状态中:或者以为自己是拯救者,或者需要从对深渊的凝视中汲取创作灵感。在基尼亚尔的作品里,以俄耳甫斯为原型的音乐家们则处在试图征服对方的状态里:"被禁止的俄耳甫斯目光无法遏制地朝地狱转去,抬起双眼去看心爱之人那张死亡面孔上空洞的眼眶。[……]被吞食的人朝吞食者转过身去,想轮到自己将对方吞食。"③ 吞食对方,便是占据对方,占据深渊,占据深渊底部的生命本真,获得关于它的全部知识。因为具有理性思维,人们得以主动去寻找生命本真,但也正因为如此,已经失真的人们在经验范畴里无论如何都不可能完全实现生命回归。理性之人虽然较之原始人已经获得了大量的知识,但实际上,更多的是尚未被认识的知识,吸引着他们不断地去寻找,一代又一代的俄耳甫斯们在这条道路上前赴后继。

---

① 海德格尔:《存在与时间》,陈嘉映、王庆节译,北京:生活·读书·新知三联书店,2006 年,第 157 页。
② 《俄耳甫斯教辑语》,吴雅凌编译,北京:华夏出版社,2006 年,第 13 页。
③ Pascal Quignard, *Critique du jugement*, Paris: Galilée, 2015, pp. 26 – 27.

第二节　俄耳甫斯的继任者

基尼亚尔塑造的音乐家都如俄耳甫斯一样，各自心中有一位欧律狄刻。这位欧律狄刻可能是音乐家已过世的妻子，也可能并不是一个人，而是尖细的嗓音——天籁之声。关于嗓音，他注意到了一个常见的生理现象：变声，尤指男性变声。这导致男性失去了从母体里带出来的天籁之声，而且此种丧失是不可逆转的。于是他说，对于男性而言，"音乐是一种缺失之物的声音，是一种撕裂行为的声音痕迹"[1]。永恒的丧失令音乐家们产生了永恒的怀念之情，他们试图用人造之乐来弥补生命的缺失，如同推巨石的西西弗斯一样，始终在做一件不可能完成的事情，他们的故事也因此总是具有悲剧色彩。

一、变声之哀

对于塞壬、母体和婴儿的关系，基尼亚尔写有如下这段话：

> 所失之物，是塞壬，此外，在她身上，混杂着古老的鳞片、古老的羽毛，展开的宽大翅膀环绕着歌声，那歌声是女性的、女高音的、平静的，它在引诱。在希腊语

---

[1] Jean-Louis Pautrot, *Pascal Quignard ou le fonds du monde*, Amsterdam-New York: Éditions Rodopi B. V., 2007, p. 82.

seirèn 中，ser 意为捆绑。塞壬（sirène）是个体身上的母体绑带：用脐带打结的细绳，变成了襁褓上的绑带。①

以塞壬之歌为原型的尖细嗓音是个体出生后依然与母体有所关联的纽带，而变声则切断了这条与母体连接的声音脐带。在《音乐课》中的三个故事里，第一个故事题为《马林·马莱生平小段》（"Un épisode tiré de la vie de Marin Marais"），开篇伊始，基尼亚尔就直接点明了该故事的核心思想与男性变声有关：

> 我眼前的这张面庞蜡黄蜡黄的，宽广、遥远、肥厚，像是融化在周围的空间里。马林·马莱把维奥尔琴置于身前，骄傲地用左手握着指板。我研究人的变声。有一个变化，出现在童男发出的嗓音中。他们的生殖器在增大、下坠。毛发在生长。将他们定性的，是这种嗓音向阴郁的转变，使他们从男孩走向男人。男人，他们是阴郁的。他们是嗓音阴郁的生物。他们寻找一种小小的尖细童声，这声音离开了他们的喉咙，他们找啊找啊，游荡着，直到死亡。②

故事取材于真实的历史人物——马林·马莱，他是路易十四最为欣赏的宫廷乐师，擅于演奏古大提琴（即《音乐课》中的"维奥尔琴"）。马莱曾经是圣-日耳曼-奥克赛鲁瓦（Saint-

---

① Pascal Quignard, *Mourir de penser* (*Dernier royaume* Ⅸ), Paris: Grasset, 2014, p. 68.
② 帕斯卡·基尼亚尔:《音乐课》，王明睿译，郑州：河南大学出版社，2018 年，第 1—2 页。

Germain-l'Auxerrois)教堂唱诗班中的一员。离开唱诗班之后,马莱并不愿意就此放弃音乐,于是师从当时公认的古大提琴顶级乐师——圣-科隆伯。马莱离开的原因并无定论,但是基尼亚尔为表达作品主旨而将其定为变声:"变声后的第二天,马林·马莱被圣-日耳曼-奥克赛鲁瓦的领班赶了出去。"① 这种虚构也与作者本人的经历有关。对于多数人能够坦然接受的生理变化,基尼亚尔却认为它是"糟糕的",因为他在此期间"无法平稳而准确地发音",从此"永远无法唱歌,甚至连哼歌都不行",也因而被两个给自己"带来欢乐的合唱团除了名"②。他不仅觉得变声令自己遭受痛苦,而且怀念曾经拥有过的童声。作者对变声后歌唱的否定,也反映出童声在他心中的地位是至高无上、不可取代的。为什么基尼亚尔对变声会采取此种态度呢?

变声使男性丧失了与生俱来的"女高音"(soprano):"和双腿间生殖器的出现一样,从唇间发出的低沉、有缺陷又愈演愈烈的嗓音,还有脖子中间亚当的苹果,都封固了伊甸园的丧失。"③ 变声意味着成熟的开始,这不仅体现为生理上的成熟,也表现为思想上的成熟,理性思维的介入在此过程中扮演了重要的角色,将生命进程一分为二:"有一个嗓音在时间里回响。男性嗓音在其中碎成两块。像是碎成了两个时间。男人的嗓音

---

① 帕斯卡·基尼亚尔:《音乐课》,王明睿译,郑州:河南大学出版社,2018年,第8页。
② 帕斯卡·基尼亚尔:《秘密生活》,王海洲译,上海:上海文艺出版社,2014年,第49页。
③ 帕斯卡·基尼亚尔:《音乐课》,王明睿译,郑州:河南大学出版社,2018年,第28—29页。

是变成嗓音的时间。"①在前一段生命中，童声的存在让男性得以"从未完全远离自己的母亲"②，对世界的认知以自我观察和体验为主。而后一段生命使这种隐形的脐带彻底断开，变声成了一种"真正的伤口"③，时时刻刻提醒着自己已不再能够发出女高音，由感性认知向理性认知的转变强化了缺失。

实际上，变声并不是男性所独有的，女性在更年期时嗓音也会变得低沉："我们称之为人类变声的情形是什么样的？变声在男孩十三四岁的时候突然到来，在女人身上则是四十五到五十五岁，方式多少有些区别。"④女性变声发生在中年时期，其变化程度远不及男性嗓音变化之大，它不是对母体的脱离，也不是生理与思维上双重成熟的标志，却意味着走向衰老与死亡。因此，女性变声对基尼亚尔所要表达的主旨并不会产生影响，它在他的文本中被弱化，乃至被忽略，女性嗓音也就被视为一种不会变化的嗓音，时间不会在其中断裂："女人持久地拥有高音，在高音中死去。她们的嗓音是一种统治。她们的嗓音是一轮不灭的太阳。"⑤

基尼亚尔对女高音的青睐致使变声在他的文本里成了一种被迫接受的现象。对此，他特别引用了法国词典学家艾米尔-马克西米连·利特雷（Émile-Maximilien Littré）的一个观

---

① 帕斯卡·基尼亚尔：《音乐课》，王明睿译，郑州：河南大学出版社，2018年，第55页。
② Vincent Landel, « Quignard: l'adieu au monde », in *Magazine littéraire*, février 1998, p. 69.
③ Mathieu Messager, François Mouttapa, *Tous les matins du monde*: 40 *questions*, 40 *réponses*, 4 *études*, Paris: Ellipses, 2010, p. 76.
④ 帕斯卡·基尼亚尔：《音乐课》，王明睿译，郑州：河南大学出版社，2018年，第21页。
⑤ 同上书，第25页。

点——"鉴于变声不是一种自愿行为,若要表达出状态,就最好使用助动词être"①,用以表示被动性,并说:"我们在十二到十四岁之间不是变了声的。而是被变声的。"② 这种被迫放弃女高音的命运让他很是无助与惶恐:"于女人,嗓音是忠诚的。于男人,嗓音是不忠的。就在他们的嗓音里,生物的命运决定他们必遭背叛。迫使他们被抛弃。迫使他们变声。迫使他们改变。"③ 他甚至由此出发给男性做了如下定义:"此类人,嗓音以变声的形式离开了他们。"④ "一切失去的东西都无法找回"⑤,基尼亚尔的这句话在嗓音上体现为:变声是单向的、不可逆的,将童声比作"一条蛇的衣袍"⑥。而"变了声的嗓音是一种不再上升的嗓音,是一种类似'嗡嗡'的嗓音"⑦,令基尼亚尔想起自己身上有某种缺失,总是自问:"我的童年在哪里?我的嗓音在哪里?我在哪里,至少告诉我,我曾经在哪里?我甚至不能再从别人所说的我中认出自己。该如何在我

---

① 帕斯卡·基尼亚尔:《音乐课》,王明睿译,郑州:河南大学出版社,2018年,第82—83页。
② 同上书,第83页。
③ 同上书,第26页。
④ 同上书,第25页。
⑤ Pascal Quignard, *Sordidissimes（Dernier royaume V）*, Paris: Gallimard, 2007, p. 33.
⑥ Pascal Quignard, *La haine de la musique*, Paris: Gallimard, 1997, p. 155.
⑦ Anne-Marie Reboul, « Étranger à soi-même: La mue de la voix masculine dans l'œuvre de Pascal Quignard », in *L'Étranger tel qu'il（s'）écrit*, Ana Clara Santos, José Dominigues de Almeida（orgs.）, Poto: Universidade do Porto. Biblioteca digital de la Faculdade de Letras. Faculdade de Letras, 2014, pp. 49–66.

的嗓音里与我相聚?"① 寻找失去的嗓音,也是在寻找生命的源头。

让我们回到神话里窥探一下基尼亚尔的变声与俄耳甫斯救妻之间的内在联系。俄耳甫斯虽然打败了塞壬,但是在面对人的终极思考——死亡时,理性并不能给他带来满意的结果。欧律狄刻既是女性也是死亡,而女性与死亡在基尼亚尔笔下都是重要的思考对象:孕育万物的初始是母性的,被视为生命本真的召唤是女性的嗓音,而如果要彻底实现生命回归,唯一的途径就是死亡。俄耳甫斯的确是缺乏耐心的,我们可以认为这是由于理性的自负。变声的男性象征着走向生命失真的人们,理性带来的支配和统治力量让人们忘乎所以。俄耳甫斯自认为能够打败死亡,却不知那是认知的极限,更不知欧律狄刻根本无须拯救。俄耳甫斯的行动源自缺失,欧律狄刻则在死亡中回到自我的整全。作为已经变声的人、已经走向理性的人,我们认识生命本真的限度就是俄耳甫斯的限度,无限接近这个限度便是我们不断前进的动力。

对真实之声的怀念之情促使基尼亚尔去寻找尽可能弥补的方法。他提到了两种途径:阉割和音乐。

阉割这种手段可以说是对自然法则的抗拒、违规,是对成熟的不满。"所有的阉割即刻就反映在声音上,而且也许首先便是如此。"② 被阉割的男性随即摆脱了变声对嗓音的控制,恢复了对女高音的占有。从表面上看,阉割治愈了男性的发声疾病。但实际上,这并不能代表天籁之声的回归。基尼亚尔认

---

① 帕斯卡·基尼亚尔:《音乐课》,王明睿译,郑州:河南大学出版社,2018年,第24—25页。

② 同上书,第22页。

为，男性成熟的标志是生理上的上下对称，虽然阉割取消了这一成熟的对称，但在根本上来讲，某种更隐晦的对称依然存在，因为阴囊被切除后是有残留的，而嗓音虽然变得尖细，但这是对成熟嗓音的改造，它的出现时刻提醒着男性自己失去了某种东西。① 阉割除了带来变声的缺席，还使得嗓音被驯化，"它解放了人的嗓音，使其摆脱对生殖器的依附、对年龄的依附"②，让嗓音满足人的需求。在十七、十八世纪的欧洲，阉人歌手大行其道，他们的"住处比普通男孩温暖，因为要保护他们娇嫩的嗓音"③。西班牙国王菲利普五世（Felipe V de Borbón）更是史上最著名的阉伶法里内利（Farinelli）的疯狂崇拜者。基尼亚尔的《音乐之恨》里有一篇题为《路易十一和懂音乐的猪》（"Louis XI et les porcs musiciens"）的故事：德·拜涅神父（l'abbé de Baigné）受路易十一之命，在数月之内教会一群猪唱出和声。德·拜涅神父选用了四种不同的猪分别担当不同的声部，其中充当女高音声部的是八只被阉割的小野猪。基尼亚尔对此写道："音乐和绝美的嗓音，被驯化的嗓音，以及阉割，它们之间是有关联的。"④

阉割毕竟是非正常的手段，"是牺牲，是奇怪的统治"⑤，而音乐才是基尼亚尔眼中治疗变声这种声音疾病的合理方式。

---

① 参见帕斯卡·基尼亚尔：《音乐课》，王明睿译，郑州：河南大学出版社，2018年，第23页。
② 帕斯卡·基尼亚尔：《音乐课》，王明睿译，郑州：河南大学出版社，2018年，第22页。
③ 马慧元：《音乐的容器》，上海：上海书店出版社，2014年，第32页。
④ Pascal Quignard, *La haine de la musique*, Paris：Gallimard, 1997, p. 158.
⑤ 帕斯卡·基尼亚尔：《音乐课》，王明睿译，郑州：河南大学出版社，2018年，第26页。

作者提到了这样一个现象,"在西方,技艺精湛的女人比比皆是。女人很爱音乐。可虽然如此,著作等身的女人却是凤毛麟角"①,并随即指出了导致这一现象的原因:女性不会像男性一样经历变声。她们并不需要刻意寻找童声,"无须付出任何努力,只消说说话,只消张开口",因为"她们是时间里的优势方,是音调的无所不能者,是绵延中的霸权,是发声痕迹中最绝对的帝国,这痕迹落在最小者的身上——落在新生儿身上"②。可对于男性而言,粗犷的嗓音呼唤着失去的尖细嗓音,这个痕迹"展现了缺席,忧郁之人不断从中看见美妙的所失之物,而这个所失之物则成了一场永不落幕的追逐的对象"③。童声的离开刺激着他们去"研究一种不会背叛自己的嗓音"④,将作为声带的那根"弦"化成乐器上的"弦",用不变的琴弦之声代替可变的嗓音,创作出忠于自己的声音领地,用音乐构造出"一种退行的运动"⑤,"如此一来,他们重新获得了尖细的音区,既是孩童的也是母亲的音区,是初期感情的音区,是声音国度的音区"⑥。因此,在基尼亚尔看来,音乐这门艺术

---

① 帕斯卡·基尼亚尔:《音乐课》,王明睿译,郑州:河南大学出版社,2018年,第28页。
② 同上。
③ Simon Saint-Onge, « Le temps contemporain ou le Jadis chez Pascal Quignard », in *Études françaises*, vol. 44, n° 3, 2008, pp. 159-172.
④ 帕斯卡·基尼亚尔:《音乐课》,王明睿译,郑州:河南大学出版社,2018年,第26页。
⑤ Jean-Louis Pautrot, « La musique de Pascal Quignard », in *Études françaises*, vol. 40, n° 2, 2004, pp. 55-76.
⑥ Pascal Quignard, *La haine de la musique*, Paris: Gallimard, 1997, p. 155.

"如此经常、如此绝望地是男性的艺术"①，他笔下的音乐家人物也几乎都是男性的，作者通过书写他们的故事来反映生命失真者与生命本真的关系。

二、器乐登场

马林·马莱是基尼亚尔笔下音乐家人物中的典型形象。作者将《马林·马莱生平小段》三个部分的发生时间都安排在了九月份这个夏末秋初的时候。

第一个九月份是马莱因变声被逐出合唱团的时候："1672年9月，他被赶出教堂合唱团，沿着塞纳河走着。"②基尼亚尔对当时的天气做了这样一番描写："是九月的阳光。是即将结束的夏日里自行蜕变的阳光，沉重而成熟。不是春日里干燥、明晰、活泼又锐利的光亮。是金灿灿的光亮，或说有厚度，或说似薄雾，它自己就会变红、变暗。"③九月的阳光是已经变声的男性嗓音，春天的阳光则是清亮的童声。于是，成熟的九月烘托了马莱无奈的被逐。马莱离开合唱团后的真实心境我们无从知晓，不过基尼亚尔将他化作小说人物，用虚构的方式向读者展示这位音乐家的内心活动。他离开合唱团回到家后，听着父亲叮叮当当的修鞋声很是烦躁、痛苦，"就是在那个时候，他对自己说，他要永远永远地离开这个家，他要成为音乐家，

---

① 帕斯卡·基尼亚尔：《音乐课》，王明睿译，郑州：河南大学出版社，2018年，第24页。
② 同上书，第39页。
③ 同上书，第11—12页。

他要为弃他而去的嗓子报仇,他将成为一个著名的维奥尔琴家"①。由合唱团成员转型为大提琴家,并不是马莱一时兴起的决定。在当时,圣-日耳曼-奥克赛鲁瓦是为皇室服务的,因此对合唱团成员的训练并不仅限于唱歌,还包括作曲和学习乐器(例如羽管键琴、管风琴、诗琴和古提琴),为变声后的男孩们提供了多条出路。历史上,马莱的确是一位古大提琴家,这为基尼亚尔的创作提供了关键性的素材。在他笔下,古大提琴低沉的声音与男性变声后的嗓音互为呼应。通过这种乐器,我们可以"惟妙惟肖地模仿出变声后的人声。即掌握低声部的嗓音。掌握男性的嗓音、有性的嗓音、被逐出第一故土的嗓音"②。而圣-科隆伯正是能够用古大提琴模仿出这种嗓音的大师,于是马莱拜他为师。人的嗓音在此处变成了乐器演奏出的一种音色,人造的声音取代了自然之声。

第二个九月份是马莱偷师学艺的时候:"1674 年或是 1675 年的 9 月,在一间小屋下,在浓密的荆棘丛中,桑葚熟了,黑黑的,碾碎了,如血一般。"③ 马莱天资聪颖,很快就得到了老师的认可。然而,马莱的水平过于高超,圣-科隆伯自认为再也教不了他,也担心他有朝一日会超过自己,于是将其逐出师门。但是马莱心有不甘,偷偷溜进老师的家。圣-科隆伯在自家花园里的一棵桑树上搭有一间小木屋,他经常独自在此弹琴。马莱就钻到了这间木屋的下面,偷听老师不愿外传的

---

① 帕斯卡·基尼亚尔:《世间的每一个清晨》,余中先译,桂林:广西师范大学出版社,2019 年,第 29—30 页。
② 帕斯卡·基尼亚尔:《音乐课》,王明睿译,郑州:河南大学出版社,2018 年,第 8 页。
③ 同上书,第 39 页。

技法。在这则逸事中,基尼亚尔抓住了一个细节——"桑树",认为这是整个逸事中"唯一一个非常现实、活灵活现的词"①。在法语中,"桑树"写作"mûrier",它的果实桑葚则是"mûre"。作者由这两个词联想到了"mûrir",意为"成熟",而成熟又与变声,进而与生命失真和人造之乐息息相关,于是,马莱从童年歌者到成年演奏者的转变由这一棵树的形象表现了出来。与此同时,基尼亚尔还特别就马莱偷听时的姿势进行了描写:

> 马林·马莱在偷听,挨着一道隔障、一块发声的地板——已是一把乐器的一间小木屋。耳朵贴着树,身体下蹲,这位偷盗的音乐主角在重现一种更为古老的姿势。那场景曾是妊娠,后来成了分娩。在夏末,整个场景都在唤起另一道隔障,另一种听觉上的贪婪。②

寥寥数句,仿佛制造了一个虫洞,将现在与从前即刻相连。胎儿能够通过母亲的肚皮听到外界的声响,这一最初的听觉经验对我们具有深远的影响。母亲的肚皮和小木屋的地板一样,都属于共鸣器,它在成年男性弥补缺失嗓音的过程中化身为乐器中的共鸣器,其代表就是马莱擅长的古大提琴,因此基尼亚尔说:"演奏维奥尔,是在紧抱最古老的共鸣器。是从一只大肚子里拉拽出声音。大皮袋变成了木箱子。"③ 鼓皮也是对母亲肚皮的模仿:"人们在一张鼓皮上反复制作着女性腹部的隔障,

---

① 帕斯卡·基尼亚尔:《音乐课》,王明睿译,郑州:河南大学出版社,2018年,第20页。
② 同上。
③ 同上书,第49页。

第四章 俄耳甫斯之琴

这张皮是从动物身上刮下来的，我们还用它的角来进行呼唤。"① 所以桑树"昭示了一个被丧失所纠缠的生命的命运。最后，住在桑树上，就是处在音乐秘密的房间里"②。在对这桩逸事进行描述的最后，作者将其中所有重要的元素——变声、母亲的肚皮、乐器和九月里熟透的桑葚都融合在一起，精准而精炼地概括了自己的观点："听觉的成熟成为一具身体的变更，这身体盘缩着，像从前盘缩在母亲的腹中那样，从此受制于一种低音乐器，而且从某些角度来看，它深红得如这些果实。"③

最后一个九月份是马莱去世的时候："1728 年 9 月，他去世了。又是在 9 月。他对夏天的喜爱胜过所有，最后的夏日，那阳光厚重又温柔。"④ 实际上，马莱是在八月份去世的。基尼亚尔再一次虚构了历史，用看似可信的准确度构造出虚实难辨的文学空间。在马莱的众多作品中，作者只提到了一部，题为《人类的嗓音》(*Les Voix humaines*)，并幻想着也许这部作品"能呼唤一个丧失的嗓音，或者组织一个变得不可能存在的嗓音"⑤。因变声而走上演奏生涯的音乐家，终于在自己创作的乐曲中释放了失去童声的痛苦和对它的怀念。嗓音的缺失形成了一个空洞，它"永远不会被人类活动填满，它连续不断地

---

① Pascal Quignard，*La haine de la musique*，Paris：Gallimard，1997，p. 48.
② Mathieu Messager，François Mouttapa，*Tous les matins du monde*：40 *questions*，40 *réponses*，4 *études*，Paris：Ellipses，2010，p. 54.
③ 帕斯卡·基尼亚尔：《音乐课》，王明睿译，郑州：河南大学出版社，2018 年，第 20—21 页。
④ 同上书，第 38 页。
⑤ 同上书，第 67 页。

奠定着音乐的和人类的时间性，而它则逃离了这个时间性"①。
这个空洞如黑洞一般不可抗拒地吸引着音乐家义无反顾地投身
其中。在基尼亚尔的塑造中，马莱不断地用音乐来填补这个空
洞，虽然明知时间不可逆转，但依然奋力追寻，于是有了这部
他"最美的或许也是最难的乐曲"②。

在《静静的小船》(*La barque silencieuse*)一书中，基尼
亚尔创作了另一则与变声有关的故事，题为《马莱街区的歌唱
节》("Les fêtes des chants du Marais")，可以视之为马莱故
事的延续。故事发生在十六世纪的巴黎，每年在马莱街区都会
举办歌唱节，选出最优秀的一位男童，他将得到最好的发展机
会。1582 年，马瑟琳（Marcellin）拔得头筹。第二年，冠军
被绰号为"孩子"的贝侬（Bernon）获得。妒火中烧的马瑟琳
设计杀害了贝侬，将其头颅砍下，藏在河边的石头下，并抛尸
河中。新一届歌唱节开始时，马瑟琳在河边发现贝侬的头颅在
唱歌："我消失了，可我的灵魂依旧在歌唱。我的名字还没有
和我的身体重逢，而它已经与大海重逢。我没有死去，我只是
消失了。"③马瑟琳带走了头颅。这一年他不仅没有夺冠，还
因为开始变声遭到了嘘声。后来，马瑟琳带着这颗歌声美妙的
头颅走街串巷，得到了当地领主的接见。领主承诺，只要这颗
头颅真的能唱歌，就给他一大笔财富。可是这次，无论马瑟琳
如何威胁，贝侬的头颅一声都没吭。领主示意刺死马瑟琳。就

---

① Jean-Louis Pautrot, « La musique de Pascal Quignard », in *Études françaises*, vol. 40, n° 2, 2004, pp. 55-76.
② 帕斯卡·基尼亚尔：《音乐课》，王明睿译，郑州：河南大学出版社，2018 年，第 63 页。
③ Pascal Quignard, *La barque silencieuse* (*Dernier royaume* VI), Paris: Gallimard, 2011, p. 144.

在马瑟琳被杀的那一刻，头颅发出了纯粹的天籁之声。从此，贝侬的头颅日日夜夜只唱一首歌——《复仇的时刻》，最终被遗弃。

在这则故事中，有几个细节值得关注。第一，歌唱节的举办地被设定在"马莱街区"，与古大提琴艺术家马莱同名，暗示故事的主旨与变声有关。第二，贝侬在嗓音得到最广泛认可的时候被杀，因此他的嗓音被定格在童声阶段，死后头颅的歌声也是变声前的天籁之音，这呼应了他名为"孩子"的绰号，而且从嗓音不变的角度来看，他的确是一个永恒的孩子。第三，贝侬的头颅在河边歌唱，这一场景影射了俄耳甫斯的死亡场景：俄耳甫斯救妻失败后心灰意冷，被一群酒神女祭司残忍撕碎，头颅则漂在水中歌唱。俄耳甫斯的母亲是记忆女神，对于古希腊人来说，"歌唱意味着屈从于记忆"[1]，贝侬头颅的永恒童声象征着对理性诞生之前的记忆永存。从贝侬的头颅在河边唱的歌词中可以看出，躯干重返大海并不能代表死者完成了死亡，因为灵魂尚且在陆地上，尚且在唱歌。只有肉体和灵魂都全部投入大海中时，才能算得上是回到最初。第四，马瑟琳发现头颅会唱歌之时，也是他自己的嗓音因进入变声期而开始粗哑之时。生理上的变化使马瑟琳再也不能靠嗓音赢得掌声，只能依赖这颗头颅，他的生存和毁灭也因此都被拥有童声的头颅所掌控。这不仅为故事的结局埋下伏笔，也具有这样一层含义：我们出生时是拥有童声的，变声后对它的怀念会纠缠我们终生（马瑟琳始终带着这颗头颅），并在寻回童声的途中死去（马瑟琳死于童声）。

---

[1] 《俄耳甫斯教辑语》，吴雅凌编译，北京：华夏出版社，2006年，第28页。

既然基尼亚尔如此怀念童声,那么他所喜爱的乐器理应是能够模仿天籁之声的,可为何却偏偏是低沉的古大提琴呢?因为这种寻找注定是一场悲剧。

三、公羊之歌

在基尼亚尔的文学世界里,"变声的经历登上了悲剧的行列"①。西方悲剧起源于希腊。在希腊语中,悲剧写作"tragôdia",本意是"公羊之歌",原因可能有三:"第一,悲剧合唱队的成员们最初身披山羊毛皮。第二,有关的祭祀中可能以山羊为祭物。第三,得胜者以山羊为奖赏。"②基尼亚尔的观点与第二个原因相关。在古希腊,悲剧是在祭祀时演出的,公羊是祭品之一。献祭时,公羊被宰杀,临死之际发出的"变化的、粗哑的嗓音"③被他视为"悲剧性"的来源。所以在对男性变声后的嗓音做出形容时,基尼亚尔将其与山羊联系在一起:"在童年的冬末,来拜访的是某种羊叫,这持久的颤声刨削、劈开他们的嗓音"④,"十三岁时,他们的嗓音变哑、颤抖、像山羊一样咩叫。奇怪的是,我们的语言依然说他们在用颤声说话或者在咩

---

① Midori Ogawa, « Tout est couvert du sang lié au son », in *Pascal Quignard ou la littérature démembrée par les muses*, Mireille Calle-Gruber, Gilles Declercq et Stella Spriet (dir.), Paris: Presses Sorbonne Nouvelle, 2011, pp. 161-170.
② 王宇:《论酒神狄奥尼索斯对西方文化的影响》,《辽宁师范大学学报(社会科学版)》2009年第1期,第89—92页。
③ Pascal Quignard, *La haine de la musique*, Paris: Gallimard, 1997, p. 74.
④ 帕斯卡·基尼亚尔:《音乐课》,王明睿译,郑州:河南大学出版社,2018年,第86页。

叫。男性属于嗓音会碎裂的动物。他们构成了用两种嗓音歌唱的物种"①。而在法语中,山羊写作"chèvre",由此派生出单词"chevroter",意为"像羊一样用颤声说话或者唱歌"。

男性的嗓音是时间的产物,他们对音乐的理解也随着时间的流逝而变化:"我以前都是拉小提琴的,直到年岁渐长,嗓音变得低沉。然后,胡须浓密了,我就拉起了中提琴。然后,刮干净脸上的毛,我拉起了大提琴。"② 随着嗓音逐渐粗哑,演奏的乐器所能发出的声响也愈发低沉,怀念之情愈发浓厚:

> 随着世界在变老,世界在时间中远去。随着过去在时间中远去,它的丧失也就显得更加不可弥补。丧失越是显得不可弥补,在心中保存着对丧失的不确定回忆的被遗弃者就越是不能得到安慰。随着丧失加重遗弃,怀念变得更为巨大。怀念变得越广泛,焦虑就变得越重。焦虑在心中变得越重,喉咙就越收缩。喉咙越收缩,声音的发条就越是被上紧到爆发的刻度,这便是第一个黎明和第一个太阳。③

怀念之情剧烈到极致时所爆发的声音,像垂死时公羊的嘶哑一样,都反映出一种变化,都在变化之后走向另一个世界:男性走向阴郁,由童年走向成年,公羊走向彼岸,由生走向死。从

---

① Pascal Quignard, *La haine de la musique*, Paris: Gallimard, 1997, p. 154.
② 帕斯卡·基尼亚尔:《音乐课》,王明睿译,郑州:河南大学出版社,2018年,第41—42页。
③ 帕斯卡·基尼亚尔:《游荡的影子》,张新木译,南京:译林出版社,2007年,第63—64页。

某种意义上来说，前者也是在由生走向死，死去的是他们的童声。所以基尼亚尔说："变声可以用如此怪诞的方式来解释：是祭品的叫喊。"① 公羊之歌成了男性变声的代名词，一个常见的生理现象被他赋以悲怆的情感。基尼亚尔塑造了多位男性音乐家人物形象，他们用音乐"将缺席物化，纪念所失之物"②。

马莱的老师圣-科隆伯是基尼亚尔尤为欣赏的一位音乐家，他的存在"是不可见对抗可见，是夜晚对抗白昼的明亮，是寂静对抗世俗的嘈杂"③。他生活在十七世纪，虽然贵为名家的老师，却消失了三个世纪。直到 1966 年，人们才发现他的五部古大提琴二重奏。他的名字没有被收入《小罗贝尔词典》(*Le Petit Robert 2*) 中，没有被唱片行会 (la Guilde du Disque) 推出的厚达十五卷的音乐史记载，也没有被收进长达 2158 页的牛津大学音乐百科词典。④ 可是基尼亚尔将这对师生之间的往事写成了题为《世间的每一个清晨》的小说，该作品由法国导演阿兰·科诺 (Alain Corneau) 于 1991 年搬到了荧屏上，著名演员杰拉尔·德帕迪约 (Gérard Depardieu) 父子出演不同时期的马莱，负责配乐的则是西班牙当代著名大提琴演奏家乔迪·萨瓦尔，他将消失已久的圣-科隆伯的作品演奏

---

① 帕斯卡·基尼亚尔：《音乐课》，王明睿译，郑州：河南大学出版社，2018 年，第 81 页。
② Jean-Louis Pautrot, « La musique de Pascal Quignard », in *Études françaises*, vol. 40, n° 2, 2004, pp. 55–76.
③ Isabelle Soraru, « De quelques musiques secrètes: Pascal Quignard et Richard Millet », in *L'Esprit Créateur*, vol. 47, n° 2, Summer 2007, pp. 115–126.
④ *Cf.*, Sophie Cherer, « Le zorro de bibliothèque », in *7 à Paris*, du 13 au 19 février, 1991, pp. 24–25.

出来，颇为轰动。在现代重新演绎这些古老的乐曲时，可选择的乐器有很多，但是萨瓦尔依然选择了与古低音琴较为相近的大提琴："我选择了大提琴，因为当年轻的歌手变声后，这个乐器最接近嗓音。采用大提琴，我就能够不通过嗓音来唱歌。"①

古大提琴是基尼亚尔选择书写圣-科隆伯和马林·马莱的一个重要原因。他们生活的年代是巴洛克音乐在法国发展到鼎盛的时期。巴洛克音乐可谓他最为欣赏的一个音乐流派，他自称是个"彻底的巴洛克主义者"②，还说自己"经常定期和五六位朋友一道弹奏巴洛克音乐。我拉的是大提琴"③。除此之外，荣膺龚古尔奖的作品《游荡的影子》的书名取自十七世纪法国巴洛克音乐家弗朗索瓦·库普兰（François Couperin）的同名作品。

巴洛克的理论源于戏剧理论，因而具有扭曲和夸张的特色，日本著名音乐评论家皆川达夫认为这是"激昂与亢奋的艺术"④，它被驱散开来，拒绝唯一性和稳定性。巴洛克的乐曲在广大的音域中波涛起伏，无限地流动下去，非常适合不断表现出特定的情绪。基尼亚尔在作品中也总是突出主人公的个人

---

① Pascal Quignard, « De l'oubli », entretien avec Jordi Savall, in *Pascal Quignard ou la littérature démembrée par les muses*, Mireille Calle-Gruber, Gilles Declercq et Stella Spriet (dir.), Paris: Presses Sorbonne Nouvelle, 2011, pp. 173–177.

② Pascal Quignard, « Grand entretien », entretien avec Vincent Landel, in *Le Magazine Littéraire*, n°525, novembre 2012, pp. 82–87.

③ Martine Lecœur, « La voix du silence », in *Télérama*, n°2069, 6 septembre 1989, pp. 131–133.

④ 皆川达夫：《巴洛克音乐》，吴忆帆译，台北：志文出版社，2001年，第31页。

情感，否定机械复制的现代音乐，这与巴洛克音乐的特质是相符的。

在巴洛克音乐中，乐器演奏比人声演唱更为重要，因为前者比后者的音域更为宽广，也更适合体现戏剧性的个人情感。此外，乐器演奏避免了语言的使用，而"器乐音乐具有能够拨动人的心灵深处的效果"①。于是，我们看到基尼亚尔的音乐家主人公们几乎都是乐器演奏家：《音乐课》中第一篇故事的主人公圣-科隆伯和马莱是古大提琴演奏家，第三篇故事的主人公伯牙和成连是古琴演奏家，《符腾堡的沙龙》的主人公查理·施诺涅为大提琴演奏家，《阿玛利娅别墅》的主人公安娜·希登为钢琴家，《在这座我们所爱的花园里》的主人公舍内也是钢琴家。

最能代表巴洛克音乐的乐器正是古大提琴，皆川达夫评论它的声音时说："没有小提琴那种灿烂亮丽，也演奏不出浑厚的渐强和渐弱，音量也没有那么大，也没有利落的节奏感，不过却有着温润与典雅之感，最适合在宫廷的大厅里演奏。"②但是，除了陈述马莱成为宫廷乐师的事实，基尼亚尔丝毫没有在作品中展现出古大提琴的宫廷地位。相反，他通过圣-科隆伯的人物形象，表达出反对用音乐去迎合权贵的思想。他认同的是皆川达夫这句话的前半部分（"没有小提琴那种灿烂亮丽……也没有利落的节奏感"），认为古大提琴的音色很适合表现出悲伤的情感，这一点也为电影《世间的每一个清晨》的插曲所证实。所以，基尼亚尔之所以青睐于（古）大提琴，正

---

① 皆川达夫：《巴洛克音乐》，吴忆帆译，台北：志文出版社，2001年，第43页。
② 同上书，第57页。

是由于它能够惟妙惟肖地模仿出成年男子粗哑低沉的声音。这种乐器强化了失去童声后的悲伤情感，也将音乐家故事的基调定为悲剧性质。

史料的极度匮乏给基尼亚尔提供了巨大的创作空间。法国钢琴家阿尔弗雷德·科多（Alfred Cortot）的后人在1973年出版的书籍里收入了圣-科隆伯的作品。基尼亚尔听过后，认为这音乐不仅难度极大，而且很是接近死亡。于是，他塑造出了一个终生沉浸在悲痛中的鳏夫形象。

马莱的痛苦是因为失去童声，圣-科隆伯的痛苦则是由于丧妻。而后者的痛苦中又有些许悔恨，因为在妻子弥留之际，他在为其他人演奏安魂曲，所以他的乐曲有种"苛刻而痛苦的美"[1]。基尼亚尔将丧妻之痛作为圣-科隆伯的创作源泉，也作为他性格大变的原因之所在。圣-科隆伯带着两个女儿住在远离巴黎的乡村，对女儿们的教育严苛至极，且一直拒绝为国王演奏，对来访的使臣破口大骂。如此乖戾之人尤其喜爱在桑树上的小木屋里独自弹琴，"全身心地投入自己的音乐中，沉浸在退隐、苦行和孤独里"[2]。在圣-科隆伯生活的时期里，古大提琴的琴弦数量由六根增加到了七根，但至于为什么会这样，又是谁做出了这一创举，似乎并无定论。为使这位音乐家的故事更具悲剧性，基尼亚尔将此创举安在了他的名下："他探索出一种把握维奥尔琴的不同方式，把它夹在两膝之间，而不是让它靠着腿肚子。他给乐器增加了一根低音弦，使之有可能奏

---

[1] 帕斯卡·基尼亚尔：《音乐课》，王明睿译，郑州：河南大学出版社，2018年，第13页。

[2] *Dictionnaire sauvage*：*Pascal Quignard*，Mireille Calle-Gruber et Anaïs Frantz (dir.), Paris：Hermann, 2016, p. 563.

出更低沉的音,并能产生一种更忧郁的调子。"① 悲剧性在小木屋里达到了高潮。圣-科隆伯在那儿独自弹奏时,多次见到了已经去世的妻子。这也是基尼亚尔认为音乐最具魅力的地方:"死者世界和生者世界之间的边界,通过音乐变得极具孔隙。"②

同样的场景在基尼亚尔的另一部作品——《在这座我们所爱的花园里》——中也有体现。主人公舍内的妻子在产下一名女婴后不幸离世。从此,舍内视女儿的诞生为妻子死亡的原因,这种态度不仅令女儿不快,也将他自己埋没在痛苦之中。他在钢琴上摆放了"一只小小的木头框架,里面插着在二十四岁时因分娩而死去的爱娃·罗莎芭·凡斯·舍内的照片,她系着一条黑色小丝带"③。而舍内在家中独自弹琴时也多次与亡妻重逢。

基尼亚尔在表现这两位音乐家激动心情的同时,并没有渲染重逢的愉悦。相反,重逢让失去更为绝对。舍内的妻子不断地严厉提醒对方:"别碰我。别碰我,亲爱的!"④ 舍内害怕失去这次难得的机会,一个劲地说道:"别走,爱娃!别走,爱娃!爱娃,我不碰你!"⑤ 他们虽然见到了亡妻的幽灵,却碰不到她们的身体,她们像空气一样不可感触。生者和死者共同

---

① 帕斯卡·基尼亚尔:《世间的每一个清晨》,余中先译,桂林:广西师范大学出版社,2019年,第3—4页。
② Mathieu Messager, François Mouttapa, *Tous les matins du monde*:40 *questions*,40 *réponses*,4 *études*,Paris:Ellipses,2010,p. 29.
③ Pascal Quignard, *Dans ce jardin qu'on aimait*,Paris:Grasset,2017,pp. 18‑19.
④ 同上书,第89页。
⑤ 同上书,第90页。

处在一个小小的空间里，但一方是现实，另一方是虚无，"所失去的依旧在疯狂地光芒四射"①。每次重逢都勾起音乐家对下次重逢的热切期盼，却不能弥补生活中的空洞，这个空洞因为亡者的归来而愈发深不见底。很明显，这两个相似的场景都源自俄耳甫斯和欧律狄刻的神话，这则神话"表明在音乐内部存在在场和缺席之间的张力"②。虽然他们能借助音乐的力量重见亡妻，但是无法打破生死界限，更不能让亡者复活。他们总是寄希望于下一次见面，不断地弹奏音乐，正如基尼亚尔所说："谁有勇气去前往悲伤世界的尽头？音乐。"③ 他们是俄耳甫斯留在世间的影子。

从变声到器乐，无论是俄耳甫斯与塞壬之间的对抗，还是他拯救亡妻的行动，都在基尼亚尔的作品中有所体现。前者则是后者发生的前提条件，因为只有人类力量足够强大时，才会产生尝试超越生死的念头。无论他们是寻找失去的嗓音还是失去的妻子，归根结底，都是对生命本真的寻找，寻找的方式则是借助人造音乐。作者多次书写这种退行式的寻找，并常用鲑鱼的活动来加以形容："鲑鱼逆着河流而上、逆着生命进程而上，正是为了死在自己的受孕地。"④

---

① Pascal Quignard, *Sur le jadis* (*Dernier royaume II*), Paris: Gallimard, 2004, p. 268.
② Mathieu Messager, François Mouttapa, *Tous les matins du monde*: 40 questions, 40 réponses, 4 études, Paris: Ellipses, 2010, p. 87.
③ Pascal Quignard, *Boutès*, Paris: Galilée, 2008, p. 20.
④ Pascal Quignard, *La haine de la musique*, Paris: Gallimard, 1997, pp. 63-64.

第三节　被割喉的公鸡

俄耳甫斯的形象固然是基尼亚尔文学作品中的一个重点，可被打败的塞壬也没有被遗忘。他在《音乐之恨》中写有一篇短文，题为《关于我的死亡》（"Sur ma mort"），明确表示在自己的葬礼上"不要有被割喉的公鸡"①。这只公鸡源自《圣经》里的一则典故：耶稣知道自己即将被捕后，告诉门徒彼得，在公鸡打鸣之前，他将三次否认自己认识耶稣。《音乐之恨》的"论一"即以此典故为创作背景，题为《圣徒彼得的眼泪》（"Les larmes de saint Pierre"）。

彼得原名西门（Simon），基尼亚尔从声音和名字的角度就耶稣对西门的洗礼过程进行了描述：

> 他叫西门，是个渔夫，也是贝特札耶达渔民们的子孙。他本人是迦百农的渔夫。迦百农，意为杂物堆和混乱，在当时是一座美丽的村庄。一位颇具人形的神走近小船，叫来渔夫，并决定废除他的名字，用自己创造的一个姓氏取而代之。他命其离开革尼撒勒的湖水。他命其放弃小湾。他命其扔掉渔网。他称其为彼得。这场洗礼来得突然、来得奇怪，开始扰乱和破坏西门一直扎根其中的声音体系。他从此要回应声音上的新音节，要驱逐和埋葬命名

---

① Pascal Quignard, *La haine de la musique*, Paris: Gallimard, 1997, p. 139.

自己的旧音节,要抑制情感,要离开童年时一点点加在这些声音上的小寓言,而有时出现的不自觉的或者意外的行为在背叛这些事。一阵犬类的吠叫,一只碎裂的陶器,海上的涌浪、斑鸫、夜莺和燕子的歌唱,都会突然让他崩溃、啜泣。①

现实以语言为基础,真实在语言中消散。名字能够先于我们的出生而存在,并在我们死后依旧被人谈起。在人类活动中,名字作为一种相对明确的指称几乎不会缺席,并且通常首先出现在话语里。西门原先的名字被突然废除,无疑对他的存在和自我认同造成根本性的冲击与颠覆。接受新名字,意味着抛弃与背叛从前的自我。

耶稣被捕后,彼得躲在了亚那大祭司的会堂里,被一个女仆认了出来,但是他三次否认自己认识耶稣,三次背叛了赐予自己新名字的人。彼得被认出来,是因为口音出卖了他。而这口音与他的第一个名字同属一个时期,共同奠定着他的存在之基。西门曾经背叛的名字在他背叛耶稣的时候背叛了他,或者说,被抹去的第一个名字对第二个名字的赐予者进行反击并取得了胜利,像是塞壬去报复利用动物捕猎的人类。

公鸡啼叫后,彼得突然记起耶稣曾经说过的预言,顿时慌张起来。基尼亚尔写道:"公鸡的啼叫是威尼斯的'石板路',是语言的声音体验中令人惊恐的铺路石,彼得在这块石头上跟跟跄跄,像走在自己的名字上似的。"② 此处作者用了一个双

---

① Pascal Quignard, *La haine de la musique*, Paris: Gallimard, 1997, pp. 84 - 85.
② 同上书,第89页。

关：彼得的名字在法语中写作"Pierre"，与指称"石头"的单词拼写一致。彼得与西门所处的不同时空在此激烈碰撞，被埋没的从前突然显现，自我认同再一次被打乱。与第一次声音体系被摧毁时简单的破-立关系不同，这一次的摧毁令主体"沉浸到自己另一个完全不同的境界：耶稣的境界，彼得的境界，彼得前的境界（西门的境界），西门前的境界。"① 彼得-西门苦恼于两个名字之间的较量、两个声音体系之间的斗争，他渴望摆脱声音的打扰，回到往昔的寂静里：

> 有一天彼得向加略人犹大吐露了自己对老本行的唯一怀念，那不是小船，不是小湾，不是水，不是渔网，不是强烈的气味，不是鱼儿死于惊跳时鳞片的闪烁：圣徒彼得吐露道，他对鱼儿所怀念的，是寂静。
>
> 鱼儿死去时的寂静。白天的寂静。黄昏的寂静。夜间捕鱼时的寂静。还有拂晓中的寂静，小船在朝着岸边驶回，夜晚一点一点地消失在天空，也消失了凉爽、星辰与害怕。②

对于彼得而言，回到寂静就是回到自己还是西门的时候，甚至尚未是西门的时候，那是没有名字也没有语言的国度。指引彼得回到西门的公鸡是过往在现世中的使者，它身处原始与文明的交界之处，"定居在新石器时代的小城市，在那里，语言已不再是游牧的、捕食性的"③。它的啼叫令人顿悟、重新审视

---

① Pascal Quignard, *La haine de la musique*, Paris: Gallimard, 1997, p. 89.
② 同上书，第 85 页。
③ 同上书，第 90 页。

自我。彼得在公鸡的啼叫中流下了眼泪,基尼亚尔赋予这个眼泪以新的含义:"在'我们听音乐'和'我们擦干与圣徒彼得之泪一样的眼泪'这两种说法之间,我认为第二种表达更为准确。家禽饲养棚里一声遥远的歌唱让一个人突然崩溃、啜泣。"①

上述关于彼得与公鸡的典故取自流传广泛的福音书版本。在公元一世纪,罗马帝国的讽刺作家佩特洛尼乌斯(Petronius)在《萨蒂利孔》(*Satiricon*)里撰写了另一则与公鸡有关的故事。特里马尔奇奥(Trimalchio)在通宵宴席上正说着话时,一只公鸡啼叫了。他惊慌起来,怀疑有人在附近还魂,便下令洒忌酒;很快就有人为了领赏捉来了那只公鸡;特里马尔奇奥立刻将这个带来厄运的先知进行献祭。基尼亚尔对此写道:"公鸡被吃掉了,祭品被消耗了,征兆被吞咽了,命运被驱邪了(特里马尔奇奥吃掉了不祥的嗓音)。"② 作者还大胆猜测这只被献祭的公鸡与让彼得流泪的公鸡是同一只,依据如下:1. 福音书与《萨蒂利孔》的创作时期相同;2. 都是在黎明时分突然听见公鸡啼叫;3. 此时耶稣已经被捕,即将被钉死在十字架上,而特里马尔奇奥很巧合地怀疑有人还魂。于是,让彼得流泪的公鸡被献了祭,这就是"被割喉的公鸡"的由来。

公鸡的啼叫与耶稣遇害同时发生,而耶稣是让西门抛弃过往、服从于主的人,彼得又在公鸡啼叫时回忆起了自己的从前。因此,公鸡的啼叫意味着彼得的死亡、西门的复活。借用

---

① Pascal Quignard, *La haine de la musique*, Paris: Gallimard, 1997, p. 20.
② 同上书,第 94 页。

基尼亚尔对扫罗皈依后更名为"保罗"的比喻①，我们可以说：起先西门处在一片漆黑里，随后彼得突然看见了，西门是一个胎儿，彼得出生了。因此，西门的胜利象征着最初的记忆不仅不会彻底消失，而且在我们身上留下了深刻而永久的痕迹。公鸡的啼叫与塞壬的歌声一样，都激起了我们逆流而上、回到起点的欲望，并为自己曾经的背叛而痛苦。

被割喉的公鸡是被打败的塞壬，献祭的人们则是弹琴的俄耳甫斯。基尼亚尔拒绝被割喉的公鸡，就是在拒绝人造之乐，希望遵照内心，回到完满的自我。虽然以俄耳甫斯为原型的音乐家们渴望以凡胎肉体拥有关于生命本真的全部知识，但是他们并没有对本真之乐进行改造，使之符合现实世界的准则，理性思维也没有在他们身上发展到不可一世的地步。阿波罗则改变了这一切。

---

① *Cf.*, Pascal Quignard, *Les désarçonnés* (*Dernier royaume* Ⅶ), Paris: Gallimard, 2014, p. 53.

第五章　阿波罗之光

如果说尤利西斯的计谋代表着理性的萌芽，俄耳甫斯的琴声意味着理性的发展，那么阿波罗则是理性成熟的象征。理性成熟的人们不但为便于己用改造了将我们带回真实世界的塞壬的形象，更是在理性的道路上越走越远，最终将"失真"发展为"异化"，乃至泯灭本性的"异端"。尼采也曾大声疾呼，警醒世人过度追求知识就是在毁灭自己："你的知识没有完成自然，而只是杀死了你自己。"①

第一节　理性之神

在漫长的历史演变中，原本是外来神的阿波罗成了希腊神话中最广为人知的人物之一，他的身份也得到了丰富的发展：他是弓箭手、琴手，是缪斯的庇护者，是预言神，是驱除饥饿和瘟疫的神，是医药之神，是光明之神，是年轻健康体魄的象征……他几乎是一个万能神、完美的神。我们将要探讨的对象

---

① 尼采：《尼采全集·第 1 卷》，杨恒达等译，北京：中国人民大学出版社，2013 年，第 229 页。

则是作为理性之神的阿波罗。

一、弓与琴：实体神器

阿波罗神殿位于帕尔纳斯（Parnassus）山巅的德尔斐（Delphes），德尔斐在希腊神话中被尊为世界的中心，朝拜者络绎不绝。阿波罗最为世人所知的身份是光明之神，被普遍视为太阳神，但太阳神的身份最初是属于赫利俄斯（Helios）的。欧里庇得斯（Euripides）在残篇《法厄同》（*Phaethon*）中将阿波罗与赫利俄斯混同，前者最终完全取代了后者。阿波罗神力所及之处没有一丝阴影，他因此成了真理的化身。阿波罗射出的弓箭有时也会被比作太阳的万丈光芒，于是弓弦和光线二者合一，权威和秩序在他身上得到了集中体现。

阿波罗神殿里刻有这样一行字——"认识你自己"，是古希腊哲人们奉行的箴言。苏格拉底将知识从天上带到人间，在以他和柏拉图为代表的哲人的改造之下，阿波罗正式成为理性之神。他们认为，人的道德和情操都是由知识而来的，也因此都是可以教导的。"认识你自己"的言下之意即为"我们原本是无知的"，而对阿波罗的崇拜则带来这样一种观念：无知之人是愚蠢的、不被认可的，只有理性的光芒才能带领我们离开混沌。尼采如此评价苏格拉底对理性的崇拜："亲身体验了苏格拉底式认识之乐趣并感觉这种乐趣如何以越来越扩大的范围试图包括整个现象界的人，将从此感觉没有任何促进生存的刺激会比完成那种征服、把网牢不可破地织好的渴望更强烈。"[①]

[①] 尼采：《尼采全集·第 1 卷》，杨恒达等译，北京：中国人民大学出版社，2013 年，第 72 页。

第五章 阿波罗之光

自然地,阿波罗的理性权威使他成了立法之神,而立法之神的身份确立又巩固了他理性之神的地位。

神通常都有自己的器具,阿波罗的器具是弓和琴。武器和乐器为一个神所共有,基尼亚尔对此是如何阐释的呢?他在《音乐之恨》里先后提到了《伊利亚特》和《奥德赛》中对弓的描述,荷马分别写道:

> 他如此一番祈祷,福伊波斯·阿波罗听到了他的声音。
> 身背弯弓和带盖的箭壶,他从俄林波斯山巅
> 直奔而下,怒满胸腔,气冲冲地
> 一路疾行,箭枝在背上铿锵作响,
> 他来了,像黑夜降临一般,
> 遥对着战船蹲下,放出一枝飞箭,
> 银弓发出的声响使人心惊胆战。①

> 求婚人如此议说,而多谋善断的奥德修斯
> 则拿着长弓,察视过它的每个部分,
> 像一位谙熟竖琴和歌诵的高手,
> 轻巧地拉起编织的羊肠弦线,
> 绷紧两头,挂上一个新的弦轴,
> 就这样,奥德修斯安上大弓的弦线,做得轻轻松松。
> 然后,他动用右手,试着开拨弦线,
> 后者送回悦耳的音响,像燕子的叫声。②

---

① 荷马:《伊利亚特》,陈中梅译,上海:上海译文出版社,2016年,第5页。
② 荷马:《奥德赛》,陈中梅译,上海:上海译文出版社,2016年,第408页。

在《伊利亚特》中，弓只是一种武器，基尼亚尔说此时的"音乐家还只是夜晚，也就是说，还只是惊恐的夜间听觉"①。而在《奥德赛》里，弓不再只是作为一种武器被描述，它被明确地比作琴，拉着弓的尤利西斯则被比作弹琴的高手。基尼亚尔倾向于将弓和琴视为一体，认为以振动形式而传播的每一个声音"都是一种微小的恐惧。Tremit. 它在颤动"②。这种恐惧不是视觉上的可怖，可以在光亮缺席的夜间产生，它纯粹是听觉上的震慑，而作者又说，"对于耳朵来说，震慑者，即为音乐"③。于是弓弦的振动成了一首音乐。

关于音乐和惊恐的渊源，除了齐特拉琴，基尼亚尔提到了另一种古老的乐器——笛子，它们都是古希腊时期最具代表性的乐器。雅典娜创造笛子的初衷，是"模仿自己听过的一种叫声，那是金翅蛇鸟在抵抗野猪时从嗓子里迸出的叫声。它们的歌唱在令人瘫痪的恐惧瞬间震慑对方、定住对方并得以杀死对方"④。受此启发，基尼亚尔写下了这样一句拉丁语："Tibia canere."⑤ "Tibia"指笛子，同时也有"小腿胫骨"之意；"canere"意为"唱歌、弹奏、回响"，不仅用于人类嗓音，也可以指称公鸡的歌唱、青蛙的鸣叫以及各类乐器的声音。他将这句拉丁语翻译为"让小腿胫骨唱歌"⑥：当笛声响起，听者的小腿会随着笛声一同震颤并最终瘫痪。"恐惧"和"音乐""虽然彼此不是同一种族类，也不在同一个时期，却经久不衰

---

① Pascal Quignard, *La haine de la musique*, Paris: Gallimard, 1997, p. 35.
② 同上书，第42页。
③ 帕斯卡·基尼亚尔：《秘密生活》，王海洲译，上海：上海文艺出版社，2014年，第194页。
④ Pascal Quignard, *La haine de la musique*, Paris: Gallimard, 1997, p. 15.
⑤ 同上。
⑥ 同上。

第五章 阿波罗之光

地联系在一起"①。

"弓弦的震颤唱出一曲死亡之歌。如果说阿波罗是出色的弓箭手,那么他的弓就是有音乐性的。"② 阿波罗是一位杰出的音乐家,"当他弹奏金色的里拉琴时,奥林匹斯为之动容"③,他同时又是"银色之弓的主人,是弓箭手之神"④。在位于法国南部的三兄弟洞窟(la grotte des Trois-Frères)深处的一处岩壁上,绘有一个鹿人手持着弓箭的图案,基尼亚尔借此表示自己"不会区分狩猎工具和第一把里拉琴,也不会区分弓箭手阿波罗和齐特拉琴演奏者阿波罗"⑤。于是阿波罗成了弓与琴不分彼此的象征:"弦乐器的弦是死亡里拉琴的弦。"⑥ 基尼亚尔还描述了一个普通的生活场景,诗意地书写了"音乐之弓":

> 勺子碰撞在彩釉盘子上,发出了声响,它想捉住浓汤。在浓汤的薄雾下,绘在彩釉上的画将在厚厚的浓重里被一点点地发现,不过此刻尚未显露。
> 勺子,碰撞着容器,叮当作响。
> 盘底的鹿在勺子的刮擦中回到了史前。
> 音乐之弓在回溯。
> 哼唱回响着走了进来,带着比白昼还要古老的个人声音分子。非语义的古老之弦在一点点地颤动,和有语义的

---

① Pascal Quignard, *La haine de la musique*, Paris: Gallimard, 1997, p. 16.
② 同上书,第36—37页。
③ Edith Hamilton, *La mythologie*, 由 Abeth de Beughem 译自英文, Alleur (Belgique): Marabout, 1997, p. 32。
④ 同上。
⑤ Pascal Quignard, *La haine de la musique*, Paris: Gallimard, 1997, p. 149.
⑥ 同上书,第37页。

歌曲交相辉映，后者看似荒诞，却让人想起那根古老的弦。只一下，情感就落到了我们身上。一切都突然重又打乱了身体的所有节奏，但是没有产生任何真正具有意义的事物。①

浓汤有如深渊，遮住了盘底的鹿；这头能溯源到史前的鹿则有如生命本真；勺子就是沉沦的我们能够用来找寻源头的工具。当勺子消除了浓汤的遮蔽，进入深渊内部后，那头鹿显现了出来。与此同时，我们听到了语言范畴之外的一种哼唱。虽然语言遮蔽了真实，但是有语义的歌曲能让人想起古老的嗓音之弦，意味着真实在现实世界里以一种不为语言所知的方式存在着。当接触到真实之时，我们就和听到公鸡啼叫时啜泣不止的彼得一样，声音体系被扰乱，语言构建起的个体丧失了一切意义，真实的自我被找回。

在上述引文中，勺子的刮擦声指向音乐之弓的声响，它也因而是音乐之弓的喻体。在更深层次的含义上，勺子指向语言，是从现实回溯真实时不得不使用的工具。所以语言也和音乐之弓有所关联。"音乐之弓"在法文中写作 l'arc musical②，可见基尼亚尔在本质上将勺子（语言）比作 arc（弓），而 musical（音乐的）则是用以修饰弓的。语言在最初是一种音乐形式。卢梭在著作《论语言的起源兼论旋律与音乐的模仿》(*Essai sur l'origine des langues où il est parlé de la mélodie et*

---

① Pascal Quignard, *La haine de la musique*, Paris: Gallimard, 1997, pp. 60 – 61.
② 同上书，第 61 页。

de l'imitation musicale）中提出，语言的最初目的是满足表达情感的需求，并认为，"大多数词根的发音，或是对声音或激情的语调的模仿，或是受感官对象的影响。这些词根的发音包含了许多拟声的表达"①。语言是在空间中建立现实世界的符号系统，而音乐则是能够完全在纯粹的时间里展开的艺术形式，所以语言始于音乐，如同现实始于真实，过去始于从前；而语言依然保有音乐的某些特征，则如同真实始终存在于现实的内部，过去始终以从前为基石。虽然基尼亚尔并不清楚弓和弦乐器中哪一个在历史上最先出现②，但是他由《奥德赛》的描述认为这部作品"让弓从里拉琴中诞生了出来"③。

这些纷繁的类比关系总结起来就是："弓-语言-现实-过去"诞生于"琴-音乐-真实-从前"。不过，在"琴-音乐-真实-从前"这一体系里，作为乐器的琴并不能被赋予和后三者同样的角色属性。琴是用来抵抗塞壬之歌的人造品，也是理性思维用以挫败真实世界的一种工具。所以，基尼亚尔认为琴在本质上具有弓的性质："里拉琴或者齐特拉琴，是朝上帝射出歌唱（朝动物射出箭）的古老之弓。"④ 琴打败了塞壬之歌，如同弓射杀了动物。

弓与琴是具象化的语言，是理性向自然发起进攻的武器，同时拥有两者的阿波罗自然是当之无愧的理性之神，而语言则

---

① 卢梭：《论语言的起源兼论旋律与音乐的模仿》，吴克峰、胡涛译，北京：北京出版社，2009 年，第 18—19 页。
② Cf., Pascal Quignard, La haine de la musique, Paris: Gallimard, 1997, p. 37.
③ Pascal Quignard, La haine de la musique, Paris: Gallimard, 1997, p. 37.
④ 同上。

是他的抽象化器具。阿波罗理性之神形象的确立，象征着人的主体性在人类生活中占据了主导地位。语言作为阿波罗的新器具，丝毫没有改变弓与琴的震慑和杀戮的功能，是维护人类社会稳定的重要工具，却也在自身高度发达的同时丧失了对生命的敬重，剥夺了我们对生命的感性认知。

二、语言：虚拟神器

意大利哲学家维柯（Giovanni Battista Vico）在代表作《新科学》（New Science）中提到古埃及"把整个过去的世界分成三个时代：神的时代、英雄的时代及人的时代"，它们分别使用三种不同的语言，其中最后一个时代的语言为"凡俗的语言（即人的语言）"，是"人们使用约定俗成的符号来相互传达生活中的日常需要的语言"。① 阿波罗原本是神，却代表了人的时代的开始，在人赋予的意义之下成了理性的象征，他的权威确立方式也从力量转向精神。维柯写有另外一段话，对这三个时代的语言再一次进行了区分：

> 神的语言基本上是无声的，或只稍稍发点声音；英雄的语言是有声与无声的混合，因此就是方言与英雄们用于书写的文字——即荷马所称的 semata（符号）二者的混合；而人的语言则基本上全是发音的，只是偶尔发音较轻或是无声的。②

---

① 维柯：《新科学》，费超译，北京：中国社会出版社，1999年，第89页。
② 同上书，第167页。

第五章 阿波罗之光

基尼亚尔也对有声的语言和无声的语言做了区分，前者离不开"唇音"（voix de bouche），后者则与"嗓音"（voix de gorge）① 有关。"唇音"和"嗓音"的区分出自法国人类学家让·布庸（Jean Pouillon）的著作《时间与小说》（*Temps et roman*），他将社会性的"唇音"和小说性的"嗓音"对立起来。据此，基尼亚尔说，"文学，是嗓音，直接从一个喉咙传到另一个喉咙，直接从一份焦虑传到另一份焦虑，是没有嘴唇、没有耳朵的声音，甚或是没有肺部的口语化"②。概括来说，"唇音"是外在的、社会性的、嬗变的，而"嗓音"却是内在的、自我的、永恒的。我们通常所说的"语言"是有声的，与"唇音"有关。因此基尼亚尔写道，"所有冲到嘴边要说出的话都必须消失。一旦开口，我们或许就会失去灵魂的活力"③。它远离了真实。而基尼亚尔"意在让语言到达它一无所知的地方，抛弃社会的、分享的、奴化的语言；他就要创造出差别，并自我退隐"④，尝试在写作中拥有更接近真实世界的"嗓音"。

基尼亚尔写有一则和语言有关的短小故事，题为《舌尖上

---

① *Cf*., Pascal Quignard, *Les Paradisiaques* (*Dernier royaume* Ⅳ), Paris: Gallimard, 2007, p. 118.
② Pascal Quignard, *Les Paradisiaques* (*Dernier royaume* Ⅳ), Paris: Gallimard, 2007, p. 133.
③ 帕斯卡·基尼亚尔：《秘密生活》，王海洲译，上海：上海文艺出版社，2014年，第50页。
④ Stella Spriet, « La voix mutique de Pascal Quignard », in *Pascal Quignard ou la littérature démembrée par les muses*, Mireille Calle-Gruber, Gilles Declercq et Stella Spriet (dir.), Paris: Presses Sorbonne Nouvelle, 2011, pp. 189–195.

的名字》，是同名作品的第一部分，其主要内容为：绣娘爱上了裁缝，裁缝承诺，只要绣娘能绣出和自己的腰带一模一样的一条来，就接受她的求爱；但腰带的做工异常复杂精美，正当绣娘绝望之时，家里来了一位请求歇脚的老爷，老爷知情后，送给绣娘一条如其所愿的腰带，并提出，如果一年后绣娘忘了自己的名字，就会将她带走；绣娘如愿以偿地嫁给了裁缝，临近一年之期时，却发现自己忘记了老爷的名字；裁缝先后三次外出寻找这个名字，前两次都在到家的时候忘记了，终于在一年期满之日、老爷前来要人之时说出了这个名字，裁缝话音刚落，老爷就消失不见了。这个名字叫作 Heidebic de Hel，Hel 在故事发生的时代（古代诺曼底）意为"地狱"，老爷的身份则是死神。

整个故事情节就是如此简单，裁缝在寻找名字的路上还得到了三个会说话的动物的帮助。这个故事，孩子们应该不会拒绝，大人们或许会觉得幼稚。不过在这部作品的第二部分，基尼亚尔紧接着对故事做了解读："舌尖上的名字提醒我们，语言不是我们的反射行为。"① 语言不是与生俱来的，而是通过后天习得所具备的一种能力。虽然语言对文明的推进起到了不可替代的作用，但是在这不可一世的表象之下，语言却是极为脆弱的：它随时都可能消失在每一个人的舌尖，而当我们去寻找它时，它往往就在舌尖翻滚，与之相匹配的发音却始终蹦不出来，这是一种近在咫尺又远在天涯的体验。作者提及了年幼时的一次经历——母亲正在说话时，突然忘记了一个词，她整

---

① Pascal Quignard, *Le nom sur le bout de la langue*, Paris: P. O. L, 1993, p. 59.

第五章　阿波罗之光

个人都定住了，竭力地寻找这个丢失的词：

> 母亲竭力重新捉住丢失的形状，母亲费劲地恢复能够解释一切的古老动词，寻找词语的母亲自己成了词语的外形，似乎这场寻找，固定了轮廓，凝结了目光，在面庞之上强加了一张面具——一张在任何方面都一样的面具，除了生命。
>
> 脸面在聚精会神中石化了。它在寻找和沮丧中一动也不动。它不再是活动的。非生命入侵了。[……]
>
> 我无法将视线从这张面具上移开，在寻找一个词的时候，这张面具的灵魂离开了，去了另一个世界。①

基尼亚尔的母亲和外祖父都是语言学家，对他的语言教育很是严苛，所以"忘词"这件事发生在母亲身上令他格外惶恐、印象深刻。成年后的基尼亚尔再次回想起幼年时的场景，感叹道："妈妈在找一个词。妈妈不在那儿。她的面孔是一张面具。不在场的母亲是我生命的核心。"② 现世母亲的面孔是语言的产物，遮蔽了生命之母的模样。

《舌尖上的名字》其实是对基尼亚尔另一部作品的重新书写：《尚博尔的楼梯》（*Les escaliers de Chambord*）。在这部小说里，玩具收藏家爱德华·菲尔福兹（Edouard Furfooz）总是觉得自己忘记了一个心爱的姑娘的名字，这个重要的遗忘之物令他不能完全投入与其他女性的感情中，他总是在伴侣的名字

---

① Pascal Quignard, *Le nom sur le bout de la langue*, Paris：P. O. L, 1993, pp. 87-88.
② 同上书，第88—89页。

里寻找那个女孩的名字。他想起年幼时曾与这个女孩一起在尚博尔的楼梯上玩耍。尚博尔是位于法国卢瓦尔（le Loire）河畔的一座城堡，拥有一个双螺旋楼梯，像是DNA模型。正是由于这一特殊结构，菲尔福兹和女孩在楼梯上相互追逐时，始终觉得对方虽近在眼前，却无法碰触。菲尔福兹寻找女孩名字的过程也是如此：他回忆起了往事，却看不见女孩的面庞。终于有一天，他在琢磨身边几位女性的名字时突然发现，她们的姓名首字母拼成了Flora（芙罗拉），也就是那个女孩的名字。Flora在罗马神话里是花神的名字，因此，菲尔福兹总是"觉得自己离开了一个小女孩，或是一朵花，或是一朵花的名字"①。

与绣娘、菲尔福兹和母亲一样，基尼亚尔也在寻找某个词，似乎找到了这个词就能解开关乎起源的谜团，他"制作着一些词语，企图接近世界之外的世界"②。于他而言，舌尖上的名字"是对它无法捉住之物的怀念。这种怀念是首位的，因为人类语言中的这种缺失是首位的。它先于所失之物；它先于世界"③。"不在场的母亲"是所失之词的象征：词语消失在了唇边，脱离了文明社会，朝向语言想要表达却不得的真实而去，其代价就是在现世里死去。在绣娘的故事里，语言的出现逼退了死神，反映出语言的强大力量，这种力量在某种程度上也与死亡相当，它集中体现在语言对事物存在的抹杀之上，而这种抹杀则源自语言对"名"和"实"的区分。

---

① Pascal Quignard, *Les escaliers de Chambord*, Paris: Gallimard, 1991, p. 131.
② Benoît Vincent, *Le revenant (sur Pascal Quignard)*, 于 publie.net 网络首发, 2009, p. 133。
③ Pascal Quignard, *Le nom sur le bout de la langue*, Paris: P.O.L, 1993, pp. 70-71.

第五章 阿波罗之光

虽然基尼亚尔的作品深受西方传统的熏陶，但也不可忽视东方文化的影响。虽然索绪尔开创了现代语言学，对后世影响深远，可基尼亚尔在语言认知上却也受到了一位中国古人的启发："在我最应感谢的思想里，有一个是公孙龙的。公孙龙生活在周朝时期的战国时代，是赵国人。他和蒂迈欧是同时代的人。中国古人批评公孙龙'不属于任何一种学派'。"① 公孙龙的学说以对语言认知的探讨为主，这类研究与以"审美连续体"② 为特征的中国思想主流相违背，缺乏持续发展的土壤。对于公孙龙，基尼亚尔像挖掘圣-科隆伯一样津津有味。虽然他并不擅长中文，却忍不住参照了多个法文译本和解读，弄出了一个属于自己的公孙龙法文版③。

春秋战国时期，诸国的名称、指称不尽相同，出现了名实乱象。在此情形之下，公孙龙撰写了《名实论》，在疲于为帝王进献治国之策的诸子百家中，独树一帜地从语言逻辑层面阐述了名与实的内涵以及如何判断名实相符。《名实论》开篇便说："天地与其所产焉，物也。物以物其所物而不过焉，实也。""物"，"即是'有'（客观独立存在）"④，是自然生出的一切；"实"，是真实、准确、合理地表述出"物"。他又说，"夫名，实谓也"，"名"，就是命名。"实"是我们能够"名"

---

① Pascal Quignard, *Le nom sur le bout de la langue*, Paris: P. O. L, 1993, p. 78.
② 冯友兰：《中国哲学简史》，涂又光译，北京：北京大学出版社，2013年，第26页。
③ 该法文译本的出版信息为：*Kong-souen Long*, *Sur le doigt qui montre cela*, présentation et trad. par Pascal Quignard, Paris: Michel Chandeigne, 1990.
④ 周云之：《公孙龙子正名学说研究——校诠、今译、剖析、总论》，北京：社会科学文献出版社，1994年，第80页。

之的"物","名"则是对"实"的称谓。或者说,与"名"相匹配、可以将其称谓的"物"是"实",但是"物"的范畴中还包括不能"名"之的部分。因为"名"是由人的主观因素所决定的,而"实"却首先是自然客观存在的。"名"是后天习得的,"实"虽然在被称谓的过程中丧失了一部分原始性,但在本体上依然是先天而成的,属于"物"的范畴。

基尼亚尔在多部作品中都或明或暗地提到了这样一个观点:言说,就是丢失,并认为"符号意味着分离和替代。[……]从广泛的意义上来说,符号意味着孩子离开了母亲。意味着说话的人死去了"①。除了上述母亲寻找词语的木楔场景之外,基尼亚尔本身在年幼时和青春期曾经各患过一次失语症。这似乎跟语言学世家的背景格格不入。可实际上,正是自幼的高强度语言教育让基尼亚尔对语言产生了反感,并在日后认识到,"我们无法选择自己的名字,它就像皮肤一样,和我们一起长大,受到滋养和灌溉"②。

既然名称是一具皮囊,那么"名"和"实"之间就是一种可以互相剥离的关系,如同能指与所指之间的匹配也是任意的。"实"只有一个,相对应的"名"却可以有无数,但其中绝大部分都是不够"正"的"名"。公孙龙判断"名"是否"正"的依据只有五个字,即"唯乎其彼此":"名"与"实"是双向一对一的关系。基尼亚尔常年游走于法文、拉丁文、希腊文、梵文、德文、中文、日文等多个语种之间,想从中找到

---

① Pascal Quignard,*Petits traités* Ⅱ(Tome Ⅴ - Ⅷ),Paris:Gallimard,1997,pp. 79 - 80.
② 帕斯卡·基尼亚尔:《符腾堡的沙龙》,毕笑译,上海:上海文艺出版社,2010年,第31页。

那个最能准确表达某一"实"的"名"。他在作品《恰如天堂》中采用了日文中的 Kon-Jaku（"今昔"）一词，解释道，"日文的'Kon-Jaku'在法文中意为'现在-从前'"①，借此凝练地表达从前和真实始终在我们身上的思想。如果没有"名"，"实"依然会存在，并且会回到最初没有被命名的"物"的状态；但是如果"名"没有了"实"，就会失去存在的依托和必要，成了名副其实的空皮囊。所以基尼亚尔说："一切名称都缺少它的现实。语言缺少某种东西。"② 语言并不能独立存在，因为它没有真正属于自己的实体，一直处在"寄生"的状态中，一旦"寄主"发生变化，语言就不得不随之变化甚至消失。正如斯坦纳（George Steiner）所言，"大多数语言家怀疑语言有自身的内在生命"③。

虽然语言自身没有生命，但是能命名一切我们想命名的对象。"命名，就是缺席，因此就是杀死真实的事物，之后，只有脱离肉身的符号存活着。"④ 这些被命名的对象不仅包括可感知的、具体的事物，也包括精神产物，语言将它们用符合逻辑的方式表达出来，而不合逻辑的部分就会遭到删除或曲解。但是被删除或曲解的部分也许最能体现事物的本质，而我们通过语言认识的世界自然是失真的世界。尼采也认为，"认识乃是一种伪造，把各种各样的和无数的事物伪造为相同的、类似

---

① Pascal Quignard, *Les Paradisiaques*（*Dernier royaume* IV），Paris：Gallimard，2007，p. 45.

② Pascal Quignard, *Le nom sur le bout de la langue*，Paris：P. O. L，1993，p. 70.

③ 乔治·斯坦纳：《语言与沉默》，李小均译，上海：上海人民出版社，2013 年，第 33 页。

④ Dominique Rabaté, *Pascal Quignard：Étude de l'œuvre*，Paris：Bordas，2008，p. 33.

的、可数的事物"①。有意思的是,人类语言所标榜的"逻辑"可能原本和理性思维并无直接瓜葛。根据维柯所述,"逻辑"(logic)一词源于"逻各斯"(logos),本义是寓言故事(fabula)。寓言故事在希腊文中被称为 mythos,也就是神话,由此派生出拉丁文中的 mutus 和 mute,意为"沉默"或"哑口无言"。所以 logos 兼指语言和思想②,兼指唇音和嗓音。只是后来,理性割裂了神的世界和人的世界,像盘古开天辟地一样撕开混沌,让光亮照射进来。原本是静默的思想如今只有在语言的理性表述中才能得到认可,"逻辑"的含义也逐渐往理性而去。我们在拥有知识的同时摆脱了对未知的恐惧,却也经常忘记今日之"逻辑"曾经与神话同源。

"名""实"之分意味着语言具有虚构性,如基尼亚尔之言,"我们身上的所有语言,都不是根基,都在被盗用,它是一个骗子"③。

语言交流并不是人类独有的能力,很多动物都可以通过声音向同类传递信息。不过,动物传递的信息都是真实存在的,而且只能表达最简单的意思,只有人类"能够表达从来没有看过、碰过、耳闻过的事物,而且讲得煞有其事"④。起初,人

---

① 尼采:《权力意志》,孙周兴译,上海:上海人民出版社,2018 年,第 34 页。
② 参见维柯:《新科学》,费超译,北京:中国社会出版社,1999 年,第 147 页。
③ Pascal Quignard, *La barque silencieuse* (*Dernier royaume Ⅵ*), Paris: Gallimard, 2011, p. 360.
④ 尤瓦尔·赫拉利:《人类简史:从动物到上帝》,林俊宏译,北京:中信出版社,2017 年,第 23 页。

第五章　阿波罗之光

类群体规模较小，每个人与其他任何一个人都可以进行足够和有效的交流，首领对群体的统治与管理也较为便利。但是，当人数达到一定程度后，首领不可能再与每一个成员都维持事无巨细的交流，群体时刻面临着溃散的威胁。此时，语言的虚构性隆重登场。"'虚构'这件事的重点不只在于让人类能够拥有想象，更重要的是可以'一起'想象，编织出种种共同的虚构故事。"① 虚构的故事让人们在不了解甚至是不认识对方的情况下也能够同心协力完成一件事，因为它建立起了众人共同的奋斗目标和价值体系。虚构一个故事并不难，难的是让人相信，只要人们都相信这个故事，再庞大的群体都能够有秩序地运转。所以，讲故事的人在编撰出一个可以自圆其说的故事时，往往会首先宣称自己所说的内容是"合乎自然的"，是"天生的"，但其实仍然以杜撰为主。

"语言是具有真实效果的非真之物的实现者。"② 基尼亚尔的这句话正呼应了尤瓦尔所说的"虚构的故事"。虚构的故事最终被赋予文字语言这一稳定形式，其中一种被冠以"历史"之名。基尼亚尔的作品经常以历史为题材，并非为了标新立异、哗众取宠。虽然官方史书的正统地位在很长一段时间内不会被动摇，但是总会出现某些质疑的声音，一旦证据足够充分，历史就会被修正。可见历史的表述不是唯一的，它也因而不能等同于唯一的事实。基尼亚尔的历史书写总是力图在广为人知的正史中挖掘出被掩埋的部分，"抓住那些碎片、那些痕

---

① 尤瓦尔·赫拉利：《人类简史：从动物到上帝》，林俊宏译，北京：中信出版社，2017 年，第 23 页。

② Pascal Quignard, « La métayère de Rodez », in *Études françaises*, vol. 40, n° 2, 2004, pp. 9-11.

迹、那些一直不被大写历史所接纳的"①，因为他认为只有这些不被正史接纳的部分才能够反映出真实。他在书写历史时，往往会抓住某一个细节，由此层层解剖、引申开去，印证了叔本华的一个观点："小说家的任务不是叙述惊天动地的大事件，而是把微不足道的事情处理得引人入胜。"② 同时，他在对细节的阐述中融进自己的想象和理解，他"对过去的重组，在整体上给虚构的和非虚构的场域指引了方向"③。基尼亚尔像魔术师坦承观众所见皆为虚幻一样，也坦承以文字为生的写作者在说谎，而他这种立足于细节的写法更易于让读者认同自己的虚构。他也像魔术师一样构建出虚实难辨的空间，在这个梦境中去寻找所失之物。

语言使虚构的事实成为可能，为了维持这种幻象，如何加强统治就成了不可回避的问题。当人类社会的规模越来越大，文字语言成为官方记录各项事宜的主要工具之后，统治者面对着这样一个难题：文书记录堆积如山，给查找资料制造了麻烦。于是，文书们除了负责记录之外，还必须掌握绘图、制表、编目和检索等信息处理的方式，他们对世界的认识也由整体性思考转向了分割性思考，而人作为世界的一部分，同样成了被分门别类的对象，阶层意识也被强化。虚构的根基越来越深，阶级制度也愈发完善。原本是为了服务人类的语言却反向控制了人类，而且"不幸的是，复杂的人类社会似乎就是需要

---

① Laurent Margantin, « Pascal Quignard：ultime nostalgie », in *Nuit blanche, le magazine du livre*, n° 91, 2003, pp. 6 - 9.

② 叔本华：《叔本华思想随笔》，韦启昌译，上海：上海人民出版社，2014年，第69页。

③ Chantal Lapeyre-Desmaison, « Pascal Quignard：une poétique de l'*agalma* », in *Études françaises*, vol. 40, n° 2, 2004, pp. 39 - 53.

这些由想象建构出来的阶级制度和歧视"①。基尼亚尔在《英戈尔施塔特的孩子》中以《牺牲危机》（"La crise sacrificielle"）为题，讲述了一则古老的故事：一位妇人要带乳猪回家，乳猪不愿，妇人便叫狗去咬猪，狗认为猪于己无过，不愿咬它；妇人便叫棍子打狗，棍子认为狗于己无过，不愿打它；妇人便叫火去烧棍子，火认为棍子于己无过，不愿烧它；妇人便叫溪流灭火，溪流认为火于己无过，不愿浇灭它；妇人便叫母牛去喝溪水，母牛认为溪流于己无过，不愿去喝溪水；妇人便叫屠夫杀了母牛，屠夫认为母牛于己无过，不愿杀它；最后，妇人叫刽子手绞死屠夫，刽子手答应了；于是，上述各个人物相继答应了妇人的要求。当然，谁都没有受到真正意义上的惩罚，但是连锁反应终端的死亡威胁让他们都臣服于妇人。而最终乖乖回家的乳猪也在妇人的口中成了一只"粉扑扑的可爱小乳猪"②。作者特意指出，该故事来自斯特拉斯堡，也就是法语于公元842年被首次书写的地方，而这则故事就是一部"微小的政治杰作"③。在认识到语言反仆为主的可怖之处后，他感叹道，"人类社会的秘密在于发明敌人"④。虽然世间万物的复杂关系里本就有"相反"这一项，但是在很大程度上体现为互补，而非对立，并维持着循环体系的运行。语言则强化，甚至更多的是创造出了对立的关系。于是，人类生活中出现了规模

---

① 尤瓦尔·赫拉利：《人类简史：从动物到上帝》，林俊宏译，北京：中信出版社，2017年，第131页。
② Pascal Quignard, *L'enfant d'Ingolstadt*（*Dernier royaume* X），Paris: Grasset, 2018, p. 140.
③ 同上书，第141页。
④ Pascal Quignard, *Mourir de penser*（*Dernier royaume* IX），Paris: Grasset, 2014, p. 89.

不等、强度不一的争吵、纠纷、冲突和战争，它们构成了基尼亚尔所厌恶的嘈杂，令其唯恐避之不及。而尼采则大声疾呼："这个世界就是权力意志——此外一切皆无！"① 那么，在理性之神的统治之下，塞壬又何去何从呢？

第二节 "塞壬的和谐"

塞壬经常被描绘成邪恶的象征、理性和秩序的对立面。福斯特（E. M. Forster）在短篇小说《塞壬的故事》（*The Story of the Siren*）中写道："神父们通过祈祷宣布这空气是圣物，因此她不能呼吸这空气；他们还宣布这些岩石是圣物，因此她不能坐在上面。可是没有人能宣布海是圣物，因为海太大了，而且总在变化。所以她就住在海里了。"② 在这则故事里，有两个听过塞壬之歌的人结婚生子，信仰基督的人们普遍认为这孩子是个恶魔。在理性的镇压下，塞壬沉默了，后又重新歌唱，只是这歌唱与往昔不同。

基尼亚尔写有这样一句话："和解，和平，神性，仁慈，纯洁，满足，文明，博爱，平等，不朽，公正，它们在大腿上重重地拍打着双手。"③ 这些都是政治家宣扬的正面形象，是

---

① 尼采：《权力意志》，孙周兴译，上海：上海人民出版社，2018年，第74页。
② 福斯特：《福斯特短篇小说集》，谷启楠译，上海：上海译文出版社，2016年，第202页。
③ Pascal Quignard, *La haine de la musique*, Paris: Gallimard, 1997, pp. 48-49.

人们应该遵守的法规或应该实现的美德。音乐在教化过程中重要非常,而政治家所期待的最理想的社会状态就是"和谐"。希腊语中意为"和谐"的词语"harmonia"本义是用捆绑的方式来拉紧绳子,希腊语中第一个表示"音乐"的词语"sophia"则指造船的技能。① 在基尼亚尔的文学世界里,这两个词明显指向尤利西斯施计逃脱了塞壬之歌。尤利西斯被捆绑在桅杆上,越是请求伙伴们松开绳索,伙伴们越是将绳索拉紧,这就是"和谐":服从指挥。在这个神话里,服从其实是双向的:尤利西斯服从伙伴们拉紧的绳索,伙伴们服从尤利西斯的计谋,只有这双向服从同时满足的时候,我们才会看到神话里的结局。尤利西斯与伙伴们的心中都有一份社会契约。

最初,塞壬只有一位。《荷马史诗》里的"塞壬"写作"Σειρη' νοιιν",这是一个表示双数的名词,说明此时有两位塞壬。后来,塞壬的数目变为三个。② 柏拉图在《理想国》(*Republic*)第十卷的厄尔神话中,将塞壬的数目增加到了八个。马克斯·霍克海默(Max Horkheimer)和西奥多·阿道尔诺(Theodor Adorno)在合著《启蒙辩证法——哲学断片》(*Dialectic of enlightenment: philosophical fragments*)中写道:"正如由尼罗河流到古希腊,源于水与土的创造图景在这里成为物活论的原理和元素一样,所有神话中的魑魅魍魉都被理性化为存在本质的纯粹形式。柏拉图的理念,最终甚至使奥

---

① Cf., Pascal Quignard, *La haine de la musique*, Paris: Gallimard, 1997, pp. 175 - 176.
② 参见李向利:《苏格拉底与塞壬传说》,《安徽大学学报(哲学社会科学版)》2015 年第 6 期,第 9—15 页。

林匹斯山上的神灵家族都被哲学意义上的逻各斯（logos）所浸淫。"① 塞壬也同样被柏拉图做了理性化的改造：

> 看见这道从天而降的光柱有两个端点。这光柱就是诸天的枢纽，好比海船的龙骨，把整个旋转着的碗形圆拱维系在一起。那个"必然"的纺锤吊在光柱的顶端，所有球形天体的运转都以这道光柱为轴心。[……]圆拱的性质如下：它的形状就像人间的圆拱，但是按照厄尔的描述，我们必须想象最外边是一个中空的大圆拱。[……]整个纺锤在"必然"的膝上旋转，每一碗形圆拱的边口上都站着一位"塞壬"，她们随着圆拱一起旋转，各自发出一个音，八个音符合在一起就形成一句和谐的音调。另外还有三位女神，她们围成一圈，各自坐在自己的宝座上，相互之间的距离相等。她们是"必然"的女儿，命运三女神，身穿白袍，头束发带。②

塞壬被塑造为天庭光柱的使者，她们成了秩序的守卫者。原本被视为邪恶女妖的塞壬竟然组成了"神的天堂合唱团"③，受理性的驱使，与其本性背道而驰。

在柏拉图之前，毕达哥拉斯主义者就已经将塞壬与天体联系起来，而"塞壬的和谐"这一用语也最早为他们使用。毕达

---

① 马克斯·霍克海默、西奥多·阿道尔诺：《启蒙辩证法——哲学断片》，渠敬东、曹卫东译，上海：上海人民出版社，2006年，第3页。
② 柏拉图：《柏拉图全集·第二卷》，王晓朝译，北京：人民出版社，2003年，第642—643页。
③ Irini-Fotini Viltanioti, *L'harmonie des Sirènes du pythagorisme ancien à Platon*, Boston/Berlin: Walter de Gruyter Inc., 2015, p. 83.

哥拉斯学派将音乐的基本法则定为"数",认为万物都是有秩序的:"万物皆数,灵魂是和谐,而音乐则揭示了数和'和谐'的基本性质。其理论的原则是音乐一定要基于一个简单的数学比率。"① 该学派"从'数统辖一切'的观念出发探究音乐的本质,并从音乐严密的数理关系与和谐规律推演出'小宇宙'(人)类似'大宇宙'(天体)的观点"②。新毕达哥拉斯主义和新柏拉图主义都认为音乐"是用以构成的诸要素的和谐的组合,把繁杂归于同一,把纷乱归于协调"③。到封建社会时,此观点与神的形象结合在一起,音乐被赋予"整一、和谐、秩序"等上帝的属性表现。④ 更何况,毕达哥拉斯主义者信奉的是日神精神,他们的主神就是阿波罗⑤,"塞壬的和谐"自然成了秩序的代名词,在将统一性最大化的同时,把个体特征缩减到了最低程度。在和谐的状态中,我们看不到个人意志的体现,个体彻底沦为了服从者。基尼亚尔则说:"国歌、市立铜管乐队、宗教圣歌、家庭歌曲,它们识别着群体、团结了当事人、奴役了国民。/服从者。/音乐没有界限也不可见,它似乎

---

① 高志民:《论古希腊音乐哲学的"和谐"观》,《东北师大学报(哲学社会科学版)》2015 年第 2 期,第 144—149 页。
② 龚妮丽:《论音乐哲学与音乐美学的学科视野及交叉关系——兼谈 2001 年新版〈格罗夫音乐词典〉置换"音乐美学"词条的原因》,《星海音乐学院学报》2009 年第 2 期,第 23—28 页。
③ 高志民:《论古希腊音乐哲学的"和谐"观》,《东北师大学报(哲学社会科学版)》2015 年第 2 期,第 144—149 页。
④ 参见于润洋:《现代西方音乐哲学导论》,北京:人民音乐出版社,2012 年,第 8—9 页。
⑤ 参见唐卉:《阿波罗形象的演变系谱——古希腊神话历史研究之一》,《文艺理论研究》2012 年第 2 期,第 44—50 页。

是所有人的嗓音。"①

"但愿现代人能够明白：如今已经没有真正的'我'，即便有也无非是一种完全被奴化的幻觉，因为所有个人的思想都已经高度地规范和统一。"② 基尼亚尔的这个论断正是来自音乐作为统治工具对人们施加的影响。音乐起初与祭祀活动有关。根据弗雷泽（James George Frazer）的研究，在古罗马，地位最高的祭司拥有"'祭司王'或'主持祭祀仪式的王'的称号，而他的妻子，则被称为'主持祭祀仪式的王后'"③。相似的情况在古希腊的各个城邦里也有所存在。祭祀在古代社会是一项不可替代的重要活动，用以祈求风调雨顺。与此密切相关的巫术则预测福祸，让人们早有准备或者防范。在祭祀或巫术上享有盛誉的人自然在人群中建立了威信，"可以轻而易举地拥有一个首领或国王的职权"④，音乐也随之进入了政治领域。中国典籍中亦有相关记述：《周礼·春官宗伯》中规定，"于宗庙之中奏之，若乐九变，则人鬼可得而礼之矣"⑤。音乐将祭祀的人们召集到一起，跟随着节奏和韵律迈出统一的步伐、做出统一的动作、发出统一的呼喊，主管祭祀的人则拥有至高无上的权威。

早在古希腊时期，柏拉图就发现了音乐的政治功能，在

---

① Pascal Quignard, *La haine de la musique*, Paris: Gallimard, 1997, pp. 121-122.
② 帕斯卡·基尼亚尔：《秘密生活》，王海洲译，上海：上海文艺出版社，2014年，第179页。
③ 詹姆斯·乔治·弗雷泽：《金枝》，赵昍译，西安：陕西师范大学出版社，2010年，第13页。
④ 同上书，第50页。
⑤ 《周礼》，徐正英、常佩雨译注，北京：中华书局，2014年，第482页。

《法律篇》(*Laws*) 中阐述了音乐的教育功能。他认为，教育最初来自阿波罗和缪斯，前者是齐特拉琴演奏高手，后者是音乐等艺术的代名词。古希腊有众多节日是为他们而设定的，在这些节日里，合唱是必不可少的环节。因此，"一个'没有受过教育的'人，是指一个没有受过合唱训练的人"[①]。柏拉图进一步表示，特定的音乐形式可以模仿特定的性格、特定的活动，并且对听者的思想活动进行控制。于是，音乐成了人们的行为准则，被柏拉图视为美德教育中可以对人的灵魂进行训练的部分，让"完善的公民懂得怎样依照正义的要求去进行统治和被统治"[②]，而且"歌曲已经转变成了'诺姆'"[③]。在古希腊文中，"诺姆"（nome）既可以表示"曲调"，也可以表示"法律"。既然音乐能够被视为法律，那么音乐的改变势必会导致法律的变更。柏格森曾说："艺术麻痹我们的活动能力和抵抗能力，使我们易于接受暗示。"[④] 以听觉为感知器官的音乐无疑尤其拥有这股潜移默化的力量，抑或说是催眠的效能。亚里士多德也指出，相较于其他艺术形式而言，音乐更能够"为我们提供道德的'形象'"[⑤]。古希腊人在重视音乐教化作用的同时，也没有忽视与它息息相关的舞蹈，两者结合在一起才是教育的全部，他们尤为热衷的体育其实就是舞蹈的一种变形。基尼亚尔还从中国典籍中发现了类似的观点。在《音乐之

[①] 柏拉图：《法律篇》，张智仁、何勤华译，上海：上海人民出版社，2001年，第39页。
[②] 同上书，第27页。
[③] 同上书，第219页。
[④] 柏格森：《时间与自由意志》，吴士栋译，北京：商务印书馆，1958年，第10页。
[⑤] 亚里士多德：《政治学》，高书文译，北京：中国社会科学出版社，2009年，第339页。

恨》中，作者说"古代中国人此言有理：'时代的音乐能反映国家的状态'"①，似乎是化用了《吕氏春秋·适音》里的"音乐通乎政"。和古希腊的政治家们一样，古代中国的政治家们也将音乐和行为准则结合在了一起，称其为"礼乐"。礼乐思想理论基础的奠定者荀子持"性本恶"的观点，认为必须采取措施对人们的行为进行限制和引导，否则社会的稳定性将受到威胁，政权也容易遭到颠覆。而在他之前，《周礼》已对此做出相应论述，并推崇礼仪特征强烈、道德色彩浓厚的雅乐。音乐与政治结合的历史，在中国可以追溯到上古时期："舜弹五弦之琴，而歌《南风》之诗，以治天下。"② 夏、商、周的世子也必须学习礼乐，以陶冶情操、规范举止："凡三王教世子，必以礼乐。乐所以修内也，礼所以修外也。礼乐交错于中，发形于外，是故其成也怿，恭敬而温文。"③ 孔子则说"放郑声，远佞人。郑声淫，佞人殆"④，将靡靡之音和小人一并斥退。阮籍在《乐论》中提倡音乐应当顺应天道，也是为了能够实现稳定的政治局面：

> 夫乐者，天地之体，万物之性也。合其体，得其性则和；离其体，失其性则乖。昔者，圣人之作乐也，将以顺天地之体，成万物之性也。故定天地八方之音，以迎阴阳八风之声；均黄钟中和之律，开群生万物之情气。故律吕

---

① Cf., Pascal Quignard, *La haine de la musique*, Paris: Gallimard, 1997, p. 256.
② 《淮南子》，陈广忠译，北京：中华书局，2014年，第436页。
③ 《礼记译解》，王文锦译解，北京：中华书局，2016年，第247页。
④ 《论语译注》，杨伯峻译注，北京：中华书局，2017年，第232页。

协则阴阳和，音声适而万物类，男女不易其所，君臣不犯其位，四海同其观，九州一其节；奏之圜丘而天神下，奏之方泽而地祇上。天地合其德，则万物合其生，刑赏不用而民自安矣。①

音乐与政治互为表里、唇齿相依，因此有了诸如"夫政象乐，乐从和，和从平。声以和乐，律以平声"②、"形体有处，莫不有声。声出于和，和出于适。和适先王定乐，由此而生"③、"故观其礼乐，而治乱可知也"④、"欲观至乐，必于至治"⑤ 和"礼乐正而天下平"⑥ 等众多说法。

在短文《关于我的死亡》里，基尼亚尔除了表示自己的葬礼上不要有被割喉的公鸡，还说"也不要有挂在笼子里的知了"⑦。如果说被割喉的公鸡是败北的塞壬，那么蝉就是被理性化的塞壬。基尼亚尔在《音乐之恨》里提及了这样一则神话：黎明女神奥罗拉（Aurore）爱上了提托诺斯（Tithon），与他结为夫妻；奥罗拉向宙斯请求赐予自己的丈夫以永生，但是忘记说明也要让他青春永驻；于是提托诺斯逐渐老去、萎

---

① 〔两汉〕阮籍：《乐论》，收于《声无哀乐论》，吉联抗译注，北京：人民音乐出版社，1964 年，第 73 页。
② 《国语》，陈桐生译，北京：中华书局，2014 年，第 70 页。
③ 《吕氏春秋》，陆玖译注，北京：中华书局，2011 年，第 132 页。
④ 《礼记译解》，王文锦译解，北京：中华书局，2016 年，第 294 页。
⑤ 《吕氏春秋》，陆玖译注，北京：中华书局，2011 年，第 175 页。
⑥ 〔两汉〕阮籍：《乐论》，收于《声无哀乐论》，吉联抗译注，北京：人民音乐出版社，1964 年，第 79 页。
⑦ Pascal Quignard, *La haine de la musique*, Paris: Gallimard, 1997, p. 139.

缩,"后来,当爱人的身体老到只有一根手指长的时候,她把他变成了知了。她把他挂在笼子里的一根树枝上,看着自己唱个不停的小丈夫"①。

在古希腊,人们喜爱蝉的歌声,柏拉图也在《斐德若篇》(*Phaedru*)中讨论了蝉的象征意义。据他记载,缪斯带来音乐后,有一部分人不吃不喝,只是唱歌,直到死去,随后变成蝉。蝉会代替缪斯观察人们从事艺术的情况。正午时分,如果蝉看见有人瞌睡,就会嘲笑他们;如果看见有人在专心讨论,就会报之以敬佩,并送给他们"上苍允许它们赠给凡人的法宝"②。这个法宝就是"雄辩术的灵感"③,而在古希腊,雄辩家必修的课程里就有音乐和辩证法。蝉"向九位缪斯中最年长的卡利俄珀和年纪较小的乌拉尼亚报告那些终身从事哲学并且用哲学这种音乐来崇拜她们的人,因为这两位缪斯主管的是天文以及神和人的所有历史,所以这种歌声是最高尚的"④。于是,蝉成了音乐家与哲学家的象征。

蝉和塞壬一样,都用歌声来吸引人。并且,和鸟形女妖一样,蝉也象征着对灵魂的追求,因为它的弱小表明对躯体的需求很低,灵魂得以挣脱躯体的束缚而获得自由。在希腊语中,词语 ὄψ 既被用于指称塞壬的嗓音,同时也意为"眼睛、视

---

① Pascal Quignard, *La haine de la musique*, Paris: Gallimard, 1997, p. 278.
② 柏拉图:《柏拉图全集·第二卷》,王晓朝译,北京:人民出版社,2003年,第174页。
③ Irini-Fotini Viltanioti, *L'harmonie des Sirènes du pythagorisme ancien à Platon*, Boston/Berlin: Walter de Gruyter Inc., 2015, p. 101.
④ 柏拉图:《柏拉图全集·第二卷》,王晓朝译,北京:人民出版社,2003年,第175页。

野",因此,塞壬无所不知。① 《荷马史诗》中,塞壬女妖为引诱尤利西斯,除了对他说"过来吧",还说了这样一段话:

> 过来吧,尊贵的奥德修斯,阿开亚人巨大的光荣!
> 停住你的海船,聆听我们的唱段。
> 谁也不曾驾着乌黑的海船,穿过这片海域,
> 不想听听蜜一样甜美的歌声,飞出我们的唇沿——
> 听罢之后,他会知晓更多的世事,心满意足,驱穿向前。
> 我们知道阿耳吉维人和特洛伊人的战事,所有的一切,
> 他们经受的苦难,出于神的意志,在广阔的特洛伊地面;
> 我们无事不晓,所有的事情,蕴发在丰产的大地上。②

知识与音乐具有同样强大的吸引力,塞壬被同时赋予了巫术般的蛊惑歌声与洞察一切的学识。

基尼亚尔在提及塞壬的最初形象时说,"塞壬和西比尔一样在增加着数量。/起先,只有一位,名叫 Seirèn,她是紧绷着的,她将人勒紧,让人窒息,像是斯芬克斯,狮身人面,她

---

① Cf., Irini-Fotini Viltanioti, *L'harmonie des Sirènes du pythagorisme ancien à Platon*, Boston/Berlin: Walter de Gruyter Inc., 2015, pp. 55 – 56.
② 荷马:《奥德赛》,陈中梅译,上海:上海译文出版社,2016 年,第 228—229 页。

是斯芬克斯似的"①。西比尔（Sibylle）是希腊神话中的女先知。基尼亚尔提道，维旺·德侬（Vivant Denon）于1776年考察了位于意大利库迈（Cumes）的西比尔岩洞，此处相传为西比尔的住所。德侬在日记里写道："没有更敏感的回响了。这也许是存在中最美的声音体。"②基尼亚尔在书写西比尔的歌唱时，再次援引了《萨蒂利孔》的相关内容：

特里马尔奇奥说自己小时候去过库迈。他看到了存在骨灰瓮里的不朽西比尔的干燥遗体，骨灰瓮挂在阿波罗神庙里的石头角落。

孩子们仪式性地在神庙的黑暗里前进。他们突然在安瓿瓶下叫道："西比尔，你想要什么？"一个洞穴般的嗓音从骨灰瓮里传出来，像是从岩石角落里传出的回声，它一成不变地答道："我想死。"

这就是歌唱。

Apothanein thelô.③

Apothanein thelô 是希腊文，意为"我想死"。艾略特（T. S. Eliot）在《荒原》（*The Waste Land*）的题记里也引用了《萨蒂利孔》中的这一片段。在希腊神话中，阿波罗赋予西比尔以预言的能力，只要西比尔手中握有尘土，她就能一直活着。但是，和黎明女神忘记向宙斯请求赋予丈夫青春永驻一样，西比

---

① Pascal Quignard, *Boutès*, Paris: Galilée, 2008, p. 73.
② Pascal Quignard, *La haine de la musique*, Paris: Gallimard, 1997, p. 151.
③ 同上书，第 280—281 页。

尔也忘记了向阿波罗请求永恒的青春。她和提托诺斯一样，都在永生中日渐衰老，最终几乎缩为空壳。提托诺斯被奥罗拉变为了歌唱不断的蝉，西比尔则在笼子里求死不得，她"被囚禁在孤独里、对生活的厌倦里。她不但免于希望，而且，此外，她承受着对不可饶恕的存在的恐惧，承受着没有出路的生命"①。斯芬克斯则源自古埃及神话，长有翅膀，通常为雄性。而在希腊神话中，斯芬克斯成了狮身人面的女性，象征智慧和知识。"Sphinx"（斯芬克斯）源自希腊语"Sphiggein"，意为"拉紧"，因为古希腊人认为斯芬克斯会将人扼死。因此，上述引文中，在形容既像西比尔又像斯芬克斯的塞壬时，基尼亚尔的用词为"她是紧绷着的，她将人勒紧，让人窒息"。

　　塞壬之歌不再出于本能，音乐之声彻底沉沦。虽然蝉和塞壬都知识渊博，但塞壬的无所不知是因为其本身就处于未经分化、包罗万物的真实世界里，而蝉的知识属于语言的认知范畴，存在于现实世界。蝉是塞壬的理性化变形，塞壬化身为"真正的哲学家"，代表着"纯粹的灵魂"②，她所在的岛屿也摆脱了具象，成了智识之场的象征。苏格拉底要求在正午时分也不能停止思考，这是受了知识的诱惑，和水手们受到塞壬的诱惑一样。基尼亚尔拒绝蝉，是在拒绝理性，拒绝真实被语言扭曲。可被语言、理性、知识、政治操控的塞壬已如提线木偶任人摆布，乃至为虎作伥。

---

① Stéphanie Boulard，« Du feu, des cendres. Sur le nom de Sybille et le *Requiem* de Pascal Quignard »，in *Tangence*，n°115，2017，pp. 75-99.
② Irini-Fotini Viltanioti，*L'harmonie des Sirènes du pythagorisme ancien à Platon*，Boston/Berlin：Walter de Gruyter Inc.，2015，p. 104.

第三节　音乐与大屠杀

阿波罗神殿上除了刻有"认识你自己"之外，还有一句话："凡事勿过度。"可悲的是，人们在理性之路上越走越远，甚至忘记了这句箴言。极端理性使人性遭到降级甚至泯灭，其代表事件之一就是"二战"期间德国纳粹对犹太人实施的种族灭绝。基尼亚尔之作《音乐之恨》的同名第七部分正与这场大屠杀有关。开篇伊始，作者就直截了当地写道：

> 在所有艺术中，只有音乐参与了1933年至1945年德国人对犹太人的屠杀。只有这门艺术被纳粹集中营的管理当局认为是必须要采用的。虽然有损于这门艺术，但依然要指出，只有它能适合营地组织、饥饿、匮乏、劳作、痛苦、侮辱和死亡。①

基尼亚尔重点提及了两部文学作品：一部是波兰作曲家、小提琴家西门·拉克斯（Simon Laks）的《另一个世界的音乐》（Musiques d'un autre monde），另一部是意大利作家、化学家普里莫·莱维（Primo Levi）的《这是不是个人》（Se questo è un uomo）。两位作者都是纳粹集中营的幸存者，两部作品的创作之基都是作者的亲身经历，都属于一种非常特殊的

---

① Pascal Quignard, La haine de la musique, Paris: Gallimard, 1997, p. 197.

现代文学类型：见证文学（Testimony/Witness Literature）。它"是随着第一次世界大战发展起来的，[……]在整个二十世纪的世界史中发生频仍"①，其代表作是埃利·威赛尔（Elie Wiesel）的《夜》（*La Nuit*），他于1986年荣获诺贝尔和平奖。见证文学属于集中营文学，后者的创作经历了两个高峰时期——1945年到1949年和二十世纪九十年代之后②，《另一个世界的音乐》和《这是不是个人》都是在第一个高峰时期创作的。在第一个高峰期里，创作主体是灾难的幸存者，而第二个高峰时期的创作主体则转向未曾经历过灾难的写作者，他们在史料和战后创伤的基础上进行创作。只有第一个高峰期里的创作主体才是见证文学的创作者。见证文学的一个重要特征是真实性，它"通过语言叙事的方式，保存微观层面上的个体生命与灾难历史。这种保存使得这些历史灾难中的个体记忆最终能够被沉淀为超越时空的公共记忆"③。

尼采说，"只有从音乐精神出发，我们才理解个体毁灭引起的快感"④。这种快乐在纳粹屠杀犹太人的行动中达到了极致，他们在用音乐来训练囚犯的过程中得到了美学快感和施虐享受。扬科列维奇指出，音乐会对人产生巫术一般的影响⑤，

---

① 吕鹤颖：《见证文学与文学的见证》，《文艺争鸣》2016年第10期，第156—161页。
② 参见房春光：《见证的文学，文学的见证——纳粹大屠杀幸存者文学在施害者研究中的意义》，《外国文学评论》2018年第3期，第133—150页。
③ 吕鹤颖：《见证文学与文学的见证》，《文艺争鸣》2016年第10期，第156—161页。
④ 尼采：《尼采全集·第1卷》，杨恒达等译，北京：中国人民大学出版社，2013年，第77页。
⑤ *Cf*., Vladimir Jankélévitch, *La musique et l'ineffable*, Paris: Seuil, 2015, p. 11.

这种巫术般的效果始自塞壬之歌。不过，最初的塞壬之歌是带领人们回到生命本真的，可受到理性驱使的塞壬之歌却逆向而行。正如霍克海默和阿道尔诺所言："神话变成了启蒙，自然则变成了纯粹的客观性。人类为其权利的膨胀付出了他们在行使权利过程中不断异化的代价。"①

虽然自"二战"结束后，人们对纳粹的罪恶行径不断反思，对大屠杀的研究也不在少数，但音乐在长时间内都是其中的一个盲点，人们难以将一门普遍带来美好感受的艺术与残暴的大屠杀联系在一起。不过近年来，音乐开始进入大屠杀研究者的视线，它的另一面被揭露出来。研究种族屠杀的美国学者格雷戈里·斯坦顿（Gregory Stanton）将大屠杀分为八个步骤：分类（Classification）、符号化（Symbolisation）、非人性化（Dehumanization）、组织化（Organization）、极化（Polarization）、准备（Preparation）、灭绝（Extermination）、否认（Denial）。② 集中营里的犯人们对音乐持有两种态度：一部分人认为音乐能帮助自己在绝境中抱有希望、重振信心；另一部分人将音乐视为一种折磨身心的酷刑。基尼亚尔借幸存者的话语提到了这两种看法，但无论是从对听觉的理解，还是从对塞壬神话的解读来看，抑或是从对大屠杀的描述来讲，作者都明

---

① 马克斯·霍克海默、西奥多·阿道尔诺：《启蒙辩证法——哲学断片》，渠敬东、曹卫东译，上海：上海人民出版社，2006年，第6页。
② *Cf.*, M. J. Grant, Mareike Jabobs, Rebecca Möllemann, Simone Christine Münz, and Cornelia Nuxoll, « Music, the "Third Reich", and "The 8 Stages of Genocide" », in *Music and Genocide*, Wojciech Klimczyk / Agata Świerzowska（eds.）, Frankfurt am Main, Berlin, Bern, Bruxelles, New York, Oxford, Wien: Peter Lang, 2015, pp. 23-68.

显地站在了第二种观点的立场上。并且在实际上，极为重视领导作用的纳粹的确选择用音乐来巩固自身的话语权，音乐在大屠杀整个过程中都是不可否认的帮凶。

在第一步（分类）里，音乐主要用于对德国人进行熏陶，目的在于强化本民族的团结性、统一性和认同感，为日后的侵略行为和屠杀罪行打下坚实的民众基础。德国作曲家卡尔·奥尔夫（Carl Orff）与希特勒在音乐上的喜好颇为相似，"整齐的大场面、感人的舞台设计、鲜明的旋律性，不喜欢'腐朽的'无调性和爵士等等"[①]，加之奥尔夫本人热衷于追求功名利禄，因此，他顺理成章地成了希特勒身边的红人。不过，希特勒追求更为简洁明了的音乐，以求更高效地灌输思想。在众多音乐家中，纳粹尤为欣赏舒伯特的作品，因为他的音乐既抒情温柔又带有宗教性质，是"甜美圣洁的和弦"[②]。纳粹通过大量演奏、播放以及开办专场音乐会，将政治思想经由舒伯特的音乐传递给人们。舒伯特"几乎成了纳粹必须实现'日耳曼征服世界'的信仰的代言人"[③]，迫使他的祖国奥地利在战后立刻划清与纳粹的界限。基尼亚尔将自己对塞壬神话的解读延伸到了此处：

  诱鸟笛歌声能吸引人、杀死人。这种功能延续在了最

[①] 马慧元：《音乐的容器》，上海：上海书店出版社，2014年，第19页。
[②] Katarzyna Naliwajek-Mazurek, « The Functions of Music within the Nazi System of Genocide in Occupied Poland », in *Music and Genocide*, Wojciech Klimczyk / Agata Świerzowska（eds.）, Frankfurt am Main, Berlin, Bern, Bruxelles, New York, Oxford, Wien: Peter Lang, 2015, pp. 83 – 103.
[③] 同上。

严肃的音乐里。

在对数百万犹太人进行灭绝时,营地组织毫不犹豫地采用了这个功能。瓦格纳、勃拉姆斯、舒伯特,他们都成了塞壬。弗拉基米尔·扬科列维奇对聆听和演奏德国音乐表示反抗,他的反应是民族性的。

也许音乐里应该被制裁的,不是作品的民族性,而是音乐本身的原初。原初的音乐本身。①

音乐之所以会成为纳粹的帮凶,正是因为其自身属性非常适合统治。听觉的被动性和音乐的教化功能让我们初步接触到音乐的负面形象,而大屠杀的真相则在基尼亚尔对音乐的情感里融进了不可磨灭的憎恶。基尼亚尔援引了这样一段历史:意大利多明我会修士、佛罗伦萨宗教改革家萨沃纳罗拉(Savonarola)被捕时,发起逮捕命令的是一口钟的响声;后来,这口钟"被流放到圣米尼亚托大殿,并在前往大殿的整条路上都被人鞭打"②。紧接着他又写道:"纽伦堡法庭应该判决每年都在德国城市的街道上抽打理查德·瓦格纳的塑像。"③

在第三步(非人性化)里,纳粹逼迫囚犯们演唱嘲讽犹太人的歌曲,以此贬低他们的人格,彻底击碎他们的文化认同感。此外,在集中营的音乐里,有不少是囚犯们儿时听的歌谣。可是,歌谣一遍又一遍地重复,强迫囚犯做各种肢体运动,当年美好的记忆变成了噩梦。囚犯们会在这种听觉酷刑之

---

① Pascal Quignard,*La haine de la musique*,Paris:Gallimard,1997,p. 221.
② 同上书,第 222 页。
③ 同上书,第 223 页。

第五章 阿波罗之光

下憎恨自己的童年，而童年对于一个人的塑造是至关重要的。于是，他们开始自我否定，甚至自我分裂。纳粹趁机按照自己的意愿重新塑造囚犯，其中最常见的手段是用音乐将囚犯们的日常生活"仪式化"。晨起、外出、工作、归来、娱乐等一切事务都在音乐中进行："音乐已经完全融入党卫军的哨声里。它是一种有效的威力，能激起即刻的反应。像营地钟声按下了闹铃，它的响起终止了梦中的噩梦，打开了现实的噩梦。每一次，那声音都会'让人立正'。"① 所以基尼亚尔说，纳粹手中的哨子是"诱鸟笛的衍生物——伴着致命的踏步"②。囚犯们的肢体在音乐节奏的控制下运动，无论他们是精神十足还是精疲力竭，都会随之做出纳粹指定的事情。他们的运动几乎是机械性的，自主意识和主观能动性丧失殆尽。这正是纳粹想要达到的目的："建立起做工囚犯的耐力和精神，并预防骚乱。我们认为，这种在集中营里对音乐的使用，是在政府最高层指示下产生的结果。"③ 他们培养出了一群绝对听话的人。

音乐在集中营里建立起了极度严格的纪律性，拒绝唱歌或演奏的人会被立刻处决。随着音乐进行各项活动时，囚犯们即刻就被"带到韵律的生理运输中"④。音乐剥夺了他们的身体

---

① Pascal Quignard, *La haine de la musique*, Paris: Gallimard, 1997, p. 207.
② 同上书，第 227 页。
③ M. J. Grant, Mareike Jabobs, Rebecca Möllemann, Simone Christine Münz, and Cornelia Nuxoll, « Music, the "Third Reich", and "The 8 Stages of Genocide" », in *Music and Genocide*, Wojciech Klimczyk / Agata Świerzowska (eds.), Frankfurt am Main, Berlin, Bern, Bruxelles, New York, Oxford, Wien: Peter Lang, 2015, pp. 23–68.
④ Pascal Quignard, *La haine de la musique*, Paris: Gallimard, 1997, p. 111.

和灵魂，被基尼亚尔比作鱼钩，"它抓住灵魂，将它们带向死亡。/这是集中营犯人的痛苦，他们的身体被夺走了，由不得他们"①。音乐成了一种"身体暴力的极端方式：毫不夸张地说，在某些情况下，囚犯们是被音乐杀死的"②。基尼亚尔着重记述了拉克斯的经历：他于1941年被捕，先后被拘禁在博讷、特朗西、奥斯维辛、考费林格和达豪等集中营；在奥斯维辛时，他是囚犯乐队的指挥，目睹自己一向热爱的音乐变成了杀人的凶器。基尼亚尔将乐队指挥比作军队领导者，说他"用一根小棍制造雨水和晴天。他的指尖上有一根金子般的细枝"③，令人不禁联想到，指挥家手中的"小棍"也是远古时期巫师萨满手中的小棍，因为萨满可以呼风唤雨，指挥家也能操控听者，而"所有乐队指挥都是驯养者，是领袖"④。其实，不只是乐队指挥渴望驯服听众，任何一位演奏者都有这种发自内心的渴望。

基尼亚尔通过捷克小提琴家卡雷尔·弗洛里奇（Karel Fröhlich）的一次访谈，提出虽然音乐在集中营里犯下了不可饶恕的罪行，但是对于音乐家而言，却体会到了演奏的"理想

---

① Pascal Quignard, *La haine de la musique*, Paris: Gallimard, 1997, p. 200.
② M. J. Grant, Mareike Jabobs, Rebecca Möllemann, Simone Christine Münz, and Cornelia Nuxoll, « Music, the "Third Reich", and "The 8 Stages of Genocide" », in *Music and Genocide*, Wojciech Klimczyk / Agata Świerzowska (eds.), Frankfurt am Main, Berlin, Bern, Bruxelles, New York, Oxford, Wien: Peter Lang, 2015, pp. 23-68.
③ Pascal Quignard, *La haine de la musique*, Paris: Gallimard, 1997, p. 229.
④ 同上书，第230页。

条件"①，因为"演奏者追逐的猎物，是公众的寂静。演奏者在寻找这种寂静的强度。他们力图把全神贯注听自己演奏的人们投进一种极端状态：空无的听觉，先于让他者听到自己"②。在集中营里，听众不再具有思考能力，是随时都会消失的躯壳，他们无法表达自己对乐曲的理解或态度，只能完全被动地去听。他们只是一群耳朵。音乐家演奏的理想条件是只有耳朵来听自己的音乐，而没有思想来判断自己的音乐，更没有嘴巴来评论自己的音乐，他们在纳粹的统治中实现了愿望。

在第七步（灭绝）中，音乐也没有缺席。实施屠杀的时候，音乐将罪行仪式化、戏剧化，甚至让囚犯们觉得即将进行的是日常活动中的一部分。于是，在囚犯们没有察觉的时候，屠杀开始了，而麻痹他们的正是音乐。

在大屠杀的最后一步（否认）里，斯坦顿只提到了实施者的否认态度。但实际上，在"二战"刚结束后的几年里，社会环境并不利于对人屠杀真实情况的揭露。1945年，拉克斯获救并撰写了《另一个世界的音乐》，可战后的人们大多数不愿回想那些惨绝人寰的经历，甚至有人对此表示否认。所以，这本书和众多集中营回忆录一样，被多家出版社拒绝。有另一个事实不可忽视：集中营里轻快的音乐，以及跟随音乐节奏的口号声和踏步声，让高墙外的人们误以为被关押在里面的人过着积极、愉快的日子。高墙阻隔了视觉，音乐得以施展淫威。在这一步里，音乐俘虏了所有人，人们甚至主动排除音乐作为帮凶的可能性。塞壬之歌从远古神话走向了现代神话。

---

① Pascal Quignard, *La haine de la musique*, Paris：Gallimard, 1997, p. 232.
② 同上书，第269页。

音乐本身并不会有意识地作恶，它被人利用，成了行凶的工具，甚至是挡箭牌。基尼亚尔的目光没有停留在音乐之上，他对音乐的恨源自对极端理性和现代性的控诉。

"二战""中断了时间"①，人性、信仰、传统和历史都在纳粹的暴行中被撕碎，也促使我们反思自己一直以来引以为豪的现代性，它在改善物质生活条件的同时，也会导致人性的堕落。基尼亚尔称自己"生在'二战'之后难以置信的中世纪里"②，这无疑是对现代性的讽刺。文明和理性并不能消除野蛮和暴力，而野蛮和暴力反倒会在理性的操作下聚到某一处集中体现，其剧烈程度不可估量。理性的最初目的是通过获取知识来摆脱对未知的恐惧。然而，"被彻底启蒙的世界却笼罩在一片因胜利而招致的灾难之中"③，我们在打破神话的同时也摧毁了自己。和船员们被尤利西斯堵住耳朵一样，作为大众的我们也被置于由语言虚构出的幻象之中，更为甚者，我们和那些水手一样，彼此之间是孤立的，也是可以互相替换的。基尼亚尔认为这种个体差异性的被剥夺源自语言的发展："人类社会中，每个人的身份完全从属于语言，也就是说，从属于自我与他人的交换，或个体与群体的交换。"④ 大众在统治者眼中是同等的、可以被替换的存在，只要群体能够保证统治之船顺

---

① Pascal Quignard, *Abîmes* (*Dernier royaume* Ⅲ), Paris: Gallimard, 2004, p. 68.
② Pascal Quignard, « Lettre à Dominique Rabaté », in *Europe*, n° 976 - 977, août-sep: Pascal Quignard, Paris: Revue Europe, 2010, pp. 8 - 15.
③ 马克斯·霍克海默、西奥多·阿道尔诺：《启蒙辩证法——哲学断片》，渠敬东、曹卫东译，上海：上海人民出版社，2006年，第1页。
④ 帕斯卡·基尼亚尔：《秘密生活》，王海洲译，上海：上海文艺出版社，2014年，第103页。

利航行。人被剥夺了差异性，被视为具有同等功效的物品。而正是基于人的物化，大屠杀得以发生。

大屠杀不仅仅是犹太人的问题，也不仅仅是某个异常的历史事件。高度文明的现代社会为它的发生提供了土壤，它是理性发展过程中的合理产物，揭示了现代文明的另一面。纳粹集中营像是现代工厂体系的一个延伸，这里的原料是已经被物化的人，最终的产品则是死亡。① 从选择"原料"、运输"原料"到最后的销毁"原料"，每个环节都有条不紊地进行。只有在理性的驱使下，才能够高效率地实施如此大规模的屠杀计划。而且，纳粹利用了人们权衡利弊的心态，使理性在受害者的思想中占据了上风，可恰恰就是受害者的理性思考最终毁灭了自己。"分类"和"符号化"是大屠杀的基础工作，负责人是犹太人自己。即便有些人已经察觉到纳粹此举的恶意，但总是怀有"我这么做可以拯救更多人"的心态而反倒帮助了纳粹。事实证明，这种理性思考根本没能拯救更多的人，而少数拒绝成为帮凶的犹太人被当即处决，震慑了其他有所动摇的人。根据英国社会学齐格蒙·鲍曼（Zygmunt Bauman）所述，"纳粹党卫军总部负责屠杀欧洲犹太人的部门被正式命名为管理与经济厅（the Section of Administration and Economy）"②，这充分体现了官僚体系、组织化和制度化在大屠杀中的重要作用。参与大屠杀行动的每一个人都服从组织和纪律，每一个人只负责

---

① 参见齐格蒙·鲍曼：《现代性与大屠杀》，杨渝东、史建华译，南京：译林出版社，2011年，第11页。
② 齐格蒙·鲍曼：《现代性与大屠杀》，杨渝东、史建华译，南京：译林出版社，2011年，第19页。

完成派给自己的单项任务，例如列名单、逮捕、运输、检查身体，每个人都没有犯下有违人性的罪行。即便在最终处决时，也往往没有人直接与受害者接触，或是用武器杀害对方。为使执行者免除道德上的自我谴责，纳粹的解决方案是送受害人去"洗澡"，负责释放毒气的人认为自己只是洒了一些小药丸而已。行为的道德意义在整个过程中被抹杀干净，道德责任被遵守纪律所取代。大屠杀的实施依赖的是理性、冷静的组织策略，而不是充满仇恨的个人或民族情感，因为"愤怒与狂暴作为群体灭绝的工具是极其原始和低效的。它们通常在工作完成之前就已经消失"[①]。大屠杀计划的实施在本质上是一次官僚制度的常规行动。理性思维除了带来严密的组织纪律，还带来了科技和工业，为大屠杀的实施扫除了一切技术问题。纳粹深知科学的力量，为众多科学家提供了优越的研究环境。科学家们通常只是以为遇到了做研究的良机，却没有考虑自己的成果将被用于何处。这也是理性与道德脱节的一个表现。

大屠杀事件表明，理性在现代社会中具有极高的统治地位，大屠杀也只有在这样的环境中才能成为可能。它讽刺地反映出我们所推崇的理性关怀如何将枪口对准了我们自己。它不仅是人类社会极端理性后所发生的一个正常现象，也揭露了这样一个事实：我们每个人都有可能在某次大屠杀中被清洗，也同样有可能成为某次大屠杀的参与者。

人的生命失真在大屠杀中得到了极致的体现，本性几乎完

---

① 齐格蒙·鲍曼：《现代性与大屠杀》，杨渝东、史建华译，南京：译林出版社，2011年，第121页。

全被理性碾压。人的存在与生命价值相互剥离,人也几乎等同于一件物品:有用或无用,有利于某事或无利于某事。生于"二战"后的基尼亚尔自幼目睹战火的废墟,既见证了战后疮痍,也见证了战后重建。自然地,他跳入了对现代性的反思浪潮,如何找寻生命源头、如何在现实中实现自我生命的完满成了他永恒的文学主题。

第三部分 华彩

第六章　酒神的狂欢

狄奥尼索斯是希腊神话中的酒神，掌管着葡萄种植和葡萄酒酿造。罗马人称其为巴克斯（Bacchus），埃及神话中也有类似的人物，名为俄塞里斯（Osiris）。狄奥尼索斯能让人酒后癫狂、失去理性，他从古典时代起就一直受到艺术家的青睐，已经失真的人们总是渴望重新拥有酒神精神，回到原本的生命状态。从尼采之作《悲剧的诞生》（*Die Geburt der Tragödie aus dem Geiste der Musik*）开始，酒神狄奥尼索斯和日神阿波罗就经常在文艺领域的探讨中成对出现。在作品《音乐之恨》的开篇，基尼亚尔便提及了酒神以及和酒神有关的神话人物与节日，为反思理性和破除生命异化奠定了基调。

第一节　狄奥尼索斯的反抗

狄奥尼索斯是宙斯和塞墨勒（Semele）之子。忌妒的赫拉利用宙斯对塞墨勒满足一切请求的誓言，唆使塞墨勒要求宙斯如同当初对赫拉求婚时那样出现在自己面前。宙斯只得带着雷电出现，身为凡人的塞墨勒因此死去。宙斯从火堆里救出一个六个月流产的胎儿,缝在自己的大腿里,待到足月时拆开线,诞下一名男婴。宙斯给他取名为"狄奥尼索斯",意为"出生两次"①。和狄奥尼索斯生于宙斯的大腿相反,雅典娜生于宙斯的大脑,两者的地位也截然相反。雅典娜得到了宙斯的宠爱,她成了智慧女神、战神、雅典城邦的守护神。狄奥尼索斯却饱受宙斯的打压,因为狄奥尼索斯是预言中将会取代宙斯而成为众神之首的孩子。②

宙斯是绝对权威的象征,众神必须遵守天庭等级森严的秩序。狄奥尼索斯的出现对这种理性制度造成了威胁,他是人与自然合为一体的非理性的代表。除了名字所寓意的"出生两次",狄奥尼索斯其实还有其他死亡和重生的经历,是一个"会死的永生者"③(immortel mortel)。这似乎意味着,虽然狄奥尼索斯被理性势力多次打压,但是始终不会被完全打败,终究会重新对理性发起挑战。在文明发展的进程中,狄奥尼索斯的形象的确被理性改造过,但人们并没有忘记最初的酒神,正如福斯特所说,"塞壬总会从大海里出来唱歌的"④。

狄奥尼索斯的死亡与重生在西方历史中体现得淋漓尽致。基督教兴起初期,狄奥尼索斯常被视为反基督的异教首领。随着基督教的地位日渐稳定,与狄奥尼索斯有关的神话和秘仪逐渐消退。在整个中世纪里,狄奥尼索斯几乎只是作为酒的隐

---

① 参见《俄耳甫斯教辑语》,吴雅凌编译,北京:华夏出版社,2006年,第58页。
② 参见汪晓云:《〈希腊神话〉与"酒神之谜"》,《世界宗教研究》2014年第3期,第165—173页。
③ 《俄耳甫斯教辑语》,吴雅凌编译,北京:华夏出版社,2006年,第88页。
④ 福斯特:《福斯特短篇小说集》,谷启楠译,上海:上海译文出版社,2016年,第209页。

喻，而其真正的精神内涵则一直得不到显现。文艺复兴运动使狄奥尼索斯重现光明，这一时期的酒神在艺术作品中往往表达着人们享乐的激情和对自由生活的憧憬。也是在这时，酒神开始走下神坛，被塑造为大众诉求的代言人。然而，随后的启蒙时代否认了神话，让理性登上了另一种意义上的神坛，狄奥尼索斯再次受到压制。之后，德国早期浪漫派诗人迎来了狄奥尼索斯的回归：谢林（Schelling）将狄奥尼索斯视为在将来能够带来解放的神，荷尔德林（Holderlin）则将他的到来看作在将来一定会发生的事件，他们对狄奥尼索斯的推崇与对现代性的反思有关。而在晚期的浪漫派中，狄奥尼索斯则更多地代表着否定理性的力量，这一点在海涅（Heine）的作品中尤为明显。① 在浪漫派的影响下，尼采尤为关注狄奥尼索斯。《悲剧的诞生》虽然将艺术倾向分为阿波罗情态和狄奥尼索斯情态，但是重心明显偏向酒神。尼采在其他著作中也时常书写狄奥尼索斯，酒神精神在他的笔下大放异彩。及至近现代，科学技术高速发展，理性思维几乎统治了所有领域。"二战"的发生让人们重又反思文明与理性，基尼亚尔对酒神精神的推崇正是这股思潮的一部分。狄奥尼索斯的地位沉沉浮浮，酒神精神的每一次彰显都引发了理性的反击，可这恰恰印证了生命本真的母性和永恒，所以尼采呐喊道："瞧！日神不能离开酒神而生存！"② 欧里庇得斯也在戏剧中安排狄奥尼索斯对理性与统治的捍卫者彭透斯（Pontus）说道："你骂狄俄倪索斯的话正足

---

① 参见陶艳柯：《狄奥尼索斯的主题学阐释》，《河南工程学院学报（社会科学版）》2015年第3期，第58—64页。
② 尼采：《尼采全集·第1卷》，杨恒达等译，北京：中国人民大学出版社，2013年，第26页。

以显示他的光荣。"①

在古希腊时期的雅典，关于狄奥尼索斯的节日有很多，例如戏剧节、城市酒神节、乡村酒神节、冬季庆典、花节和奥斯克福里亚节，足见酒神深受大众欢迎。这些节日是被统治者所认可的。统治者是崇尚理性的，为何会支持宣扬非理性的节日呢？欧里庇得斯在剧作《酒神的伴侣》中提道，狄奥尼索斯又被称为"解放之神"（Lysios），即"释放之神"（the Releaser）。公元前五世纪末，古希腊人就礼法（nomos）与自然（physis）之分进行了争论：如果任凭人们依照本能的驱使行事，那么已经形成社会的人类群体势必会陷入一片混乱；但若是把人们完全禁锢在理性、制度与法规的框架之下，自然天性又有可能在某个时候爆发而威胁统治者的地位。因此，统治者们允许民众释放情绪，但必须是在礼法的限定范围之内。到了罗马时代，统治者通过斗争、许可与调节，用阿波罗风尚压倒了酒神崇拜。② 阿波罗风尚是"理性精神的一种间接的升华"，把"心理欲望转移到一种被社会所接受的行为之中消耗掉"。③ 由于在酒神节中，性别、阶级、财富等差异都被取消，所以狄奥尼索斯也被视为"均化神"（leveling god），体现了当时雅典城邦的民主精神。所以，这些狄奥尼索斯的节日在本质上依然是在维系政权。

在这些被压制的人群中，女性是最具有代表性的，她们也

---

① 欧里庇得斯：《欧里庇得斯悲剧五种》，罗念生译，上海：上海人民出版社，2015年，第374页。此处"狄俄倪索斯"是"狄奥尼索斯"的另一译法。
② 陈炎：《儒家、道家与日神、酒神》，《华夏文化论坛》2009年第00期，第25—38页。
③ 同上。

是典型的酒神信徒。希腊神话将她们称为"酒神的女祭司"。据柏拉图记载，狄奥尼索斯"被他的继母赫拉抢去了他的才智，他为了报复，刺激我们发酒疯并使大家因此都疯狂地跳起舞来"①，于是音乐来到了人间，让众人在享受愉悦的同时失去理性。尼采将有狄奥尼索斯倾向的艺术所在的世界称为"狂醉世界"，具有这种倾向的艺术家，"我们可以设想他如何在酒神的醉态和神秘的自弃中独自一人离开成群结队的歌队而倒下"②，天性得到释放。酒神的女祭司们是一群狂醉的疯女人，她们时常跟随着酒神，"都在裙子外面套着兽皮，跳着舞，唱着狂喜的歌，一边挥舞着缠有常春藤的圆伞"③。她们在酒精的作用下载歌载舞，庆祝酒神节。狄奥尼索斯代表着葡萄与其他各类可食用植物的成熟和丰收，因此酒神节的确是一个快乐的节日。

但是，酒精除了可以让人忘却烦恼，还有非常凶残的一面。女祭司们嗜血成性，谁都阻挡不了。她们唱道：

> 哦，在山间唱歌舞蹈多么美好，
> 还有那疯狂的奔跑。
> 哦，耗尽体力倒在地上多么美好，
> 遭到追捕的野山羊被赶上了。

---

① 柏拉图：《法律篇》，张智仁、何勤华译，上海：上海人民出版社，2001年，第65页。
② 尼采：《尼采全集·第1卷》，杨恒达等译，北京：中国人民大学出版社，2013年，第18页。
③ Edith Hamilton, *La mythologie*, 由 Abeth de Beughem 译自英文，Alleur (Belgique)：Marabout, 1997, p. 68。

哦，这鲜血，这红红的生肉，真是快乐呀。①

这副凶残的面孔在酒神节中一个很特殊的重要环节里体现得淋漓尽致。在这个环节中，女祭司们"要置一个年轻男子于死地，把他活活撕碎，随即生吃"②。大名鼎鼎的俄耳甫斯便遭受了此种结局，他的头颅被扔进河里。基尼亚尔描述道："俄耳甫斯的最后一支歌唱响在他的头颅落入水中的时候。"③ 关于女祭司们杀死俄耳甫斯的原因有两种说法：或是俄耳甫斯因为思念妻子而不接受女祭司的爱抚；或是俄耳甫斯不对狄奥尼索斯表示敬意，却每天在山顶看日出，以示对日神阿波罗的敬重，于是酒神指使女祭司们将其杀死。俄耳甫斯是崇尚理性的，阿波罗是理性的集大成者，也有说法认为阿波罗是俄耳甫斯之父④，狄奥尼索斯则试图冲破理性的樊笼。基于此，第二种原因也许更具有说服力。女祭司们撕碎年轻男子，其实就是在粉碎以阿波罗为代表的理性力量。她们还会抛弃自己的孩子，转而哺乳兽类，"把母性力量由文化转向自然"⑤，或者更确切地说，是把母性力量由文化回归自然。毁灭生命和孕育生命在女祭司的身上同时体现，她们是另一种塞壬女妖。

　　女祭司的行径在人群中播散了恐慌的情绪。不过，基尼亚

---

① Edith Hamilton, *La mythologie*，由 Abeth de Beughem 译自英文，Alleur (Belgique)：Marabout, 1997, p. 67.
② Pascal Quignard, *La haine de la musique*, Paris：Gallimard, 1997, p. 14.
③ Pascal Quignard, *Boutès*, Paris：Galilée, 2008, p. 70.
④ 参见《俄耳甫斯教辑语》，吴雅凌编译，北京：华夏出版社，2006 年，第 13 页。
⑤ 西格尔：《狄俄倪索斯的面具》，收于《自由与僭越：欧里庇得斯〈酒神的伴侣〉绎读》，罗峰编译，北京：华夏出版社，2017 年 6 月，第 40—79 页。

尔将另一位神称为"恐慌之神"①。他是狄奥尼索斯的一位从神，名叫潘。潘能够在酒精的作用下游走在不同的人身上，散播恐慌。担心被捕猎的惊恐是齐特拉琴和笛子带来的体验，而芦笛的创造者就是潘。潘的形象较为特殊：他是半人半羊。尼采曾就潘的形象写道，"萨提儿②如同我们近代的田园牧童一样，两者都产生于对原始自然因素的渴望"，并说"萨提儿是某种崇高而神圣的东西，尤其是在酒神之人那种为痛苦所打断的目光中，他必然如此"③。公羊、变声、悲剧、音乐，基尼亚尔对它们的关系书写与尼采对潘的评价有所呼应。潘的形象架起了人与兽之间的桥梁，基尼亚尔为公羊的牺牲感到惋惜，尼采当然也不乐意看到公羊殒命。

酒神女祭司剥皮吃肉的行径虽然残暴，但是基尼亚尔从反思理性的角度给予其肯定的意义。理性世界是光明的，有赖于视觉，但原初是黑暗的、混沌的、没有被分割的。女祭司的行径是在剥去理性的面皮，剥去人的语言面具，释放本性。基尼亚尔认为，希腊神话中的音乐家之所以会被剥皮，是"因为只有这样才能进入脸面之下。因为音乐能够在无形之中神奇无比地迅速穿透皮肤"④，因为"在音乐之中没有脸面、没有人性"⑤，而进入脸面之下则意味着拒绝可见。他就可见与不可见的斗争写道：

---

① Pascal Quignard, *La haine de la musique*, Paris：Gallimard, 1997, p. 14.
② 即人羊神。
③ 尼采：《尼采全集·第1卷》，杨恒达等译，北京：中国人民大学出版社，2013年，第39页。
④ 帕斯卡·基尼亚尔：《秘密生活》，王海洲译，上海：上海文艺出版社，2014年，第260页。
⑤ 同上。

> 从时间之初起，可见就在与不可见做斗争。不幸在于，不可见的胜利从来都不能显现。只有可见的胜利在闪耀，因为它即使失败了，也是闪耀的。新的产品必须被赋予价值，向众人展示，成为关注的焦点，如此才能卖给被剥削的人、被奴役的人、被催眠的眼神。若要使它显现，必须让一切过去的或不可见的宝藏都往影子里再退去一些。曾经有这样一个世界，它属于阴暗的河岸，属于影子的河岸，在冥府的影子里。在反抗的奴隶和黑人们的歌声里哭泣的，是这个世界。①

显而易见，基尼亚尔在为不可见发声。在他的笔下，对可见的拒绝甚至也意味着希望当初亚当和夏娃的双眼不曾看见，因为他们看见对方裸露的身体后，顿生羞愧，接着依次有了遮蔽身体的衣服、行为规范、禁忌、道德与法律，一切罪恶的行径接踵而来。对作者而言，"睁着眼睛听音乐是有困难的"②。他想摈弃视觉带来的干扰，摆脱由可见产生的阶级分化。而音乐本身是一门退行的艺术，它"可以穿越道德虚伪的外衣，超越世俗的羁绊，让人性赤裸裸地展现出来"③。基尼亚尔用文字书写不可见的世界，是在有意识的情况下去描述意识不曾经验过的无意识状态，无疑困难重重。于是他将这个世界比作了"洞窟"。

---

① Pascal Quignard, *L'Occupation américaine*, Paris: Seuil, 1996, p. 67.
② Pascal Quignard, *Sur le jadis* (*Dernier royaume Ⅱ*), Paris: Gallimard, 2004, p. 120.
③ 帕斯卡·基尼亚尔：《秘密生活》，王海洲译，上海：上海文艺出版社，2014年，第260页。

第六章 酒神的狂欢

基尼亚尔对史前装饰性洞窟颇感兴趣，例如前文提及过的三兄弟洞窟和位于法国小镇蒙蒂尼亚克（Montignac）附近的拉斯科（Lascaux）洞窟，也对各类地下封闭性空间感兴趣，譬如马耳他的哈尔·萨夫列尼地下宫殿（la grotte d'Hypogeum）。这些史前装饰性洞窟的洞壁上绘有大量欧洲西南部旧石器时代晚期的图案，图案上的猛兽多为马、驯鹿和野牛。基尼亚尔写有这样一串排比句："走进拉斯科吧。走进尼奥吧。走进拜耳农拜尔和加尔加斯的洞窟吧。走进枫德哥姆、玛德莱娜和莱斯普哥吧。走进储藏室或者福格尔赫德吧。"① 这段话里的所有专有名词都是史前装饰性洞窟的名字。他紧接着写道，"走进地狱之耳吧"②，暗示了洞窟与黑暗、死亡和无处不在的声音之间有所关联。

"这些洞穴不是图像的神庙"③，因为它们位于大地内部，建在"人们看见黑色的地方"④。洞窟所期待的客人似乎并不是日光里的生者，而是黑暗中的亡魂，他们什么都看不见。洞窟里，在没有外力的情况下，耳朵成了最灵敏的感官，人们只能依靠听觉来分辨四周。洞窟里的声音较为特殊，它因为环境的封闭性而成了回声。基尼亚尔提到了希腊神话中的女神厄科。"厄科"（Echo）意为"回声"，她在心上人那喀索斯（Narcisse）跳水自尽后"瓦解了；她散落在岩石上，身体从一处岩壁回荡到另一处岩壁。厄科没有在死亡中聚集起来：她成了每一座

---

① Pascal Quignard, *Rhétorique spéculative*, Paris: Gallimard, 1997, p. 190.
② 同上。
③ Pascal Quignard, *La haine de la musique*, Paris: Gallimard, 1997, p. 148.
④ 同上书，第149页。

山,却也不是山里的任何一个地方"①。在洞窟里,我们同样看不见发出声音的主体,却能听见它,它的声音回荡在整个空间里。声体的存在被回声弱化,乃至消解:

> 没有一面声音之镜能让发声者自我凝视。动物、先人、上帝、不可见的声体和产妇的嗓音,在这镜子中立刻说了话。先是洞窟,再是史前用巨石建造的死者之城,再是圣堂:它们都从回声现象开始展露自己。在那里,声音的源头是找不到来路的。在那里,可见与可听是矛盾的。②

洞窟是封闭的、黑暗的,内里环绕着回声,这令基尼亚尔想到了子宫:"怀念某个地方,它在一个肚子里,而不是在一处地面上。"③ 两者都在"先于时间的时间之外"④,诱人前往:"胎生动物回到地面之下的欲望可能只与怀念有关。这个欲望,是全身赤裸地蜷曲着回到子宫的黑暗里。"⑤ 于是洞窟里的回声和酒神精神产生了与塞壬之歌同样的效果:召唤人们回到诞生之地。

---

① Pascal Quignard, *La haine de la musique*, Paris: Gallimard, 1997, p. 114.
② 同上书,第113页。
③ Pascal Quignard, *Abîmes*（*Dernier royaume Ⅲ*）, Paris: Gallimard, 2004, p. 46.
④ 同上书,第192页。
⑤ 同上书,第40页。

第二节　反英雄布戴斯

在希腊神话中，有一个人和狄奥尼索斯一样，都摒弃了日神精神。不过，狄奥尼索斯是去反抗，他却对理性不闻不问，径直投向了塞壬的怀抱。俄耳甫斯虽然打败了塞壬之歌，避免了全员遭受灭顶之灾，却没料到竟然有一个人对此不以为意，反倒主动跳入大海，朝塞壬的岛屿游去。此人叫作布戴斯。基尼亚尔之作《布戴斯》取材自古希腊诗人阿波罗尼奥斯（Apollonios de Rhodes）的名作《阿耳戈英雄记》（*Les Argonautiques*）①。布戴斯不是英雄，鲜为人知。他的名字在希腊语中的意思是放牛人，可谓平平无奇。用基尼亚尔的话说，他属于"被世界记忆遗忘的人"②。可作者的兴趣点正是挖掘被遗忘的人与事，在主流历史的边角料里窥探事实的全貌。于是，布戴斯在基尼亚尔的创作中得到了"报仇的机会"③，成了一个"正面人物"④，以传统意义上反英雄、反主角、反理性的身份登场，获得了积极的评价。

---

① Cf., Laurence Plazenet, « Poème obscur: le grec et la littérature grecque dans l'œuvre de Pascal Quignard », in *Éclats de littérature grecque d'Homère à Pascal Quignard: Mélanges offerts à Susanne Saïd*, Sandrine Dubel, Sophie Gotteland et Estelle Oudot (dir.), Nanterre: Presses universitaires de Paris Nanterre, 2012, pp. 313 - 366.
② Pascal Quignard, *Boutès*, Paris: Galilée, 2008, p. 29.
③ *Dictionnaire sauvage: Pascal Quignard*, Mireille Calle-Gruber et Anaïs Frantz (dir.), Paris: Hermann, 2016, p. 83.
④ Philippe Bonnefis, *Une colère d'orgues: Pascal Quignard et la musique*, Paris: Galilée, 2013, p. 73.

一、舞蹈： 闻声而动

基尼亚尔这样描写布戴斯听到塞壬之歌后的反应："当布戴斯离开船桨，他站起身来。/当布戴斯踏上甲板，他跳了下去。/布戴斯在跳舞"①，且认为"舞蹈并不有别于音乐"②。塞壬的歌声激起了布戴斯内心的痛苦，这种痛苦源自母体的丧失、生命的失真。布戴斯宁可放弃生命，也要回到出生的地方。他的舞蹈就是对塞壬之歌的回应。这是一种怎样的舞蹈呢？是"一切真正的行动，一切本真的、必要的创造"③。基尼亚尔则说："音乐是什么？是舞蹈。/那么，舞蹈是什么？/是遏制不住的起身的欲望。"④ 而"舞者的出现像是由内在节奏和音乐共同唤起的从前的展现"⑤。个体的从前是胎儿时期，胎儿的肢体运动被作者视为最初的舞蹈。在母亲的心跳、呼吸、脉搏、血液等一系列身体节奏的影响下，胎儿"展开身体、体验身体，虽然这是不自觉的，虽然他在一种奇怪的液体失重状态里"⑥。

音乐被视为舞蹈，胎儿的运动被视为最初的舞蹈，原因在于节奏的普遍性以及它与生命的关联。奥地利音乐美学家汉斯

---

① Pascal Quignard, *Boutès*, Paris： Galilée, 2008, p. 16.
② Pascal Quignard, *La haine de la musique*, Paris： Gallimard, 1997, p. 227.
③ Chantal Lapeyre-Desmaison, *Pascal Quignard： La voix de la danse*, Villeneuve d'Ascq： Presses Universitaires du Septentrion, 2013, p. 65.
④ Pascal Quignard, *Boutès*, Paris： Galilée, 2008, pp. 25 - 26.
⑤ Chantal Lapeyre-Desmaison, « *Boutès*, de Pascal Quignard： Un Traité sur la danse », in *Lendemains*, n°136, janvier 2010, pp. 37 - 45.
⑥ 同上。

立克（Eduard Hanslick）认为，大部分艺术都是对自然的模仿，自然界中总存在被模仿的对象。但是音乐比较特殊，因为"自然界中并没有旋律，也没有和声。唯独有负载这两种要素的第三种要素：节奏"①。节奏并不是人类独有的，它早在人类出现之前就已经存在，这一点已有广泛共识。自然界中的大部分有声现象，例如落下的雨滴、动物的行走、被风吹动的树叶，都是有节奏的。节奏保证了生命活动的开展，基尼亚尔说："节奏像容器一样'盛着'人类。节奏没有一丝流动性。它不是大海，也不是波浪在涌起、落下、退去、堆积和膨胀时唱出的垂死之歌。节奏盛着人类，像固定鼓面上的皮一样固定着他们。"② 和塞壬之岛被喻为容器不同，作为容器的节奏从未与人类分开，自始至终密不可分，它像固定鼓面的钉子一样控制着我们。心脏的跳动、肺部的收缩和血液的流动，都是具有节奏性的，一旦失去它们，人类生命将无从谈起。基尼亚尔更是将人类生命的节奏追溯到了人类诞生之前："一种无法回避的声音攻击在预先谋划着生命。人的呼吸不是人类的。在泛古大陆出现之前，浪潮中先于生物的节奏就已经预见心脏的节奏和肺部呼吸的节奏。"③

以节奏为基本运动形式的音乐因此能够引起人的肢体运动。扬科列维奇指出，"音乐作用于人的身上，作用于人的神经系统，甚至作用于神经系统的根本功能"④。音乐正是首先

---

① 汉斯立克：《论音乐的美：音乐美学的修改刍议》，杨业治译，北京：人民音乐出版社，1980年，第98页。
② Pascal Quignard, *La haine de la musique*, Paris: Gallimard, 1997, p. 64.
③ 同上书，第211—212页。
④ Vladimir Jankélévitch, *La musique et l'ineffable*, Paris: Seuil, 2015, p. 11.

作用于人的神经系统,才进而控制了人的身体,因为节奏不仅影响着可见的生理活动,也影响着不可见的生理活动:内在生命。内在生命是"我们全部主观现实,思想、情感、想象与感觉的混合产物","完全是一种生命现象,在不安定的个体形式的有机整体,处于一种最完善最复杂状态的地方,即在人类那里,这种生命现象最为发达"。[1] 基尼亚尔也说:"在一切音乐中,都有一种具有挑动性的呼唤,都有一种短暂的肌肉收缩,都有一种动力让人摇摆,让人移动,让人站起身来朝着声音的源头而去。"[2]

布戴斯听到塞壬之歌后跳入黑色的大海,是在有意识的状态下重现当初在无意识中进行的舞蹈,以此体验出生前的状态。在这个人物身上,被基尼亚尔视为舞蹈的动作并不是在海里游,而是朝海里跳去这一瞬间动作。出生是从水中到空气里的过程,而布戴斯的舞蹈却是从空气到水。基尼亚尔的作品"厌恶空气。也同样厌恶新生儿开始用肺部呼吸"[3],因为出生意味着离开原初。所以,舞蹈是出生的逆向活动,每一个舞蹈动作都是这种逆向行为,舞蹈在整体上则是不断地逆出生,使舞者始终处于退行之路上。

二、跳海:抛弃语义

维特根斯坦(Wittgenstein)在《逻辑哲学论》(*Tractatus*

---

[1] 苏珊·朗格:《情感与形式》,刘大基、傅志强、周发祥译,北京:中国社会科学出版社,1986年,第147页。
[2] Pascal Quignard, *Boutès*, Paris: Galilée, 2008, p. 13.
[3] Philippe Bonnefis, *Une colère d'orgues : Pascal Quignard et la musique*, Paris: Galilée, 2013, p. 71.

Logico-Philosophicus）中提出了七个大命题，对其中的前六个命题做了详细论述，唯独对最后一个命题没有加以任何阐释，该命题为："对于不可言说的东西，人们必须以沉默待之。"①他用沉默解释了这项只能以沉默待之的命题。斯坦纳就维特根斯坦的这一观点做了猜测性的解读：

> 维特根斯坦可能会把哲学研究中大多数传统领域包括进他不可言说的范畴（他把这范畴称为神秘）。现实中只有特殊狭小的一部分，语言才能有意义地言说。剩下的，可以想到，大部分现实，属于沉默。②

塞壬之歌固然致命，可塞壬的沉默更是所向披靡。语言的世界纷纷扰扰，生命的真谛却无法言说，基尼亚尔当然认同"大部分现实，属于沉默"这一观点。巴什拉也认为，"事实上，跳入大海，胜过其他任何一种身体的动作，更能复苏那种危险启蒙的回声，那种敌对的启蒙的回声。这种跳跃是人们能够体验到的跳入未知中的唯一准确的、合理的形象"③。跳入未知就是跳入非语义，这也是布戴斯跳海后所进入的世界。福斯特在《塞壬的故事》的开篇设计了书籍落海的情节："笔记本一会儿消失，一会儿像神奇的橡皮无限延伸，一会儿又恢复

---

① 维特根斯坦：《逻辑哲学论》，韩林合译，北京：商务印书馆，2013年，第121页。
② 乔治·斯坦纳：《语言与沉默》，李小均译，上海：上海人民出版社，2013年，第29页。
③ 加斯东·巴什拉：《水与梦》，顾嘉琛译，郑州：河南大学出版社，2016年，第275页。

成笔记本的模样,可是比记载所有知识的书还要大。"① 虽然知识大爆炸的时代早已到来,但是语言之外的世界总是比已知的世界要宽广得多,而主人公从海里捞出笔记本又意味着知识来源于未知。

回到布戴斯身上。他不是被大众认可的英雄,因为英雄的行为必须符合某种主流价值观,跳不出语言范畴。基尼亚尔对布戴斯的行动表示赞同:"也许应该转过身,不去理会俄耳甫斯式的、西方的、技术的、大众的音乐。"② 尤利西斯既是被松绑的人,也是被分析的对象(analysé)。在法语中,analysé还可以指接受精神分析治疗的人,他们是被拉回理性世界的人。基尼亚尔从这个方面认为布戴斯与众不同:

> 俄耳甫斯的音乐和哲学思考一样,都害怕了。
>
> 它们不愿跳入大海。它们害怕迷失,害怕潜入水下,害怕离开集体,害怕死去。同样地,精神分析学家和接受精神分析治疗的人,手脚一动都不动,一个坐在椅子上,另一个痛苦地躺在床上,他们在听,在说,他们没有跳出集体,他们没有跳出语言。他们没有离开船只。
>
> 他们也许来到了底舱,但是没有跳入大海。
>
> 布戴斯走上甲板,跳了下去。
>
> 在思想害怕的地方,音乐在思考。
>
> 那里的音乐是音乐之前的音乐,懂得自我"消失"的音乐是不会害怕痛苦的。[……]

---

① 福斯特:《福斯特短篇小说集》,谷启楠译,上海:上海译文出版社,2016年,第199页。
② Pascal Quignard, *Boutès*, Paris: Galilée, 2008, pp. 34 - 35.

早于清晰语言的歌声潜入——只是简单地潜入，如布戴斯的潜入那样潜入——所失的哀伤。①

在布戴斯的行动中，"身体成了思想的指引方向，但同时也是思想或许抵达不到的天际"②。这个天际就是真实，它"既是不可抗拒的、反哲学的，也是不可能的、不可预测的"③。他的跳海着实是对语言的消解。

在探讨基尼亚尔文学世界里的语言消解问题时，我们不得不将目光转向布朗肖。在二十世纪的法国文坛和思想界里，布朗肖是个有如黑洞一般的存在。他的生平几乎不为人所知，后半生在公众视线里消失，可以说是一个"看不见"的人物，但是他的思想影响了整整一代法国理论家。基尼亚尔作品的研究者们达成了一个基本共识：

> 莫里斯·布朗肖对帕斯卡·基尼亚尔在思想上的影响在二十世纪六十年代是不可否认的，两者的写作主题与关注点的相似性是显而易见的。因此，毫无疑问，基尼亚尔和同龄人一样，仔细阅读了《文学空间》里的批评性思考，这本书对他的思想形成起到了重要的作用。④

---

① Pascal Quignard, *Boutès*, Paris: Galilée, 2008, pp. 18 - 19.
② Chantal Lapeyre-Desmaison, *Pascal Quignard: La voix de la danse*, Villeneuve d'Ascq: Presses Universitaires du Septentrion, 2013, p. 25.
③ Marie-Christine Lala, « De l'élan du réel au mouvement du monde », in *Pascal Quignard. Translations et métamorphoses*, Mirelle Calle-Gruber, Jonathan Degenève et Irène Fenoglio (dir.), Paris: Hermann, 2015, pp. 255 - 268.
④ *Dictionnaire sauvage: Pascal Quignard*, Mireille Calle-Gruber et Anaïs Frantz (dir.), Paris: Hermann, 2016, p. 79.

可是有这样一个奇怪的现象：基尼亚尔通常会在作品中反复提及对自己的文学创作产生影响的文人、理论家以及其他各类学科的代表人物，也会直接引用他们的观点。但是，就目前看来，基尼亚尔似乎只在作品《喆戴斯》（*Zétès*）中带了一笔布朗肖。同样在这部作品中，作者列了一个名单，提到了几位对自己的思考和写作影响重大的在世者，这其中并没有布朗肖。所以有研究者认为布朗肖的名字在这份名单中"被奇怪地忽略了"①。然而，无论是基尼亚尔对文学写作的看法，还是他从音乐神话去阐释文学诉求，都与布朗肖的研究主题和观点很是相似。布朗肖虽然在基尼亚尔的作品里隐了身，却时时刻刻透过后者的文字宣示着自己的在场。这种在场和布朗肖其名（Blanchot）之意一样，是白色（blanc）的，像是不被重视却又始终在场的白纸衬托起了显性的黑色文字。

布朗肖的作品并没有呈现出思想上的递进或改变，而是始终围绕着一个中心展开，即文学的可能性。他回到文学本身，去探讨作家、作品和死亡，认为作品是不可能完成的，因为语言无法抵达叙事开始之处、语言之外的世界。作家只能无限地去接近，却无法逾越横亘在语言世界和非语言世界之间的界限。这个界限被布朗肖命名为"这个点"（le point），它是"'子夜的在场'，是这边，越过它，任何东西永不会开始，它是存在的闲散的空无的深渊，即那个无出路无保留的区域，在这个区域中，作品经艺术家之手成为忧虑，成为对其渊源的无

---

① Dominique Rabaté, « Pascal Quignard et l'impossible », in *Carnets de Chaminadour*: *Pascal Quignard*, n° 6, juillet 2011, pp. 49 - 65.

止境的探索"①。基尼亚尔的文学诉求同样是尽可能地去接近这个点。在他的作品中,这个点的另一边往往会被表现为语言的极限和音乐的无意义。

基尼亚尔认为语言是双重意义上的不完整:"一切话语都是两次的不完整,即便假设记忆是一种完全自愿的行为。第一次,因为它不是一直都存在的(因为语言是习得的)。第二次,因为符号缺失了物体(因为它是语言)。"②他提倡"不要沉溺在语言里。在指尖了解语言,然后,忘掉它吧。语言只是一个工具"③。这个工具只能让我们得到"实",可恰恰是不能被言说的"物"才保有最具活力的原始生命。布朗肖同样认为语言对存在具有现实意义上的褫夺性。语言将被命名的对象从真切的存在中剥离出来,使之"即刻潜入一个生存和在场的虚无之中"④。布朗肖在命名的问题中注意到了自我命名的现象。如果说语言意味着死亡、摧毁存在,那么自我命名无异于杀死自我这一存在,自身以外的事物更是被语言这副皮囊所遮蔽,我们也因此"永远被剥夺了同事物直接联系(immediacy)的机会"⑤。布朗肖又指出弥补存在缺席的是观念的在场。于是,语言用自己的否定性确认了自己的肯定性。但是,文学作为语

---

① 莫里斯·布朗肖:《文学空间》,顾嘉琛译,北京:商务印书馆,2003年,第27页。
② Pascal Quignard, *Le nom sur le bout de la langue*, Paris: P. O. L, 1993, p. 70.
③ Pascal Quignard, *Rhétorique spéculative*, Paris: Gallimard, 1997, p. 186.
④ 莫里斯·布朗肖:《从卡夫卡到卡夫卡》,潘怡帆译,南京:南京大学出版社,2014年,第86页。
⑤ 乌尔里希·哈泽、威廉·拉奇:《导读布朗肖》,潘梦阳译,重庆:重庆大学出版社,2014年,第39页。

言的艺术，并不以强化这种观念上的肯定性为己任。相反，文学致力于走向语言的反面，走向语言之外，通过否认观念的在场来否认语言的功用，试图缩短甚至取消语言将我们与真实隔开的距离。

在文学里，语言走向不可名之物的方式是构成一段叙事。基尼亚尔写有这样两句话："我的生命是一块大陆，只有一段叙事前来靠岸。不仅要有叙事来登陆我的生命，还要有一位主人公来确保叙述，要有一个我来说出我。"① 他认为"一切言语都在力求连接上某种逃逸的东西"②，而他的叙事就是在不断地将言说的"我"推向语言之外的"我"。然而，语言是一种强大的符号系统，不但自身具有严谨的秩序，而且能够阐述其他符号系统。在语言体系中，人的存在变得虚幻，并且被牢牢地束缚在语言上。虽然基尼亚尔彻底摆脱语言的愿望无法实现，但是他的作品充满了去实现这一理想的动力。在他看来，"只有真实才是我们的宿命，不可预料的宿命，或者至少是我们的终结，不可先行的终结，它甚至在死亡中也不会把我们交换给我们自己"③。

音乐是基尼亚尔用来对抗语言的法宝。他写有一段有关耶稣秘密名字的文字，借此对音乐做出了定义：

> 有这样一种情况：在连祷中发出耶稣秘密的名字

---

① 帕斯卡·基尼亚尔：《音乐课》，王明睿译，郑州：河南大学出版社，2018年，第53页。
② Pascal Quignard, *Le nom sur le bout de la langue*, Paris: P. O. L, 1993, p. 70.
③ Pascal Quignard, *L'enfant d'Ingolstadt* (*Dernier royaume X*), Paris: Grasset, 2018, p. 85.

（Ichtys）时，心跳之上叠加着呼吸节奏，荒漠苦行者们称之为"用手鼓和竖琴歌唱"。在说明不断使用连祷的依据时，他们说："意义之外，便是动词之躯。"

语义之外停留在语言之躯上：这就是对音乐的定义。①

Ichtys意为"耶稣鱼"，是基督教的一个代表符号。该符号为鱼形，来自希腊文的"ΙΧΘΥΣ"（"鱼"），这其中的五个字母恰好由耶稣、基督、神的、儿子和救主这五个基督教信仰的核心词汇的首字母组成。起初，基督徒为躲避罗马帝国的宗教迫害而借此符号来确认彼此的身份。随着《米兰敕令》的发布，基督教得以合法化，耶稣鱼也因其历史意义而成为基督教的代表符号之一。所以，当基督徒说出Ichtys的时候，指向的不是某条鱼，而是上帝。音乐和语言的关系、真实与现实的关系、从前与现在的关系，都如同上帝和耶稣鱼的关系。

在基尼亚尔看来，"艺术从来都不属于习得的语言。/艺术是非语义的"②，音乐更是如此。朗格说"它[音乐]的任何组成因素不表示什么意思，所以它缺乏一种语言的基本特征——固定的组合，进而缺乏单一明确的关系"③。基尼亚尔则在阐释布戴斯神话时写道："真正的音乐家是松开语言之绳

---

① Pascal Quignard, *La haine de la musique*, Paris: Gallimard, 1997, pp. 253-254.
② Pascal Quignard, *Sur le jadis* (*Dernier royaume Ⅱ*), Paris: Gallimard, 2004, p. 75.
③ 苏珊·朗格：《情感与形式》，刘大基、傅志强、周发祥译，北京：中国社会科学出版社，1986年，第41页。

的人。他们离开了人性的一部分。"① "音乐的语义属性是被否定的"②，因为它的意义是流动的。扬科列维奇将音乐的这种特性描述为"正在于时间中发展"③，它的意义"在等待实现"④，始终是未完成的。与其说音乐不似语言那样能够显示意义，不如说音乐的意义是空的，它"无须词典"⑤。可正因为如此，音乐反倒能够容纳一切、表现一切，如同罗兰·巴特笔下的埃菲尔铁塔。

基尼亚尔化用列维-斯特劳斯（Claude Lévi-Strauss）的"生食与熟食"之说写道："语言里，一切都不是生的。语言太接近烧煮。说出的一切都是熟的。语言来到我们身上时总是已经太晚。"⑥ 精密的语言系统在不守章法的音乐身上尝到了失败的滋味，文明败给了野蛮，塞壬之歌从未消失："在语言的存在中，音乐就像第勒尼安海中的塞壬之岛。"⑦

---

① Pascal Quignard, *Boutès*, Paris: Galilée, 2008, p. 65.
② Jean Fisette, « Faire parler la musique... », in *Protée*, 25 - 2, automne, 1997,（Numéro thématique intitulé:"Musique et procès de sens"）, pp. 85 - 97.
③ Vladimir Jankélévitch, *La musique et l'ineffable*, Paris: Seuil, 2015, p. 41.
④ Jean Fisette, « Faire parler la musique... », in *Protée*, 25 - 2, automne, 1997,（Numéro thématique intitulé:"Musique et procès de sens"）, pp. 85 - 97.
⑤ 克洛德·列维-斯特劳斯：《看，听，读》，顾嘉琛译，北京：中国人民大学出版社，2006年，第86页。
⑥ 帕斯卡·基尼亚尔：《音乐课》，王明睿译，郑州：河南大学出版社，2018年，第18页。
⑦ Pascal Quignard, *Boutès*, Paris: Galilée, 2008, p. 78.

第六章 酒神的狂欢

图四①

三、自杀：以死知生

"塞壬之歌没有杀死谁，塞壬之歌吸引听到歌声的人去自杀，岸边堆满了白骨。"② 在历经了舞者和跳海者这两种身份之后，布戴斯终于能够实现终极目标：自杀。一切现实都将瓦解，他也将迎来生命本真的回归。

在《布戴斯》最初的手稿里，基尼亚尔作了几幅画，其中有一幅（图四）不仅展现了布戴斯在塞壬之歌的引诱下跳入水中的瞬间、俄耳甫斯抵抗塞壬之歌的场景，还影射了这样两幅画：拉斯科的男子和帕埃斯图姆（Paestum）的跳水者。拉斯

---

① Pascal Quignard, *Sur le désir de se jeter à l'eau*, avec Irène Fenoglio, Paris: Presses Sorbonne Nouvelle, 2011, p. 43.
② Pascal Quignard, « Feuilles qui tombent », rencontre avec Jean-Claude Ameisen, in *Pascal Quignard. Translations et métamorphoses*, Mirelle Calle-Gruber, Jonathan Degenève et Irène Fenoglio (dir.), Paris: Hermann, 2015, pp. 153–170.

科洞窟中有关动物的壁画是迄今为止人类美术史上最早的绘画记录，距今 15000 年左右，被誉为"史前的卢浮宫"。在"拉斯科的男子"这幅画中，一个人正面遭到野牛的攻击，身体向后倾斜。帕埃斯图姆是意大利的一座古城，这里出土过一口石棺，石棺内部绘有一个人跳水的场景。拉斯科的男子和帕埃斯图姆的跳水者都以倒下的姿势示人。但前者是后仰，倒向了死亡；后者则是前倾，"在他脚下敞开的就是这片深渊"①，他跌入了出生地。作为两者的化身，布戴斯循着塞壬之歌"跳入了时间，跳入了不可逆"②。

基尼亚尔将死亡定义为"纯粹的时间"③。在死亡中，"过去超过整个现在同未来接上"④。布戴斯的自杀行为是在抛弃现实的时间，转而跳入深渊，回到真实的时间。如果说尤利西斯的心里充满了"在纯粹的状态下去听的欲望"，那么布戴斯的心里则满是"在纯粹的状态下去接近的欲望"⑤。他和俄耳甫斯一样，都是急不可耐的。不过，俄耳甫斯是急于用理性把握混沌，布戴斯则与之相反，他是急于将自身融入理性之前的世界里，急于去接近那"未完成的、无临界的、无形的、无定式的、非人类的、无限的晕厥"⑥。但这势必会导致死亡，布

---

① 帕斯卡·基尼亚尔：《秘密生活》，王海洲译，上海：上海文艺出版社，2014 年，第 76 页。
② Pascal Quignard, *Boutès*, Paris: Galilée, 2008, p. 54.
③ Pascal Quignard, *La barque silencieuse*（*Dernier royaume* VI）, Paris: Gallimard, 2011, p. 133.
④ 莫里斯·布朗肖：《文学空间》，顾嘉琛译，北京：商务印书馆，2003 年，第 164 页。
⑤ Pascal Quignard, *Boutès*, Paris: Galilée, 2008, p. 25.
⑥ 同上书，第 29 页。

戴斯对此很清楚，所以他主动选择了自杀。基尼亚尔提出了三种时间："谋杀野兽，谋杀调转头来对付自己，成为自己的野兽。"① 在塞壬的神话中，这三种时间分别具化为：人类用诱鸟笛捕杀猎物，塞壬代表猎物通过模仿人类的歌声来反扑人类，布戴斯主动朝塞壬游去。最后一种情况打破了捕猎与被捕猎之间的对立，猎物彻底掌握了自己的死亡。他认为死人"是不再参与对话的人。/是不再回答语言的嘴"②。于是"自杀"中的"自"（le sui dans suicide）是"自我的不在场"，这个自我就是"我是""我爱"中的自我，是语言中表示说话主体的自我③。

我们每时每刻都在朝死亡走去，它是一种"悬临"④，考验着我们的耐心。可是我们虽固有一死，却无法拥有死亡，只有完成了死亡才能宣告生命的完满。遗憾的是，生命完满之时也是它终结之日。如列维纳斯所言，死亡是"经验的不可能性"⑤。我们之所以能够言说死亡，是因为"他人的死亡却愈发触人心弦"⑥。但是，对死亡的"客观性"体验只在理论上

---

① Pascal Quignard, *La barque silencieuse*（*Dernier royaume* Ⅵ）, Paris: Gallimard, 2011, p. 87.
② 同上书，第137页。
③ Cf., Pascal Quignard, *La barque silencieuse*（*Dernier royaume* Ⅵ）, Paris: Gallimard, 2011, p. 94.
④ 海德格尔:《存在与时间》，陈嘉映、王庆节译，北京：生活·读书·新知三联书店，2006年，第287页。
⑤ 艾玛纽埃尔·勒维纳斯:《上帝·死亡和时间》，余中先译，北京：生活·读书·新知三联书店，1997年，第5页。此处"艾玛纽埃尔·勒维纳斯"是"伊曼努尔·列维纳斯"的另一译法。
⑥ 海德格尔:《存在与时间》，陈嘉映、王庆节译，北京：生活·读书·新知三联书店，2006年，第274页。

存在。在其他任何一种存在中,主体都是可以被替换的,唯独死亡是不可代理的。巴塔耶(Georges Bataille)对生与死的关系做了这样一个比喻:"我们被死亡固定,如同一棵树被隐藏的根茎之网固定在土地上。"① 死亡这种存在方式始终在我们身上,直到它实现之时才离开我们,再去寻找下一个肉身。死亡的完成取消了人的有死性,取消了个体生命的"垂直运动轨迹"②,将人收回生命循环的过程里。而自杀让个体拥有了自己的死亡,让他可以说出"现在,我拥有了我自己"③。对基尼亚尔而言,"自杀就是控制毁灭。什么是毁灭?对于容物而言,就是失去容器。对于胎生动物而言,是失去母亲。[……]所有自杀的人都在自己深处遇见了死去的母亲"④。生与死在这一刻相遇,个体在自杀中获得生的意义。

其实,布戴斯跳海后并没有死去,塞浦里斯(Cypris)将他从海中救起。塞浦里斯就是象征爱与美的女神阿芙洛狄忒(Aphrodite)的塞浦路斯名字。塞浦里斯是在海中诞生的,而布戴斯选择在海中结束生命,基尼亚尔将他们分别称为"海中之生"与"海中之死"⑤。布戴斯得救之后,两者育有后代。回到生的起点,是对生最大的肯定。

---

① Georges Bataille, *La haine de la poésie*, Paris: Éditions de Minuit, 1947, p. 177.
② 汉娜·阿伦特:《人的境况》,王寅丽译,上海:上海人民出版社,2017年,第10页。
③ Pascal Quignard, *La barque silencieuse* (*Dernier royaume Ⅵ*), Paris: Gallimard, 2011, p. 96.
④ 同上书,第89页。
⑤ Pascal Quignard, *Boutès*, Paris: Galilée, 2008, p. 13.

第七章　游乎天地

基尼亚尔曾坦言："我写的一切都没有越过肉身与思想的界限一步。我并不打算超越我不能超越的东西。"① 既然无法在意识尚存的情况下拥有完整的自身，何不在三千烦恼丝里剪掉一些，卸下不必要的生存包袱，解放被缚的生命？他不仅在作品里提倡这种处世之道，也在现实中身体力行，关注与自身的和解。这是个人在属于自己的个体深渊中做出的相对性逆向行动，而集体深渊的运动趋势依然尚未折返。在这里，道家思想再度闪耀。基尼亚尔做了这番对比："儒家认为，人的生活是公众的、语言的。道家认为，它是非社会的、自然的。"② 西方人通常将"庄子"二字解释为"村庄之子"，这也是基尼亚尔自己的观点。虽然本是误读，却也暗示了他想与庄子一样悠游于世，实现返璞归真。

---

① Pascal Quignard, *Mourir de penser* (*Dernier royaume IX*), Paris: Grasset, 2014, p. 163.
② Pascal Quignard, *Sordidissimes* (*Dernier royaume V*), Paris: Gallimard, 2007, p. 177.

第一节　成连的课

《成连最后的音乐课》（"La dernière leçon de musique de Tch'eng Lien"）是《音乐课》中三则故事的最后一则，完整地展现了伯牙从稚嫩学徒成长为一代琴师的蜕变历程，画了一个从懵懂到理性又复归感性的圆。

有关伯牙的文字记录最早见于《列子·汤问》，着重描述了伯牙和钟子期之间的知音之情。《吕氏春秋·本味》对此亦有记载，并增加了对伯牙破琴绝弦的描述。对于伯牙琴艺的描述则初见于《荀子·劝学》："伯牙鼓琴，而六马仰秣。"[1] 北宋书学理论家朱长文在我国第一部琴史专著《琴史》中对此评论道："鸟兽犹感之，况于人乎？"[2] 后世常将伯牙的名字误作为"俞伯牙"，是以讹传讹的结果。冯梦龙在《警世通言》中书写的第一则故事便是《俞伯牙摔琴谢知音》[3]。冯梦龙是南直隶苏州府长洲县（今江苏省苏州市）人，受方言影响，将"子期遇伯牙，千古传知音"误听为"子期俞伯牙，千古传知音"，误认为伯牙姓"俞"。

高山流水遇知音的典故自古以来就常见于各类艺术形式，可谓妇孺皆知。相形之下，伯牙跟随老师成连入海的典故流传虽也广泛，但在后世文艺活动中的传承稍显暗淡。唐朝史学家吴兢在著作《乐府古题要解》（又作《乐府题解》）中记载了

---

[1]　《荀子》，方勇、李波译注，北京：中华书局，2015年，第7页。
[2]　〔宋〕朱长文：《琴史》，林晨编著，北京：中华书局，2010年，第27页。
[3]　〔明〕冯梦龙：《警世通言》，北京：中华书局，2009年，第1页。

伯牙创作《水仙操》的历程：

> 伯牙学鼓琴于成连先生，三年而成，至于精神寂寞，情志专一，尚未能也。成连云："吾师子春在海中，能移人情。"乃与伯牙延望，无人，至蓬莱山，留伯牙曰："吾将迎吾师。"刺舡而去，旬时不返，但闻海上水汩汲湔渐之声，山林窅窅，群鸟悲号，怆然叹曰："先生将移我情。"乃援琴而歌之。曲终，成连刺船而还，伯牙遂为天下妙手。①

这段文字的内容被基尼亚尔化用在了传奇的最后，用音乐"移情"也依然是伯牙苦寻之路的终点。

基尼亚尔在故事开篇就说，自己是从法文版《儒林外史》的一个注释中知晓了伯牙的故事②，虚构了伯牙在成连的指引下逐步领悟到音乐真谛的过程。作者认为"东方乐师创作的基点在过往，而非符号（字母或乐符）。他们以所学之心得、铭心之印象为中心，绕着圈子，不断变化，发散创新，就像萨满巫师转着圈子神游异乡一般"③。也许这便是他选择详细描述一位东方乐师成长历程的原因。在故事里，成连所说的"音乐"都是指没有经过理性改造的音乐本身，他的数次教导和最后一课将故事情节和音乐领悟逐步推向高潮。伯牙在基尼亚尔

---

① 〔唐〕吴兢：《乐府古题要解》，同治年间广东刻。
② 参见帕斯卡·基尼亚尔：《音乐课》，王明睿译，郑州：河南大学出版社，2018年，第91页。
③ 帕斯卡·基尼亚尔：《秘密生活》，王海洲译，上海：上海文艺出版社，2014年，第40页。

的改写中使用了两种乐器：瑶琴和琵琶。瑶琴与史料相符；琵琶疑为作者杜撰，其法文原文为"guitare"，现指"吉他"，但在此处应为一种中国古代竖抱或斜抱的弦乐器，故暂且译作"琵琶"。

一、伯牙学琴

伯牙在拜成连为师之前，弹琴技艺已经较高。在成连门下练习三年之后，伯牙应命去见老师。基尼亚尔写道，成连"踞座于地，左手持一盏油灯，沉默不语"①，命伯牙把瑶琴和琵琶递给自己，却先后摔碎了已有七百年的瑶琴、踩烂了琵琶，咆哮道："这才是瑶琴的声音！"②；"以后弹琴的时候给我多用点感情！"③ 成连不满伯牙过于追求技术而忽略了情感，以损毁乐器的方式告诫学生，如果没有感情，再精巧的器具也奏不出天籁之乐。在《世间的每一个清晨》里，圣-科隆伯也曾砸坏过马莱的琴，起因是后者私下为国王演奏，可见圣-科隆伯极不愿意把音乐作为献媚的手段。功利心的存在意味着对上层的向往、对统治的渴望，可这世俗的希冀却只能产生政治化的音乐、被套上枷锁的音乐。在马莱第二次登门求学演奏完毕后，圣-科隆伯对他说：

> 您可以帮助跳舞的人跳舞。您可以给在舞台上歌唱的

---

① 帕斯卡·基尼亚尔：《音乐课》，王明睿译，郑州：河南大学出版社，2018年，第92页。
② 同上。
③ 同上书，第93页。

演员伴奏。您将挣钱度日。您将生活在音乐周围,但您将不会是音乐家。

您有没有一颗心用来感受?您有没有一颗脑袋用来思考?您有没有想过,当我们不是为了跳舞,不是为了取悦于国王的耳朵时,音乐可以用来做什么?①

荀子也说:"夫乐者,乐也,人情之所必不免也,故人不能无乐。"② 圣-科隆伯肯定了马莱的技艺,但认为这种曲调只能被当作谋生和取悦的手段,只有当摒弃音乐的这两种功利性用途后,才会发现它最初的,也是最本质的用途:抒发情感。

一个月后,伯牙主动去找成连,质问老师为何损毁自己珍贵的乐器:

伯牙说着,嗓音里满是泪水。当吐出瑶琴、琵琶、老伯和父亲这些字眼时,他的嗓音碎裂了。他突然号啕起来,头埋在袖子里哭泣。

"伯父啊!"他喊道。

然后,伯牙抹了抹眼泪,向成连拜了三拜。成连回答说:

"孩子啊,我打碎琴的时候就已经回答过你了!你的技巧是娴熟了,却没有感情。我打碎了你的乐器,你的嗓音也已经变了。刚才听你呻吟,我在你嗓音的颤抖中已经

---

① 帕斯卡·基尼亚尔:《世间的每一个清晨》,余中先译,桂林:广西师范大学出版社,2019年,第36页。
② 《荀子》,方勇、李波译注,北京:中华书局,2015年,第325页。

可以听出某种歌唱。你开始从自己身上发出动人的音符了。"①

作者安排成连在第二次教导时点明伯牙已开始变声,与《音乐课》的第一则故事(《马林·马莱生平小段》)在这一观点上形成前后呼应:变声令男性产生怀念之情,这是他们走向音乐之路的动力和必要条件。但此时的伯牙还没有结束变声期,身处从孩童走向成年、从本真走向失真的过渡时期,因此成连继续说道:

> 你像个嗓音变了的孩子。你像个嘴唇在奶妈的胸口和妓女的乳房之间徘徊的孩子。你像个孩子,味觉徘徊在乳汁和热酒这两方天地之间,一边是新叶上如小鸟般猛然升高的嗓音,另一边是伐木人或赶车人的粗厚嗓音,对着树干哼曲儿或者冲着骡子叫嚷。你徘徊在所感和所知之间。你在接近音乐前还有很多要做!②

溯源之举不是在每一个生命失真者的身上都会发生的,只有离开得足够远之后,我们才会转过身来去寻回它。虽然基尼亚尔用"徘徊"一词来形容此时伯牙的状态,但是徘徊的最终去向是唯一的:伯牙只能朝着嗓音变粗厚的方向而去。青少年时期的伯牙处于生理变化过程之中,也迷茫在所感与所知之间。所感与所知的去留也是单向的,却在同一个阶段的认识和情感这

---

① 帕斯卡·基尼亚尔:《音乐课》,王明睿译,郑州:河南大学出版社,2018年,第94—95页。
② 同上书,第95页。

两个层面上产生了截然相反的结果。孩童对于世界的认知方式以感觉为主,但在学会使用语言之后逐渐习惯用理性看待事物,并且语言能力越强,理性思维越甚,通过直觉和感性来认识事物的概率也随之降低。在情感方面,孩童比较单纯,对于情感的理解能力也相对薄弱。随着年龄渐长、阅历变得丰富,情感也复杂起来。所知的发展带领我们远离黑暗,所感的发展却让我们具备跳入深渊的能力。伯牙虽然已掌握弹琴的技巧,可尚未完全脱离尖细的嗓音,体会不到失去的痛苦,对生命的感悟不够深刻,所以成连说伯牙还要做很多才能接近音乐。

接着,成连问伯牙为何习乐。伯牙说了三件亲身经历的事:在湖边柳树下看见一个年轻人边放牛边看书,那场景"寂静无边"①;祭拜父亲的正室时,"他双膝跪下,额头磕着木板。他瞥见一颤一颤的微光,是油灯、影子,还有脚。然后,他同时听到一滴油在大灯里噼啪作响和自己的眼泪坠到木板上"②;炎炎夏日暴雨突来,疾风骤雨后"寂静一片,雨猛地停下了。他睁开眼睛。似有一道新光照在世间。新光和寂静落在洗过的树上,绿得无以言表,叶子上散着露珠,一片天空蓝得透彻,真美"③。伯牙自以为领悟到了音乐的真谛,却遭到成连严肃的驳斥:"音乐不是寂静。音乐的声音是一种不会打断寂静的声音"④;"音乐不是死亡,也不是生命,它非常接近生命,在生命里,它非常接近出生之地〔……〕音乐不是跟随

---

① 帕斯卡·基尼亚尔:《音乐课》,王明睿译,郑州:河南大学出版社,2018年,第96页。
② 同上书,第96—97页。
③ 同上书,第97—98页。
④ 同上书,第98页。

生命的,而是在它之前"①;"音乐不是暴雨的结束,它就是暴雨"②。音乐诞生于寂静,它无关生死,绵延不断,直击心灵。成连指责伯牙说这话时,嗓音里只有"自负和空洞"③,指出他的嗓音变得坚硬,远离了音乐。这一次,成连不再说伯牙的音乐是用来谋生的,却揭示了他音乐道行尚浅更深刻的原因:变得成熟。此时的伯牙已完成变声,彻底脱离了尖细的嗓音,语言和理性也成了他主要的认知方式,像俄耳甫斯一样自负,像器械一样无视情感。不过成连并没有放弃伯牙,而是耐心等待他在情感上的成熟。

得知伯牙每日祭奠乐器残骸之后,成连很是愤怒,命学生去找乐器修理师,并嘱咐道:

> 跟他要一把断了的琵琶,好歹修过的就行。跟他要一把破了琴肚的瑶琴,好歹补过的就行。用最简单的乐器,重新习乐。记住你的嗓音破裂的时候。记住当你想起碎裂的乐器时自己发出的碎裂之声。你那把和谚语同期诞生的瑶琴就像坚果的壳。要把壳打碎才能吃到果肉。记住,在音乐里,声音不是果肉。④

成连在此道出了打破伯牙之琴的用意:乐器只是表现音乐的工具,其优劣程度并不能代表音乐美妙与否,演奏者也不该被乐

---

① 帕斯卡·基尼亚尔:《音乐课》,王明睿译,郑州:河南大学出版社,2018年,第98—99页。
② 同上书,第99页。
③ 同上。
④ 同上书,第100页。

器所困。乐器是有形的，音乐却是无形的。如果将无形限制在有形之内，会使有形之器被赋予过多的期待，结果本末倒置，乐器变得比音乐还重要；而无形之乐被约束，整体性必然会遭到损害，无异于削足适履。可是乐器是演奏音乐的工具，不能完全将其摒弃。因此，成连让伯牙用最简单、最破旧的乐器，促使他记住自己的变声，体会音乐本身。不过，即使打破了乐器之壳，也未必能获得真正的音乐，因为无处不在的音乐怎能被掌控？真实怎能苑囿现实里？从前又怎能被言说？

如果说前几次教导偏重理论，那么后一次教导就是实践。伯牙找了两把自认为损毁最严重的乐器，"竭尽全力地在没有声音的弦上练习，手指在没有打磨光滑的木质琴键上不断地跌跌撞撞"[1]。这次，伯牙选择"独自练琴，在田野尽头，在斜坡上，在离村口不远的地方"[2]。他开始远离喧嚣，尝试寻回灵敏的触感。可成连却依然认为他弹得太难听，并说，"音乐不在最美的乐器里。它也不在最差的乐器里"[3]，彻底否认音乐对乐器的依附关系。不过，他发现伯牙的音乐里开始出现些许温柔与悲伤，但仍然称不上音乐，便命伯牙跟着自己去找音乐。成连带着伯牙做了五件事：在村落里听风穿树枝；在小饭店里听筷子夹菜；在青楼里听妓女的脚踝滴血、轻声叫喊和木枕落地；在文人集会上听毛笔在宣纸上摩挲；在僻静之地听孩子撒尿。这五次聆听分别与自然、食物、性爱（生育）、抒情和童真有关，它们在基尼亚尔的文学世界里都是产生动人音乐

---

[1] 帕斯卡·基尼亚尔：《音乐课》，王明睿译，郑州：河南大学出版社，2018年，第101页。
[2] 同上书，第102页。
[3] 同上。

的触发点，所以在这五次聆听中，成连都落下了眼泪。最后，成连带伯牙来到寺院里听和尚扫地的声音。这一次，伯牙终于和老师一道落泪，长久的扫地声拂去了内心的聒噪。此时，成连认为伯牙可以回来了，叫他买一把能打动自己的乐器。

伯牙选了两件乐器：

> 他试的第二把瑶琴发出辨识度特别高的声音，像是一滴一滴的雨水。他试的第四把琵琶的确是一件很脆弱的乐器，却有种无尽的悲伤和细腻。其中一根弦非常尖细，几乎没有回声。另一根有种温柔，显然不是人类的。最后一根非常暗哑、低沉，但是宽广，却又腼腆，好像在不断往自己的裸体之美上加外套、加裙子。①

基尼亚尔对这两件乐器的刻画用意明显。他将瑶琴的声音比作雨水，一来象征自然，二来暗指泪水，生命之情在此得到体现。琵琶的琴弦分别代表了统治声音领域的女高音、引诱人的塞壬之歌以及变声后的男性嗓音：生命的本真、失真和现世化身全都集中在了同一件乐器上，可谓万事俱备，只欠东风。成连也认可了伯牙所选，并说他的"手指，耳朵，身体，心气，都是对的"②，又指出了最后一个问题："不要再只是找音乐了！"③ 伯牙尚未能够集中感情，心里没有能够打动自己的东西。但是成连自己再也教不了伯牙，于是带他去找自己的老师

---

① 帕斯卡·基尼亚尔：《音乐课》，王明睿译，郑州：河南大学出版社，2018年，第110页。
② 同上书，第111页。
③ 同上。

方子春，去上最后一课。

师徒二人历时三个月到达蓬莱的一座小岛上，成连让伯牙等着，自己撑着船去找方子春。但是十天之后，成连依然没有回来：

> 伯牙环顾四周，又饿，又孤独，又害怕。没有一个人。他只听见海水冲上沙滩的声音和海鸟的悲啼。他感到更虚弱了，长叹一声："这就是师祖的课！"于是，他开始边弹琵琶边唱歌，缓缓地落着眼泪。然后，他在内心深处落了泪，只有声音是那泪水。当他的歌唱在唇边消逝，成连缓缓地从水上回来了。伯牙登上成连用篙撑着的船。伯牙成了琴仙，天下最伟大的琴师。[①]

类似的场景同样出现在圣-科隆伯与马莱的故事中。功成名就的马莱与恩师重逢，主动讨教了最后一课：

> "先生，我是不是可以向您讨教最后的一课？"马雷先生问道，他突然活跃了起来。
>
> "先生，我是不是可以尝试着上第一课？"德·圣科隆布先生反问道，嗓音十分低沉。
>
> 马雷先生点了点头。德·圣科隆布先生咳了一声，说他有话要说。他一阵一阵地说着话。
>
> "这是很难的，先生。音乐很简单地就在那里，它能

---

① 帕斯卡·基尼亚尔：《音乐课》，王明睿译，郑州：河南大学出版社，2018年，第112—113页。

说出话语所无法说出的东西。从这一意义上说,它就不完全属于凡人的范畴。这么说来,您已经发现它不是为国王而存在的了?"①

音乐不是找来的,而是由内而外自然生发出来的。生命本真也不是外在于我们的失物,而是我们的存在之基。

二、真人冯迎

成连对伯牙的教导已经足以称得上是有头有尾的故事了,可基尼亚尔却在其中穿插塑造了一个名叫"冯迎"人物,而他的出现启发了伯牙对生命的体悟。

伯牙找了许久也没有找到能让自己心动的乐器。在回程的路上,他遇见了老者冯迎,认出他就是那位乐器修理师,并与之进行了这样一番有趣的对话:

"老伯,您是修乐器的,您无须埋怨。您应该是幸福的!您是祭台的守护人。您确保了音乐的美、维系、寂静和可能。您无须成为音乐!"伯牙叹息着叫道。

"您说的都是蠢话,"冯迎说,"我可不幸福。我修理乐器,饿得要死。我太老了。都快一万一千年了,我忍受着生活。都快一万一千年了,我徒劳地修着修不好的东西!都快一万一千年了,我没有完全活过。都快一万一千

---

① 帕斯卡·基尼亚尔:《世间的每一个清晨》,余中先译,桂林:广西师范大学出版社,2019年,第86—87页。"马雷"即"马莱"。

年了,我没有真的死去!公子,您看看我,我曾经是一头狮子,一位寡妇的耳郭,曙光中一朵玫瑰色的云!我曾经是一块葡萄面包。我曾经是一条鳊鱼。我曾经是孩子湿漉漉的手指中一颗有点毛茸茸的小覆盆子!"①

而且冯迎知道自己下一次成为人时的具体情况:"地方啊,是克雷莫纳。那是波河附近的一座小镇。世纪呢,是拉丁人的十七世纪。工作么,还是个弦乐器商人。"② 克雷莫纳(Cremona)是意大利北部的一座城市,以制造高品位的小提琴而闻名世界。作者将冯迎的下一次人物身份设定为享誉全球的意大利著名制琴师安东尼奥·斯特拉迪瓦里(Antonio Stradivari)。冯迎在轮回中不断重生、体验各类生命。在他身上,生死无间,万物归一。他既能作为现世的存在感知周遭,也能身处轮回之外通晓一切古往今来。他既是分身又是整体,是生命本真的化身。作为乐器修理师,冯迎说自己在徒劳地修理修不好的东西,身为得道高人的他自然明白再精巧的乐器也奏不出天籁之声。

可以说,冯迎就是庄子所说"游乎天地之一气"③ 的"真人"。化蝶的庄子在基尼亚尔眼中也是一位真人:"有一天,萨满庄子像蝴蝶一样飞走了。"④ 《庄子·大宗师》阐释了"真人"的概念:

---

① 帕斯卡·基尼亚尔:《音乐课》,王明睿译,郑州:河南大学出版社,2018 年,第 106 页。
② 同上书,第 108 页。
③ 《庄子注疏》,〔晋〕郭象注,〔唐〕成玄英疏,曹础基、黄兰发点校,北京:中华书局,2011 年,第 148 页。
④ Pascal Quignard, *Les Paradisiaques* (*Dernier royaume* Ⅳ), Paris: Gallimard, 2007, p. 32.

> 不忘其所始，不求其所终。受而喜之，忘而复之。是之谓不以心捐道，不以人助天，是之谓真人。①

> 故其好之也一，其弗好之也一。其一也一，其不一也一。其一与天为徒，其不一与人为徒，天与人不相胜也，是之谓真人。②

"真人"不被外形所束，是去除了"我"之后的"吾"。庄子的"吾丧我"③指摆脱物质的限制，消除自我与他物之间的隔障，从而悠游于道。"我"是可以被言说的个体存在，"吾"则是语言范畴之外的真我。"'我'是有形的，而'吾'是无形的；'我'是实的，而'吾'是虚的。[……]在造化中，'吾'可以化为任何东西。"④ 和对"道"的命名一样，"吾"并不指某个具象存在，只是用以指称实质上不可被名之的、与天地融为一体的"我"，而"吾丧我"的过程也正是基尼亚尔作品所体现的从生命失真回归生命本真的过程。伯牙得知冯迎的店里有自己需要的乐器后，便背上他前去挑选，却发现"肩上的老冯迎轻得惊人"⑤，他是一团可以化为一切有形之物的"气"，达到了"坐忘"的境界，逍遥于天地之间。

冯迎说自己"真真地向往空无"⑥。成连带着伯牙四处寻

---

① 《庄子注疏》，〔晋〕郭象注，〔唐〕成玄英疏，曹础基、黄兰发点校，北京：中华书局，2011年，第127—128页。
② 同上书，第132页。
③ 同上书，第24页。
④ 王博：《庄子哲学》，北京：北京大学出版社，2004年，第102页。
⑤ 帕斯卡·基尼亚尔：《音乐课》，王明睿译，郑州：河南大学出版社，2018年，第108页。
⑥ 同上书，第107页。

找音乐后说："我今天听了太多的音乐。我要在寂静里清洗双耳。我进寺去了。"① 基尼亚尔通过这两个人物都传达出对寂静的追求，却又有不同。成连依然是个凡胎肉体，他的体验和行为无法超越人类的局限性，所以即便想逃离嘈杂，也只能躲进寺庙找清净，可清净之后依然摆脱不了人的社会属性，不得不回到日常生活的轨道上。但冯迎被塑造成与道同在的形象，他所向往的空无是彻底没有音乐的地方，是塞壬之岛的那片"深渊"。更何况冯迎说自己最大的痛苦是"又成了人"②，也厌倦了听到"令人伤心的声音"、看见"哭泣的眼泪"③，因为只有人才会因痛苦创造出音乐，只有人才会在理性的百般折磨之下顿悟生命的可贵之处。

《音乐课》区区百页，《成连最后的音乐课》不过四分之一，冯迎的出场更是转瞬之间，却似流星滑过天际，点亮了伯牙和我们这些失真者的生命暗夜。

第二节　祛魅与写作

冯迎乃超验之人，伯牙是名垂千史的琴仙，亿万民众自然难以望其项背，又该如何实现生命的回归？

"祛魅"（Désenchanter）是《音乐之恨》的第九个部分。"Désenchanter"一词由"chanter"（唱歌）而来，"dés-"有

---

① 帕斯卡·基尼亚尔：《音乐课》，王明睿译，郑州：河南大学出版社，2018年，第104页。
② 同上书，第108页。
③ 同上。

"去除、分离"之意，基尼亚尔解释为："摆脱音乐的力量。把中蛊的人从对巫术的服从里拉出来。"① 他把对失真之乐的逃离称为"祛魅"，并发出号召："让我们的社会摆脱对服从的迷恋。在我们的社会里，对秩序和奴役的喜爱已经朝歇斯底里发展。最残酷的战争就在我们面前。"② 在《音乐之恨》里，基尼亚尔叙述了一则中国典故：许由洗耳。尧帝派遣使者邀请许由继承王位，许由"感到一阵不可扼制的恶心"③，伺机逃走后在河边清洗了耳朵。巢父得知许由洗耳的缘由后，立刻牵走了自己在同一条河里喝水的牛，因为"他的耳朵听过那种建议"④。可音乐不似政治一般能被完全抛弃，基尼亚尔也曾感叹：

  如何在听音乐，无论听何种音乐时，都能摆脱对它的服从？

  如何从音乐之外听音乐？

  如何用闭合的耳朵听音乐？

  指挥乐队的西门·拉克斯自己也没有借指挥的名义而身处音乐之"外"。⑤

以往，音乐带来美感、庄重、神圣。但如今，消费社会中的音乐从乐音变为噪音，它渗透到方方面面，可谓无孔不入：

---

① Pascal Quignard, *La haine de la musique*, Paris：Gallimard, 1997, p. 255.
② 同上书，第 256 页。
③ 同上书，第 75 页。
④ 同上书，第 76 页。
⑤ 同上书，第 208 页。

第七章　游乎天地

自史学家们称之为"第二次世界大战"的时期以来，自第三帝国的屠杀集中营以来，我们进入了一个旋律序列加剧的时代。在整个大地空间上，自第一批乐器被发明以来，第一次，对音乐的使用变得意味深长、令人厌恶。突然间，它在电力发明及其技术的扩增下无限放大，变得永无止歇，日日夜夜侵袭在市中心商业街、画廊、小巷、大型商场、书店、外国银行供人取款的小建筑，甚至是游泳池，甚至在沙滩边，在私人公寓、餐厅、出租车、地铁、机场。

甚至在起飞和降落时的飞机里。①

反倒是寂静更显肃穆，它成了"现代的眩晕"，在"特大城市中构建了一种非凡的奢侈"②。基尼亚尔听累了，不知不觉中与这种音乐形同陌路："我几乎不再习惯性地走近乐器，或者看一看它们的美。我几乎不再打开乐谱，曲调不再响起，或者说它变小了，又或者我总觉得它像是另一种事物，疲乏诞生了。"③ 这几乎是一种本能反应，是对生命的真切感受，所以他又说："对于真正的音乐家来说，音乐终止之后出现的凝重又断然的宁静催人泪下。"④

欲离开失真的音乐而不得，面对此种矛盾的情形，基尼亚

---

① Pascal Quignard, *La haine de la musique*, Paris: Gallimard, 1997, pp. 198-199.
② 同上书，第254页。
③ 同上书，第273页。
④ 帕斯卡·基尼亚尔：《秘密生活》，王海洲译，上海：上海文艺出版社，2014年，第11页。

尔采取了"游世"的态度。"游世"出自《庄子·山木》:"方舟而济于河,有虚船来触舟,虽有褊心之人不怒;有一人在其上,则呼张歙之,一呼而不闻,再呼而不闻,于是三呼邪,则必以恶声随之。向也不怒而今也怒,向也虚而今也实。人能虚己以游世,其孰能害之!"① "游世",就是身处这个世界,又和它保持距离,入世而不随流,出世而不清高。日本学者小川美登里对基尼亚尔的作品评价道:"他在现在里引入了另一种时间,在真实里引入了一种想象,在在场里引入了一种不在场,在有声的世界里引入了深海的寂静。"② 这也是"游世"的映照。

于是基尼亚尔在事业如日中天的时候选择退出。1994 年,他辞去了在伽利玛出版社二十五年的任职,也不再主持任何公开的音乐会,全身心投入写作之中。这一天来得突然而决绝:

> 为什么在 1994 年 4 月的一天,当天气晴朗时,当太阳耀眼时,当我走出卢浮宫时,我突然加快了步伐?有一个加快了步伐的人穿过了塞纳河,他看着王家桥曲拱下的河水被闪光的白色完全覆盖,他看着波纳街上蓝蓝的天空,他跑过去推开塞巴斯蒂安-波顿街上的一扇大木门,他一下辞去了身上所有的职务。③

---

① 《庄子注疏》,〔晋〕郭象注,〔唐〕成玄英疏,曹础基、黄兰发点校,北京:中华书局,2011 年,第 362—363 页。

② Midori Ogawa, « L'ode de Pascal Quignard », in *Pascal Quignard : La littérature à son Orient*, Christian Doumet et Midori Ogawa (dir.), Saint-Denis: Presses Universitaires de Vincennes, 2015, pp. 23 - 37.

③ 帕斯卡·基尼亚尔:《游荡的影子》,张新木译,南京:译林出版社,2007 年,第 145 页。

这不寻常的举动使作者与自己在文章《界外》("Le hors frontière")中提及的两位历史人物十分相仿：古希腊哲学家赫拉克利特（Heraclitus）和中国的老子。基尼亚尔提到了老子出关的典故，而本为王位继承者的赫拉克利特放弃了至高荣耀，隐居在狩猎女神狄安娜（Diane）的神庙里，安心著书。①

在此之前，基尼亚尔的文学创作已有二十余载，在法国文坛具有一定的声望。因此，他的辞职经历经常会被采访者问起，毕竟这不是一个"理性"之举。他在写给巴黎七大的法国现当代文学教授多米尼克·拉巴蒂（Dominique Rabaté）的信中坦然述说了自己辞职后的变化，愉悦之情溢于言表：

> 当然，我一个接一个地辞去了一切职务，也就失去了主要的收入来源。而且，我抛弃了社会生产中的一切职权，也就放弃了大部分的人际关系、影响力、交际圈、资质。但是，我收获了莫大的快乐！围绕每个时刻的空洞可是恒星的、欲望的、天体的啊！至少，我的读者们能够确定，他们从来没有被带进一个司空见惯的奇遇记里，从来没有某个宗教突然出现在一句话的前后，我从来没有为了建立学派而创办杂志，我不会为了组建网络而主持一个系列，我不会隶属于某个学院，我不会坚持为报纸的定期专栏撰写，我不会志在成为黑森林最深处里某所小型大学的

---

① *Cf.*, Pascal Quignard,《Le hors frontière》, in *Pascal Quignard. Littérature hors frontières*, Irène Fenoglio et Verónica Galindez-Jorge (dir.), Paris: Hermann, 2014, pp. 11-17.

校长。①

"社会关系是一种牺牲，它抵消了胎儿的孤独。我失去了自己的一部分，因为我将它融进了共用的罐子里。"② 基尼亚尔放弃了社会职务带来的利益，从共用的罐子里取回了属于自己的那一部分。辞职后，他搬到了外省，通常只在需要参加与写作有关的社会活动时才回到巴黎，而且经常将社会活动安排在某个时间段内集中进行，避免生活被过度打扰。乡村是人类亲近自然的聚落，基尼亚尔说，"只有在乡村时，我才会快乐地再次弹上一小会儿那古老之物，它是非凡的、召集性的、剥夺性的、迷惑性的，它曾经有个名字，叫作'音乐'"③。伯牙也是在自然中被点化的。融入自然，涤荡尘土，是基尼亚尔在文字中呈现的生命回归的重要路径。

基尼亚尔以美国音乐家舍内的故事为蓝本，创作了以自然之乐为主题的作品：《在这座我们所爱的花园里》。舍内丧妻后虽然与女儿同住，但内心孤寂，除去外出办公，几乎都在妻子曾经悉心照料的花园里打发时日。在花园中，舍内沉浸在自然的声音里，记录下了各类鸟儿的叫声与其他自然界的声响，谱上曲后合成作品集《林中荒野记》（*Wood Notes Wild*）。这部独特的作品集屡次遭到出版社的拒绝。舍内不禁感叹："又被

---

① Pascal Quignard, « Lettre à Dominique Rabaté », in *Europe*, n° 976 - 977, août-sep：Pascal Quignard, Paris：Revue Europe, 2010, pp. 8 - 15.
② Pascal Quignard, « Qu'est-ce qu'un littéraire ? », in *Critique* n° 721 - 722, numéro spécial « Pascal Quignard », Paris：Minuit, 2007, pp. 421 - 431.
③ Pascal Quignard, *La haine de la musique*, Paris：Gallimard, 1997, p. 252.

拒绝了。我的手稿一次又一次地被拒绝,这里可是汇集了野生丛林里的所有音乐啊,这就像是在拒绝神。拒绝上帝。"① 基尼亚尔在《音乐之恨》中引用了德国中世纪哲学家埃克哈特(Eckhart)的观点:

  听到是以时间为前提的。如果说听到以时间为前提,那么听到上帝,就是什么都听不到。
  什么都听不到。
  离开音乐吧。②

舍内的音乐是自然之声,埃克哈特倡导离开音乐,是在倡导离开有声的世界,回到寂静之地。后者的观点在基尼亚尔塑造的人物身上亦有所体现:被两个名字纠缠终生的彼得在年老时听不得一点吵闹之声,他在所有门窗上都挂上了厚厚的帷幔以阻隔外界声音,甚至连耳朵上都时时刻刻挂着棉花塞;马莱一生中获得过至上的荣耀,在晚年却走向沉寂,"当时的人注意到,这位老去的音乐家骤然沉默了,突然闭门不出。他凝视着自己的石竹、白色的郁金香,还有花园里的榆树,还有路赫西纳街。这沉默被描述成了一个秘密"③。尼采曾感慨道:"我们的耳朵由于智力在新音乐的艺术发展中的特殊训练而变得越来越理智了。[……]事实上,我们所有的感官现在都由于它们立

---

① Pascal Quignard, *Dans ce jardin qu'on aimait*, Paris: Grasset, 2017, p. 119.
② Pascal Quignard, *La haine de la musique*, Paris: Gallimard, 1997, p. 244.
③ 帕斯卡·基尼亚尔:《音乐课》,王明睿译,郑州:河南大学出版社,2018年,第63—64页。

刻追问理性，也就是说，追问'它意味着……'，而不是追问'它是……'，从而变得有点麻木不仁了。"① 基尼亚尔则说："我们不是在演奏一支奏鸣曲，而是在寻找早已遗忘丢失的灵感，而它就是乐曲本身。说实话，我们并不是在寻找一个已经遗忘的姓氏、名字、脸或人，而是一种被语言划分开来，再也无法认出的状态。"② 舍内的作品屡屡被拒，正是因为音乐本身在语言体系中价值全无。我们往往首先追求事物存在的意义，看重事物能够被语言显露出来的一面，却忽视了其中依然被包裹着的内核。音乐的遭遇更加悲惨，因为它诞生在语言之前，本就不受语义和概念的限制。如果一定要说舍内的音乐表达了什么，那么只能说是表达了不可言说之物。他的音乐虽然与现代评判标准格格不入，却和布戴斯的跳海一样是回归之举。基尼亚尔认为音乐属于自然界里的一切生物，人类的音乐只是在模仿其他生物发出的声音：

> 音乐不是人这一物种所特有的歌唱。人类社会特有的歌唱是其自身的语言。音乐是一种模仿，模仿猎物繁衍时所教的语言，在重现猎物歌唱的过程中模仿出来。
>
> 大自然的音乐会。音乐让牛哞，让驴呋，让象吼。
> 它在马嘶。③

---

① 尼采：《尼采全集·第2卷》，杨恒达译，北京：中国人民大学出版社，2011年，第116—117页。
② 帕斯卡·基尼亚尔：《秘密生活》，王海洲译，上海：上海文艺出版社，2014年，第45页。
③ Pascal Quignard, *La haine de la musique*, Paris: Gallimard, 1997, pp. 178-179.

所以在翻译基尼亚尔的作品时,各类拟声词的译法着实令人头疼。中国古代乐理亦对他有所启发。嵇康在《声无哀乐论》里写道:"夫天地合德,万物资生;寒暑代往,五行以成,章为五色,发为五音。"①《吕氏春秋·大乐》则说:"音乐之所由来者远矣。生于度量,本于太一。太一出两仪,两仪出阴阳。阴阳变化,一上一下,合而成章。"② 基尼亚尔在《音乐之恨》里援引了《红楼梦》中林黛玉向贾宝玉简述乐理的片段,不仅提到了琴艺了得、能引来玄鹤的师旷,还几乎原封不动地复述了原文中对抚琴的环境要求和对乐师的行为要求:

音乐因呼唤他者而产生了禁忌:"琴者,禁也。古人制下,原以制身,涵养性情。"若要弹奏这乐器,要点在于选择位于高斋或层楼之顶的独室,或者是林间、山顶、水涯边的一个隐僻之处。所有音乐都要在夜晚奏响。需懂得把握夜间时分,当天地融为一体、风儿清新、月光皎洁之时,盘腿而坐,心无所虑,脉搏平稳而缓慢。所以中国古人意识到,遇见一位知音难而又难。若是没有知音,倒不如在野猿老鹳面前享受音乐。需以秘法梳头,依着规矩穿戴,方能不有失对古乐器的尊重。

要一直等到弹奏的欲望不可扼制。

此时,乐师盥手焚香,握住琴,放在案桌上,心头正对着第五徽的位置。

演奏者先是敬重地于寂寞中回想曲调。他看着月亮。

---

① 〔两汉〕嵇康:《声无哀乐论》,吉联抗译注,北京:人民音乐出版社,1964年,第12页。
② 《吕氏春秋》,陆玖译注,北京:中华书局,2011年,第132页。

又把目光转向黑夜。

于是，当乐师的手指在流动、在舞翩跹时，音乐才能从乐器的内心涌将出来。①

除了舍内的自然之乐，基尼亚尔创作的几位现代音乐家也都在以各自的方式沉入寂静。

小说《阿玛利娅别墅》中，埃利娅娜·希德尔斯坦（Éliane Hidelstein）更名为安娜·希登（Ann Hidden），而Hidden在英文里意为"隐藏的"，暗示主人公的命运轨迹。虽然是音乐圈内小有名气的人物，但是"她从来不欣赏创作者，也不喜欢演奏者、批评家和音乐学家。她不想和他们见面，使自己的生活变得复杂化"②。而且她"拒绝去听音乐会，［……］比一般人早好几年就踮着脚尖悄然退出了音乐节等音乐活动圈。她讨厌教书，讨厌在电视镜头前演奏，甚至讨厌在电台录音室的昏暗中弹琴"③。希登对社交圈的厌恶比她的创作者更甚，至少基尼亚尔很是乐意在自己的"社交期"里与大众交流：讲座、读者见面会、电视节目、广播访谈、学者对话，无一不有，如果他在中国，可能也会像莫言一样开设微信公众号。希登是患有严重社交恐惧症的基尼亚尔，她认为在这些场合里的弹奏是需要符合社会需求与评判标准的，而此时统治的是右手，但左手才能真正体现演奏者的内心世界。基尼亚

---

① Pascal Quignard, *La haine de la musique*, Paris: Gallimard, 1997, pp. 124 - 125.
② 帕斯卡·基尼亚尔：《阿玛利娅别墅》，曹德明译，上海：上海文艺出版社，2010年，第117页。
③ 同上书，第139页。

尔似乎采用了一语双关的手法：在法语中，"右"写作"droit"，也意为"权利、法规"。作者借希登之口表达了冲破藩篱的愿望：

> 在夜里，右手失去了它的能力，不详之手又变得很灵活。一个钢琴家，如果他又是作曲家，在他应该睡觉的时候记录灵感是非常有好处的。他的左手会如同泉涌一般。同时，他一直居统治地位的右手手指失去了统治权。
>
> [⋯⋯⋯⋯⋯]
>
> 画家克利强迫自己在白天用左手画画，使自己变得笨拙、幼稚、不可预测。我呢，我在左手统治时才弹琴，在这个时候，乐谱成了一个随着一种我无法掌控的速度持续演变的梦。①

希登因遭到爱人背叛而住到了位于那不勒斯一处海湾的别墅。这所房子像塞壬之歌一样呼唤着她，而"无论是白天还是夜晚，她都在看着海湾，看着看着便只看到了一个内心世界"②，"产生了生活在大海之中的感觉"③。她不仅与过去的自己诀别，甚至也远离了母亲和朋友。获得新生后的希登不再对情人的戒指上心，却"更喜欢一个小女孩送的一颗牙齿或一块黑色的卵石"④。在经历亲人和朋友的离世后，希登重拾音乐

---

① 帕斯卡·基尼亚尔：《阿玛利娅别墅》，曹德明译，上海：上海文艺出版社，2010年，第284页。
② 同上书，第155页。
③ 同上书，第156页。
④ 同上书，第205页。

生活，但是她的乐曲比以前"更加无法克制、更有才华、更为痛苦"①。永恒的丧失在她的生命里凿开了一个不可弥补的黑洞。

叔本华说，一个老人的记忆像他的眼睛一样，"变得只能看清远距离的东西"②，也就是久远的过往、最初的记忆。在基尼亚尔这里，"远距离的东西"除了可以像希登一样在寂静与退隐中被寻回，也可以如查理·施诺涅一样在童年或祖籍地寻回。施诺涅是《符腾堡的沙龙》的主人公，身份是大提琴家。基尼亚尔在这部小说中以第一人称展开了半自传半虚构的写作。基尼亚尔家族的祖先曾经在德国生活过，幼时的德国保姆在情感上激起了他对故土的向往。为了弥补缺失，他安排施诺涅回到祖宅所在地——位于德国的符腾堡。施诺涅说在祖宅的"花园深处有一个年久失修的亭阁，小时候从来没有吸引过我，我把它改造成一个小音乐亭，夏天的时候在里面练琴"③。这个场景模仿了圣-科隆伯的桑树小木屋，施诺涅则自称一直在努力效仿这位音乐大师。施诺涅自述道："而且和很多音乐家一样，我讨厌听见音乐：听得太多了。"④ 他最后拿起笔当了作家，是基尼亚尔的另一个影子。在现实中，作者能够触摸到的祖籍地在昂瑟尼（Ancenis）。祖宅阁楼里的发现唤醒了尘封的记忆，思绪从祖先的乐谱蹦到了人类成长中的几个阶段：

---

① Jean-Louis Pautrot, «"Transmettre ce qui fut oublié": *Villa Amalia* et l'exception romanesque de Pascal Quignard », in *Contemporary French and Francophone Studies*, vol. 12, n° 3, August 2008, pp. 375 – 383.
② 叔本华：《叔本华思想随笔》，韦启昌译，上海：上海人民出版社，2014年，第119页。
③ 帕斯卡·基尼亚尔：《符腾堡的沙龙》，毕笑译，上海：上海文艺出版社，2010年，第234页。
④ 同上书，第19页。

第七章 游乎天地

孕育、诞生、行走、狩猎、农耕——

有几只柳条箱在昂瑟尼阁楼上的灰尘里，在又干又细的灰尘那呛人的气味里，在从狭窄天窗透进来的光线下。也许那是从祖先乐谱上掉落的石膏灰，这些乐谱是基尼亚尔家族一代又一代写出来的，他们都是管风琴制造商和管风琴家，在巴伐利亚、符腾堡、阿尔萨斯和法国，在十八世纪、十九世纪和二十世纪。他们的大部分作品都被记在一张蓝色的厚纸上。金色从唯一的天窗落下，让人得以看清乐谱，催着人掸去上面的灰尘，敦促着人赶紧把它们哼唱出来。第一个节奏是心脏的跳动。第二个节奏是呼吸和它的叫喊。第三个节奏是直立行走时脚步的节拍。第四个节奏是海浪拍打在岸上的攻击性回潮。第五个节奏从被吃掉的肉上剥下皮，再拉平它、固定它，吸引动物回来，吸引惹人喜爱的、死去的、被吞食的和被渴望的动物。第六个节奏是杵在研钵里敲打粮食或其他物体时的节奏。①

但是，对家庭的回归并不是基尼亚尔一直都有的想法。他年少时对家庭造成的声音压力备感无奈，自幼就处在音乐与多种语言带来的声音困扰中。他借施诺涅之口说道："选择大提琴，或者说低音古提琴，就是命，无论如何都不是我说了算的。"② 基尼亚尔两次患上了失语症，似乎是本能地用寂静来

---

① Pascal Quignard, *La haine de la musique*, Paris: Gallimard, 1997, pp. 55-56.
② 帕斯卡·基尼亚尔:《符腾堡的沙龙》, 毕笑译, 上海: 上海文艺出版社, 2010年, 第35页。

抵抗家庭对自己无尽的打扰。这种打扰"是无意识的声音分子，它围攻着我们，折磨着我们，纠缠着我们"①。在基尼亚尔的文字里，"所有的生命都有一个永恒的影子"②，影子是难以摆脱的，甚至是不可摆脱的，家庭也是一种影子。他说："我从未想过在社会里攀上高位，因为这——成为文人、成为音乐家——曾经于我而言是世界的最高处。/它于我而言一直是世界的最高处。"③ 最终，他继承了父母双方的优势，在写作和音乐上均获得成就，将两者融为一体，用语言书写音乐，将曾经令自己痛苦的声音困扰化作了无声：

> 如果我们，一边是语言学家组成的母亲一系，他们撰写出了十二卷的法语语言史，另一边是音乐世家，我们就不得不去缝补两块布、两种传统，去努力地团聚亲戚们，连接家族谱系，用力拉紧一个琴键上的若干根弦，协调两个世界。矛盾，在我的身体里，因为我既没有选择音乐，也没有选择语法。我用寂静来回应了这个张力。④

写作于他而言，"是另一种用寂静来作曲的方式"⑤。基尼亚尔将写作视为在缄口状态下的言说，认为这是"在交流情

---

① Pascal Quignard, *La haine de la musique*, Paris：Gallimard, 1997, p. 66.
② 帕斯卡·基尼亚尔：《符腾堡的沙龙》，毕笑译，上海：上海文艺出版社，2010 年，第 80 页。
③ Pascal Quignard, *Leçons de solfège et de piano*, Paris：Arléa, 2013, p. 26.
④ Michèle Gazier, Xavier Lacavalerie, «Pascal Quignard, l'écrivain dégagé», in *Télérama*, n°2511, 25 février 1998, pp. 10–13.
⑤ Dominique Rabaté, *Pascal Quignard：Étude de l'œuvre*, Paris：Bordas, 2008, p. 65.

感，以期触动心灵"①，并强调了一个通常被忽略的情况："在语言中生存并不舒适。很多人溺亡在语言之中。社会从未将这些溺亡者作为妄想症患者——或绝对信仰者——看待。社会甚至因为他们的绝对服从而极其欢迎并大加赞赏。"② 他希望通过文学给自己带来精神上的恍惚和智力上的停摆，将自己置身于彻底的感官体验之中，那是动物世界中没有主客观之分的情形，对经验进行重新整合。③

基尼亚尔深信，"书本是沉默的嗓音"④，"书本是固态的寂静"⑤。他自述道："我想到了我自己的童年，被两种语言撕裂，最后被沉默和音乐占据，但老实说，我无法分辨沉默和音乐之间的差别，精神差点错乱。"⑥ 在写作中，听觉上的寂静化为了视觉上的可见。文字是一种图案，基尼亚尔尤为喜欢古老的象形文字，因为这种文字是直接作用于印象的图像，避免了发音导致的语言与对象之间的间隔，它更接近维柯所言的"神的语言"。而文学语言是一种噪音⑦，写作就是将"唇音"

---

① Pascal Quignard, « La littérature est le langage qui ignore sa puissance », entretien avec Christphe Kantcheff, in *La Matricule des Anges*, n° 10, 15 décembre 1994 – 15 février 1995, pp. 4 – 7.

② 帕斯卡·基尼亚尔：《秘密生活》，王海洲译，上海：上海文艺出版社，2014年，第175页。

③ *Cf.*, Jean-Louis Pautrot, *Pascal Quignard ou le fonds du monde*, Amsterdam-New York: Éditions Rodopi B. V., 2007, p. 96.

④ Martine Lecœur, « La voix du silence », in *Télérama*, n° 2069, 6 septembre 1989, pp. 131 – 133.

⑤ Pascal Quignard, *Sur le jadis* (*Dernier royaume II*), Paris: Gallimard, 2004, p. 45.

⑥ 帕斯卡·基尼亚尔：《秘密生活》，王海洲译，上海：上海文艺出版社，2014年，第23页。

⑦ *Cf.*, Pascal Quignard, *Les Paradisiaques* (*Dernier royaume IV*), Paris: Gallimard, 2007, p. 118.

转化为"嗓音",将对外的显露转化为向内的体悟,在寂静里传递着来自原初的信息。在题为《"文学"一词无源头》("Le mot littérature est sans origine")的文章中,基尼亚尔写道:

> 与说话不同,写作止步于沉默,它的语言在个人的眼睛下变为沉默之物。写作者所寻找的,不是通用语言世界里飞翔的、不可见的符号。在语言的彻底沉默中,在与之相对的完全可见的语言面前,灵魂远离了秩序,在符号周围、在空白周围、在声音的远处,四处搜寻。它思考着既非言说又非意指的另一种事物。这另一种事物,就是文学。①

无独有偶,斯坦纳在《语言与沉默》(Language and Silence)一书中也表示文学正在走向沉默:"诗歌从来没有像现在这样被沉默勾引"②。并且,与基尼亚尔走向寂静的初衷一样,斯坦纳同样认为文学走向沉默的原因与政治不无关联:"似乎我们时代的混乱步调和政治暴行,已经迷乱或赶跑了古典文学和十九世纪小说中那种大师建构的自信想象。"③

虽然生命彻底回归的愿望在经验范畴中不可实现,但基尼亚尔依然知其不可为而为之。他承认自己的这一举动是个妄想,却也不愿放弃通过文字去拯救源头:

---

① Pascal Quignard, « Le mot littérature est sans origine », in *Pascal Quignard: La littérature à son Orient*, Christian Doumet et Midori Ogawa (dir.), Saint-Denis: Presses Universitaires de Vincennes, 2015, pp. 13 - 20.
② 乔治·斯坦纳:《语言与沉默》,李小均译,上海:上海人民出版社,2013年,第14页。
③ 同上书,第13页。

第七章 游乎天地

> 港湾里的河不再能展现源头的任何一个细微之处。拯救源头,这就是我的妄想。拯救河水的源头,源头孕育了它,而河水却在不断的扩增中吞没了源头。人们挖出了特洛伊,他们在剥一只剥不尽的洋葱。古代的大城市没有回到开垦它们时的森林状态。它们回不去了。在最好的情况下,文明给废墟留有一席之地。在最坏的情况中,则留给了不可逆转的沙漠。我是我失去之物的一部分。①

这项拯救源头的行动或明或暗地贯穿于基尼亚尔的几乎所有作品中。正如《野性的词典:帕斯卡·基尼亚尔》中所述,他并不停留在对已完成书写的沉思里,而是将自身置于写作的运动里,这个运动从未中断。② 在此过程中,基尼亚尔从不同的角度去书写生命,围着这个中心打转,不断丰富对生命的认识,也不断收获幸福的感觉。正如布朗肖所说:"作品的中心点便是作为渊源的作品,即人们无法实现的东西,然而它却是那个唯一值得付出代价去实现的东西。"③ 基尼亚尔则这样描述自己的写作生涯和文人身份:"我也许会用一生来寻找自己缺少的那些词语。什么是文人?于他而言,词语是有缺陷的,在跳跃,在逃离,失去了意义。"④

---

① Pascal Quignard, *La haine de la musique*, Paris: Gallimard, 1997, p. 182.
② Cf., *Dictionnaire sauvage: Pascal Quignard*, Mireille Calle-Gruber et Anaïs Frantz (dir.), Paris: Hermann, 2016, p. 179.
③ 莫里斯·布朗肖:《文学空间》,顾嘉琛译,北京:商务印书馆,2003年,第37页。
④ Pascal Quignard, *La barque silencieuse* (*Dernier royaume Ⅵ*), Paris: Gallimard, 2011, p. 9.

结　论

　　通过分析基尼亚尔作品中与音乐有关的内容，我们较为系统地分析了作者对生命的理解与态度，探讨了生命本真、生命失真和生命归真在其笔下分别有何种具体表现。我们不仅分析了几位希腊神话人物与塞壬之间的关系，阐明了他们如何分别象征了生命的失真和生命的归真，也探讨了道家思想和中国古代乐师的典故对作者的文学创作产生了何种影响。在此基础上，我们可以对"生命本真"和"生命失真"的概念做出较为清晰的界定，阐明两者之间的关系，并揭示"生命归真"的现实意义。

　　"生命本真"具有两方面的含义：超验的生命本真与经验的生命本真，既指经验范畴之外的早期生命状态，也指经验范畴内的理想存在状态。前者是基尼亚尔在写作中不断追溯的"真实"与"原初"，后者则是作者在这两者的启发下所追求的生活。在超验的早期生命状态里，人与世界不分彼此、与自然和谐相处，此时语言尚未诞生，时间也尚未被纯一化、线性化、空间化，因而此时的生命是体验式的，并非人的主体性思考的产物。在基尼亚尔的作品中，此种生命状态通常被类比为胎儿所处的状态。塞壬之歌和母亲的嗓音都是天籁之声，它们像万物之母的使者，呼唤着离开生命本真的人们，对他们具有不可抗拒的吸引力。来自生命本真的召唤引导着生命失真者消解自我的主体性、进入深渊。在深渊里，塞壬之歌不复存在，取而代之的是无所不在的塞壬的沉默，因为深渊是万物孕育之处，而寂静也是一切声音的诞生之处。作为理想存在状态的生命本真是对生命的体悟和敬重，遵从个体自身的真实想法、生活目标和情感需求，不在各类秩序规定中迷失自我，但基尼亚尔并没有因此消极避世或者宣扬无视规则。虽然作者经常书写过往的人与事，但他并不是希望回到从前，而是从中学习如何在当下寻得理想的生活方式。基尼亚尔身体力行地倡导"游世"的态度，既适当参与群体活动，又尽可能地免遭现代社会的纷乱之苦。

与"生命本真"相对应，"生命失真"的含义也体现为两方面：有意识的存在状态和人性异化后的存在状态，它们分别与超验的生命本真和经验的生命本真相对应。在早期生命状态里，我们是没有意识的，而一旦意识诞生，"失真"也就随之出现。我们从世界整体中脱离出来，世界成了我们的观察对象。我们对母亲嗓音的依赖发展为对母语的学习，而随着语言能力渐长，我们的思维方式越来越具备分割的特征、越来越倚重理性。我们从初具谋略的尤利西斯成长为对抗乃至击溃塞壬之歌的俄耳甫斯，人造之乐代替了塞壬之歌，我们于是离最初无意识的状态越来越远。我们无法在经验范畴中完全回到无意识的状态，基尼亚尔对此表示认同，也没有试图在书写现实生活时突破人力的范畴。他所批判的"生命失真"实际上不是作为常态的、不可逆转的"失真"状态，而是人性异化后的存在状态。随着对理性之神阿波罗的崇拜与日俱增，我们的理性思维达到顶峰,几乎遗忘了将自己孕育的生命本真。在基尼亚尔的笔下,阿波罗的弓和琴一样,具有令人震颤的威力,同时,阿波罗的弓诞生于琴,象征着语言诞生于音乐,更意味着生命失真诞生于生命本真,并且这种失真开始反过来抹杀本真。在作者看来,这是个最好的时代,却也是最坏的时代。一方面,人类数万年来积累的精神财富以及现代科学的发展为我们探寻生命、了解自身提供了可能;另一方面,知识大爆炸让人们过于崇尚理性,不仅塞壬之歌被改造为统治者的工具,连人的本性也在科学技术的发展中被逐渐消除。思辨活动在阿波罗箴言"认识你自己"的启示下开始,但我们却似乎总是忘记了另一句箴言——"凡事勿过度",而过度理性将我们从人贬为了物,也因此阻止了我们认识自己,以认识自己开始的认知活动走向了初衷的对立面。"失真"状态逐渐失控,导致出现了"二战"中的大屠杀事件,这是基尼亚尔尤为批判的惨案,也是他反思现代性、寻找理想生活的现实起点。

在当前社会中,我们对生命失真状态的直接感受来自无所不在的机械复制和消费。基尼亚尔生于"二战"结束后的第三年,童年时期在法国港口城市勒阿弗尔(Le Havre)度过。这座城市饱受战争摧残,几乎被夷为平地。如今的勒阿弗尔虽然是现代城市建设的典范,但建在废墟上的事实却不可磨灭。作者对失真之乐的憎恶也同样建立在"二战"留下的创伤之上,他不仅控诉了当前社会中的音乐暴行,也指出失真之乐狂轰滥炸的背后是它的自我复制,其目的是让人们受控于音乐、受制于统治者。虽然在进入现代文明之前,音乐就已经为政治服务,但是技术的发展无疑增强了它的力量。基尼亚尔在现实中所逃离的音乐,是一种用以消灭反对声音的权力工具,它体现了理性思维对科技的崇拜如何扩张到一切人类活动中。音乐本是一种不可见的艺术,它的视觉化始于乐谱记法的出现。西方乐谱记法的历史可上溯至古希腊时期,但它的大规模复制与销售则出现在资本扩张之后。不过,此时的商品不能等同于音乐,因为仅仅依靠看乐谱是听不到音乐的,并且,由于演奏者的差异,同样的乐谱也会演绎出不同的音乐。直到十九世纪末,录音技术诞生后,听觉的复制不再是难题,音乐艺术的差异性被逐渐瓦解,取而代之的是一模一样的重复。

通过解读基尼亚尔笔下的塞壬之歌、马莱师从圣-科隆伯,以及伯牙绝琴、成连入海的典故,我们发现作者青睐的音乐是一种与自然融为一体、表现内心真实情感、不为强权所迫的艺术,与资本可以说是毫无瓜葛。然而,现如今的音乐被工业化大批量生产、输出和复制后已经不再是一门艺术,而是一种商品。它的价值更多地体现为能为商人带来多少资金上的回报,而不是能给听众带去怎样的体验感受。在消费社会中,人们盲目地崇拜着物质,正是这种拜物心理驱使着大众渴望获得广告中宣传的产品、明星使用或推荐的产品,"复制"因而成了大众生活中的一个关键词。音乐在资本的操控下成了一具空壳,失去了自身存在的价值,丧失了艺术品独一无二的特性,缺乏内在的生命力,只是作为一种可向大众消费的表演形式而出现,构成了一个毫无新意的商业运作体系,原本以异质性为特征的艺术也沦为了同质的商品。

在基尼亚尔的笔下,音乐本是一种可以代表"生命本真"的艺术,因为只有这门艺术可以只在时间中发生,无须空间的支撑,而空间概念则是基于理性思维而发展起来的。真正的音乐和时间一样具有绵延的特征,是一个持续不断的连续体。但是，在机械复制和消费社会的时代里，音乐被凝固了，变成了空间里可同时出现的相同物品，如同现代社会中的时间都是被空间化的时间，也是工业化和理性化的时间。被固化和模式化之后的音乐与美无关，却更像是一台机器，因为它不再对生命本身有所迷恋，却谋求资本利益或功用效益的最大化。音乐从人们乐意享受的艺术变成了唯恐躲之不及的暴力行径。人们被它包围、攻击，生活也变得嘈杂不堪。

通过书写音乐的失真境况，基尼亚尔的文字折射出现代人的普遍生存状态：如商品一样被贴上标签、标注价格，个体的独特性被消解，丧失了内在生命。人们沉浸在自身活动带来的成就感中，本质性的生命活动与体验却遭到贬低，空气中弥漫着功利主义。作者对"二战"中纳粹集中营的控诉反映出了人们极端失真的状况。但是，正如我们已经所知的那样，此种情形在历史上的位置并不是某个意外的突变，而是现代性的合理产物。在现代社会里，人们总是去追求令人满意的数字化成绩，有意或无奈地把自己变成流水线上重复劳作的机器，因为社会对人的评价标准是量化的，而量化则是理性思维和工业化大生产的产物。如同将时间进行空间化一样，量化的结果就是无视过程和体验，只关注最后那个可用于比较的数字。在将个体经验量化的同时，个体之间的差异性也被消解，鲜活的生命被抽象成冰冷的数字。这样的评判标准是有利于统治和管理的，因为人类社会的扩张使得统治者无法与每一个臣民之间都保持着良好的沟通，他只能借助易于掌控的数字来管理自己的领地。这一点也反映出了人类走上生命失真之路的必然性。

基尼亚尔对现代性的批判是一种寓言式的书写，具有不可否认的警世作用，这一作用在人工智能、机器理性的时代里尤为重要。在当下,科学技术的高度发达让机器人盛行的时代不再是一个遥远的幻想,对人的自然属性的修改和选择也不再是科幻作品里的场景。如同人类创造了语言却在今日被语言操控一样,人类作为机器的发明者,却反而有被机器奴役的倾向,甚至连人自身也在逐渐像机器一样被对待。尼采曾对理性思维的盛行深表忧虑,他在作品中反复提及酒神狄奥尼索斯的形象,以此倡导本性的回归。

然而,在一百多年后的今天,尼采式的担忧不减反增,基尼亚尔对现代音乐的憎恶、对语言构建的现实世界的批判,也反映出他对人类文明发展方向的忧虑、对回归生命本真的向往。媒体技术的发达和流水作业式的紧张生活让人们沉浸在快餐文化和消费性娱乐中,希望借此放松疲惫的身心。但实际上,这种灯火璀璨的生活是对精神的麻痹和催眠,它弱化了我们的思考能力,让我们把自己的生活交给领导者和统治者安排,自己却成了一群提线木偶。大众娱乐是一场不眠不休的群体狂欢,让人们沉醉于低级趣味和庸俗文化,若是有人拒绝参与其中,他就有可能被视为异类、遭到排斥,但往往是这些少数人具有对社会、对现实的审视能力和批判能力。如果此种情形不能得到改变,作为普罗大众的我们也许最终就会沦为近乎与机器无二的"新型人类"。

现代社会中嘈杂的音乐、线性化和同质化的人生追求,以及异化的人类境遇,让基尼亚尔渴望回到寂静、回归本真的自我。与"生命本真"的内涵相对应,在他的作品中,我们看到了两种意义上的"生命归真":超验的和经验的。超验的生命归真指回到最初的生命状态,要求生命失真者完全脱离有意识的状态。酒神狄奥尼索斯总是作为理性之神阿波罗的对立面而出现，他召唤人们释放天性、彻底消弭人与动物之间的区别。虽然酒神女祭司的行径如野兽般残暴，但是在当今严峻的生命失真状况之下，基尼亚尔通过肯定她们的行径来促使我们反思理性的恣意妄为、揭下语言建构的虚假面具并由此开始寻求生命归真。但是在经验范畴中，彻底的生命归真是不可能实现的，而无意识中的生命本真也不是以意识活动来观察世界的生命失真者能够完全理解的。完成这项任务的唯一途径便是死亡，这其中尤以自杀最佳，如同布戴斯跳海游向塞壬之岛。作为舞者，布戴斯响应了塞壬之歌的召唤；作为跳海者，他跳向了孕育自己的母体；作为自杀者，他以毁灭自我的主体性走向了永恒。准确来说，布戴斯是一位寻求生命本真的人，而非回归生命本真的人。从表面上看，这是因为他最终被救起，而在实质上，则是因为基尼亚尔对该人物的塑造重点放在了他的跳海这一行为上，也就是他寻求生命本真的方式而非结果上。在自杀中，生命的全部可能与意义都被掌握在自杀者自己手中，他通过消解有意识的"我"来回到无意识的"我"，从而实现自我的整全。经验的生命归真则是一种既不消极避世或厌世也不积极入世的处世之道。正所谓"五色令人目盲；五音令人耳聋；五味令人口爽；驰骋畋猎令人心发狂，难得之货令人行妨。是以圣人为腹不为目，故去彼取此"①。只有不为功利之"有"而奔命，才能够获取"无"的悠然自得。在理性思维与科学技术主宰人类活动的今天，人的感性体验没有受到应有的重视，致使人被异化为均等的、可被替代的物或商品，人的价

---

① 《老子道德经注校释》，〔魏〕王弼注，楼宇烈校释，北京：中华书局，2016年，第27—28页。

值更多地体现为具有实际效果的有用性，而精神上的需求却被忽视。基尼亚尔塑造的乐器修理师冯迎是一位得道真人，他在轮回中永生，实现了真正意义上的天人合一。虽然此种境界是常人不可抵达的，但是作者通过该人物的形象提倡了回归自我、回归自然的思想，这也是我们在经验范畴中实现生命归真的途径。

  基尼亚尔在作品中经常表现出对原型的青睐，而我们通过对文本进行深入分析后发现，作者此举的目的是希望在原型的启示下寻找理想的生活状态。神话是民族乃至全人类的共同精神财富，它高度集中反映了我们对世界和自身的思考。神话原型既能帮助我们看到人类的过去和可能的未来，也能帮助我们去思考当下事件的成因。道家思想和基尼亚尔提及的中国典故于作者而言虽然属于异域文化，但是它们对作者的创作产生了不可忽视的影响，促使他对当代的人类境况进行审视。而音乐是基尼亚尔在文学创作中探寻生命的重要元素和途径，作者不仅在音乐神话和音乐典故的启示下找到了超验的生命归真之路，更经由这些艺术形式看到了经验的生命归真之路。基尼亚尔在对它们进行解读的同时，揭示出在机械复制与消费时代里，生命本真的丧失殆尽呼唤着人们走上归真之路。而我们需要撕开现代文明繁荣昌盛的假象，去尝试平衡个体与社会、感性与理性，构建出一个适合自身的生活方式。

参考文献

一、帕斯卡·基尼亚尔作品

著 作

1.《最后的王国》系列

[1] *Les ombres errantes*（*Dernier royaume* Ⅰ），Paris：Grasset，2002.

[2] *Sur le jadis*（*Dernier royaume* Ⅱ），Paris：Gallimard，2004.

[3] *Abîmes*（*Dernier royaume* Ⅲ），Paris：Gallimard，2004.

[4] *Les Paradisiaques*（*Dernier royaume* Ⅳ），Paris：Gallimard，2007.

[5] *Sordidissimes*（*Dernier royaume* V），Paris：Gallimard，2007.

[6] *La barque silencieuse*（*Dernier royaume* Ⅵ），Paris：Gallimard，2011.

[7] *Les désarçonnés*（*Dernier royaume* Ⅶ），Paris：Gallimard，2014.

[8] *Vie secrète*（*Dernier royaume* Ⅷ），Paris：Gallimard，1998.

[9] *Mourir de penser*（*Dernier royaume* Ⅸ），Paris：Grasset，2014.

[10] *L'enfant d'Ingolstadt*（*Dernier royaume* Ⅹ），Paris：Grasset，2018.

[11] *L'homme aux trois lettres*（*Dernier royaume* Ⅺ），Paris：Grasset，2020.

[12]《秘密生活》，王海洲译，上海：上海文艺出版社，2014年。

[13]《游荡的影子》，张新木译，南京：译林出版社，2007年。

2.《小论》系列

[1] *Petits traités* Ⅰ（Tome Ⅰ-Ⅳ），Paris：Gallimard，1997.

[2] *Petits traités* Ⅱ（Tome Ⅴ-Ⅷ），Paris：Gallimard，1997.

3. 与音乐相关

[1] *Boutès*，Paris：Galilée，2008.

[2] *Dans ce jardin qu'on aimait*，Paris：Grasset，2017.

[3] *La haine de la musique*，Paris：Gallimard，1997.

[4] *Leçons de solfège et de piano*，Paris：Arléa，2013.

[5] *Sur le désir de se jeter à l'eau*，avec Irène Fenoglio，

Paris: Presses Sorbonne Nouvelle, 2011.

［6］《阿玛利娅别墅》，曹德明译，上海：上海文艺出版社，2010年。

［7］《符腾堡的沙龙》，毕笑译，上海：上海文艺出版社，2010年。

［8］《世间的每一个清晨》，余中先译，桂林：广西师范大学出版社，2019年。

［9］《音乐课》，王明睿译，郑州：河南大学出版社，2018年。

4. 其他

［1］*Critique du jugement*，Paris: Galilée, 2015.

［2］*L'Occupation américaine*，Paris: Seuil, 1996.

［3］*La frontière*，Paris: Gallimard, 1994.

［4］*La Nuit sexuelle*，Paris: Éditions J'a lu, 2009.

［5］*La Suite des chats et des ânes*，avec Mireille Calle-Gruber, Paris: Presses Sorbonne Nouvelle, 2013.

［6］*Le nom sur le bout de la langue*，Paris: P. O. L, 1993.

［7］*Les escaliers de Chambord*，Paris: Gallimard, 1991.

［8］*Les Larmes*，Paris: Grasset, 2016.

［9］*Performances de ténèbres*，Paris: Galilée, 2017.

［10］*Rhétorique spéculative*，Paris: Gallimard, 1997.

［11］《眼泪》，王明睿译，南京：南京大学出版社，2022年。

文　章

［1］«La métayère de Rodez»，in *Études françaises*, vol. 40, n° 2, 2004, pp. 9 - 11.

［2］«Le hors frontière»，in *Pascal Quignard. Littérature*

hors frontières, Irène Fenoglio et Verónica Galindez-Jorge (dir.), Paris: Hermann, 2014, pp. 11 - 17.

[3]《Le mot littérature est sans origine》, in *Pascal Quignard: La littérature à son Orient*, Christian Doumet et Midori Ogawa (dir.), Saint-Denis: Presses Universitaires de Vincennes, 2015, pp. 13 - 20.

[4]《Lettre à Dominique Rabaté》, in *Europe*, n° 976 - 977, août-sep: Pascal Quignard, Paris: Revue Europe, 2010, pp. 8 - 15.

[5]《Préface》à Li Yi-Chan, *Notes*, 由 Georges Bonmarchand 译自中文, Paris: Gallimard, 1992, pp. 7 - 20。

[6]《Qu'est-ce qu'un littéraire?》, in *Critique* n° 721 - 722, numéro spécial《Pascal Quignard》, Paris: Minuit, 2007, pp. 421 - 431.

二、帕斯卡·基尼亚尔作品研究成果

访谈与对话

[1]《De l'oubli》, entretien avec Jordi Savall, in *Pascal Quignard ou la littérature démembrée par les muses*, Mireille Calle-Gruber, Gilles Declercq et Stella Spriet (dir.), Paris: Presses Sorbonne Nouvelle, 2011, pp. 173 - 177.

[2]《De la phrase》, dialogue, Pascal Quignard et Mireille Calle-Gruber reçoivent Michaël Levinas, in *Pascal Quignard ou*

la littérature démembrée par les muses, Mireille Calle-Gruber, Gilles Declercq et Stella Spriet (dir.), Paris: Presses Sorbonne Nouvelle, 2011, pp. 139 – 145.

[3] «De l'espace», avec Valère Novarina, in *Pascal Quignard ou la littérature démembrée par les muses*, Mireille Calle-Gruber, Grilles Delercq et Stella Spriet (éds), Paris: Presses Sorbonne nouvelle, 2011, pp. 213 – 219.

[4] «Feuilles qui tombent», rencontre avec Jean-Claude Ameisen, in *Pascal Quignard*. *Translations et métamorphoses*, Mirelle Calle-Gruber, Jonathan Degenève et Irène Fenoglio (dir.), Paris: Hermann, 2015, pp. 153 – 170.

[5] «Pascal Quignard», entretien avec Catherine Argand, in *Lire*, février 1998, pp. 85 – 91.

[6] «Grand entretien», entretien avec Vincent Landel, in *Le Magazine Littéraire*, n°525, novembre 2012, pp. 82 – 87.

[7] «La littérature est le langage qui ignore sa puissance», entretien avec Christpfe Kantcheff, in *La Matricule des Anges*, n° 10, 15 décembre 1994 – 15 février 1995, pp. 4 – 7.

[8] «Pascal Quignard: Écrire n'est pas un choix, mais un symptôme», entretien avec Jean-Pierre Salgas, in *Quinzaine*, n° 565, le 1er novembre 1990, pp. 17 – 19.

专著与文章

[1] Bonnefis, Philippe, *Une colère d'orgues: Pascal Quignard et la musique*, Paris: Galilée, 2013.

[2] Boulard, Stéphanie, «Les oiseaux de Pascal Quignard.

Écrire, danser, mourir-rêver d'ombre et d'oubli», in *Pascal Quignard. Translations et métamorphoses*, Mirelle Calle-Gruber, Jonathan Degenève et Irène Fenoglio (dir.), Paris: Hermann, 2015, pp. 419 - 434.

[3] Boulard, Stéphanie, «Du feu, des cendres. Sur le nom de Sybille et le *Requiem* de Pascal Quignard», in *Tangence*, n° 115, 2017, pp. 75 - 99.

[4] Cherer, Sophie, «Le zorro de bibliothèque», in *7 à Paris*, du 13 au 19 février, 1991, pp. 24 - 25.

[5] *Dictionnaire sauvage: Pascal Quignard*, Mireille Calle-Gruber et Anaïs Frantz (dir.), Paris: Hermann, 2016.

[6] Fenoglio, Irène, «Habiter le jadis», in *Carnets de Chaminadour: Pascal Quignard*, n° 6, juillet 2011, pp. 67 - 94.

[7] Fisette, Jean, «Faire parler la musique…», in *Protée*, 25 - 2, automne, 1997, (Numéro thématique intitulé: "Musique et procès de sens"), pp. 85 - 97.

[8] Gazier, Michèle, Xavier Lacavalerie, «Pascal Quignard, l'écrivain dégagé», in *Télérama*, n°2511, 25 février 1998, pp. 10 - 13.

[9] Lala, Marie-Christine, «De l'élan du réel au mouvement du monde», in *Pascal Quignard. Translations et métamorphoses*, Mirelle Calle-Gruber, Jonathan Degenève et Irène Fenoglio (dir.), Paris: Hermann, 2015, pp. 255 - 268.

[10] Landel, Vincent, «Quignard: l'adieu au monde», in *Magazine littéraire*, février 1998, p. 69.

[11] Lapeyre-Desmaison, Chantal, «*Boutès*, de Pascal

Quignard: Un Traité sur la danse», in *Lendemains*, n° 136, janvier 2010, pp. 37 – 45.

[12] Lapeyre-Desmaison, Chantal, «Pascal Quignard: une poétique de l'*agalma*», in *Études françaises*, vol. 40, n° 2, 2004, pp. 39 – 53.

[13] Lapeyre-Desmaison, Chantal, *Mémoires de l'origine: un essai sur Pascal Quignard*, Paris: Les Flohic, 2001.

[14] Lapeyre-Desmaison, Chantal, *Pascal Quignard: La voix de la danse*, Villeneuve d'Ascq: Presses Universitaires du Septentrion, 2013.

[15] Lapeyre-Desmaison, Chantal, *Résonnances du réel— De Balzac à Pascal Quignard*, Paris: L'Harmattan, 2015.

[16] Lecœur, Martine, «La voix du silence», in *Télérama*, n°2069, 6 septembre 1989, pp. 131 – 133.

[17] Margantin, Laurent, «Pascal Quignard: ultime nostalgie», in *Nuit blanche, le magazine du livre*, n° 91, 2003, pp. 6 – 9.

[18] Messager, Mathieu, François Mouttapa, *Tous les matins du monde: 40 questions, 40 réponses, 4 études*, Paris: Ellipses, 2010.

[19] Ogawa, Midori, «L'ode de Pascal Quignard», in *Pascal Quignard: La littérature à son Orient*, Christian Doumet et Midori Ogawa (dir.), Saint-Denis: Presses Universitaires de Vincennes, 2015, pp. 23 – 37.

[20] Ogawa, Midori, «Tout est couvert du sang lié au son», in *Pascal Quignard ou la littérature démembrée par les muses*, Mireille Calle-Gruber, Gilles Declercq et Stella Spriet

(dir.), Paris: Presses Sorbonne Nouvelle, 2011, pp. 161-170.

[21] Pautrot, Jean-Louis, « "Transmettre ce qui fut oublié": *Villa Amalia* et l'exception romanesque de Pascal Quignard», in *Contemporary French and Francophone Studies*, vol. 12, n° 3, August 2008, pp. 375-383.

[22] Pautrot, Jean-Louis, «De *La Leçon de musique* à *La haine de la musique*: Pascal Quignard, le structuralisme et le postmoderne», in *French Forum*, vol. 22, n° 3, September 1997, pp. 343-358.

[23] Pautrot, Jean-Louis, « Humain-animal: l'ultime frontière», in *Pascal Quignard. Littérature hors frontières*, Irène Fenoglio et Verónica Galindez-Jorge (dir.), Paris: Hermann, 2014, pp. 21-41.

[24] Pautrot, Jean-Louis, « La musique de Pascal Quignard», in *Études françaises*, vol. 40, n° 2, 2004, pp. 55-76.

[25] Pautrot, Jean-Louis, *Pascal Quignard ou le fonds du monde*, Amsterdam-New York: Éditions Rodopi B. V., 2007.

[26] Pautrot, Jean-Louis, *Pascal Quignard*, Paris: Gallimard, mars 2013.

[27] Peduto, Angela, «Métamorphoses du silence», in *Pascal Quignard. Translations et métamorphoses*, Mireille Calle-Gruber, Jonathan Degenève et Irène Fenoglio (dir.), Paris: Hermann, 2015, pp. 331-346.

[28] Plazenet, Laurence, «Poème obscur: le grec et la littérature grecque dans l'œuvre de Pascal Quignard», in *Éclats de littérature grecque d'Homère à Pascal Quignard: Mélanges*

offerts à Susanne Saïd, Sandrine Dubel, Sophie Gotteland et Estelle Oudot (dir.), Nanterre: Presses universitaires de Paris Nanterre, 2012, pp. 313 – 366.

[29] Rabaté, Dominique, « Pascal Quignard et l'impossible», in *Carnets de Chaminadour: Pascal Quignard*, n° 6, juillet 2011, pp. 49 – 65.

[30] Rabaté, Dominique, *Pascal Quignard: Étude de l'œuvre*, Paris: Bordas, 2008.

[31] Reboul, Anne-Marie, «Étranger à soi-même: La mue de la voix masculine dans l'œuvre de Pascal Quignard», in *L'Étranger tel qu'il (s') écrit*, Ana Clara Santos, José Dominigues de Almeida (orgs.), Poto: Universidade do Porto. Biblioteca digital de la Faculdade de Letras. Faculdade de Letras, 2014, pp. 49 – 66.

[32] Saint-Onge, Simon, «Le temps contemporain ou le Jadis chez Pascal Quignard», in *Études françaises*, vol. 44, n° 3, 2008, pp. 159 – 172.

[33] Soraru, Isabelle, «De quelques musiques secrètes: Pascal Quignard et Richard Millet», in *L'Esprit Créateur*, vol. 47, n° 2, Summer 2007, pp. 115 – 126.

[34] Spriet, Stella, «La voix mutique de Pascal Quignard», in *Pascal Quignard ou la littérature démembrée par les muses*, Mireille Calle-Gruber, Gilles Declercq et Stella Spriet (dir.), Paris: Presses Sorbonne Nouvelle, 2011, pp. 189 – 195.

[35] Viart, Dominique, «Les "fictions critiques" de Pascal Quignard», in *Études françaises*, vol. 40, n° 2, 2004, pp. 25 – 37.

［36］Vincent, Benoît, *Le revenant* (*sur Pascal Quignard*),于 publie.net 网络首发，2009。

［37］Wloczewska, Agnieszka, «Image et fragment. Outils de la déprogrammation de la littérature», in *La Rencontre: Études sur l'œuvre de Pascal Quignard*, Lublin: Wydawnictwo UMCS, 2011, pp. 11–18.

［38］张璐：《基尼亚尔与其中国影子的自我认同》，《跨文化对话》2012 年第 29 期。

三、理论与其他文献

著作

［1］Barthes, Roland, *L'obvie et l'obtus*, Paris: Seuil, 1982.

［2］Bataille, Georges, *La haine de la poésie*, Paris: Minuit, 1947.

［3］Forest, Philippe, *Le chat de Schrödinger*, Paris, Gallimard, 2013.

［4］Hamilton, Edith, *La mythologie*, 由 Abeth de Beughem 译自英文, Alleur (Belgique): Marabout, 1997。

［5］Jankélévitch, Vladimir, *La musique et l'ineffable*, Paris: Seuil, 2015.

［6］Viltanioti, Irini-Fotini, *L'harmonie des Sirènes du pythagorisme ancien à Platon*, Boston/Berlin: Walter de

Gruyter Inc.，2015.

[7]《俄耳甫斯教辑语》，吴雅凌编译，北京：华夏出版社，2006年。

[8]《国语》，陈桐生译，北京：中华书局，2014年。

[9]《淮南子》，陈广忠译，北京：中华书局，2014年。

[10]《老子道德经注校释》，〔魏〕王弼注，楼宇烈校释，北京：中华书局，2016年。

[11]《礼记译解》，王文锦译解，北京：中华书局，2016年。

[12]《论语译注》，杨伯峻译注，北京：中华书局，2017年。

[13]《吕氏春秋》，陆玖译注，北京：中华书局，2011年。

[14]《荀子》，方勇、李波译注，北京：中华书局，2015年。

[15]《周礼》，徐正英、常佩雨译注，北京：中华书局，2014年。

[16]《庄子注疏》，〔晋〕郭象注，〔唐〕成玄英疏，曹础基、黄兰发点校，北京：中华书局，2011年。

[17]艾玛纽埃尔·勒维纳斯：《上帝·死亡和时间》，余中先译，北京：生活·读书·新知三联书店，1997年。

[18]柏格森：《材料与记忆》，肖聿译，北京：北京联合出版公司，2013年。

[19]柏格森：《时间与自由意志》，吴士栋译，北京：商务印书馆，1958年。

[20]柏拉图：《柏拉图全集·第二卷》，王晓朝译，北京：人民出版社，2003年。

[21]柏拉图：《法律篇》，张智仁、何勤华译，上海：上海人民出版社，2001年。

[22]戴维斯：《音乐哲学的论题》，谌蕾译，长沙：湖南文艺出版社，2011年。

[23]恩斯特·卡西尔:《人论》,甘阳译,北京:西苑出版社,2003年。

[24]冯梦龙:《警世通言》,北京:中华书局,2009年。

[25]冯友兰:《中国哲学简史》,涂又光译,北京:北京大学出版社,2013年。

[26]弗洛伊德:《梦的解析》,周艳红、胡惠君译,上海:上海三联书店,2007年。

[27]福斯特:《福斯特短篇小说集》,谷启楠译,上海:上海译文出版社,2016年。

[28]海德格尔:《存在与时间》,陈嘉映、王庆节译,北京:生活·读书·新知三联书店,2006年。

[29]汉娜·阿伦特:《人的境况》,王寅丽译,上海:上海人民出版社,2017年。

[30]汉斯立克:《论音乐的美:音乐美学的修改刍议》,杨业治译,北京:人民音乐出版社,1980年。

[31]荷马:《奥德赛》,陈中梅译,上海:上海译文出版社,2016年。

[32]荷马:《伊利亚特》,陈中梅译,上海:上海译文出版社,2016年。

[33]嵇康:《声无哀乐论》,吉联抗译注,北京:人民音乐出版社,1964年。

[34]加斯东·巴什拉:《水与梦》,顾嘉琛译,郑州:河南大学出版社,2016年。

[35]皆川达夫:《巴洛克音乐》,吴忆帆译,台北:志文出版社,2001年。

[36]居伊·德波:《景观社会》,张新木译,南京:南京大学出版社,2017年。

[37] 卡尔·古斯塔夫·荣格：《原型与集体无意识》，徐德林译，北京：国际文化出版公司，2011年。

[38] 卡夫卡：《塞壬的沉默》，谢莹莹译，收于《卡夫卡小说全集·第三卷》，北京：人民文学出版社，2013年。

[39] 克洛德·列维-斯特劳斯：《看，听，读》，顾嘉琛译，北京：中国人民大学出版社，2006年。

[40] 里尔克：《里尔克诗选》，林克译，成都：四川人民出版社，2017年。

[41] 卢梭：《论语言的起源兼论旋律与音乐的模仿》，吴克峰、胡涛译，北京：北京出版社，2009年。

[42] 马慧元：《音乐的容器》，上海：上海书店出版社，2014年。

[43] 马克斯·霍克海默、西奥多·阿道尔诺：《启蒙辩证法——哲学断片》，渠敬东、曹卫东译，上海：上海人民出版社，2006年。

[44] 米歇尔·梅耶：《如何思考现实？》，史忠义译，沈阳：辽宁人民出版社，2017年。

[45] 莫里斯·布朗肖：《从卡夫卡到卡夫卡》，潘怡帆译，南京：南京大学出版社，2014年。

[46] 莫里斯·布朗肖：《未来之书》，赵苓岑译，南京：南京大学出版社，2015年。

[47] 莫里斯·布朗肖：《文学空间》，顾嘉琛译，北京：商务印书馆，2003年。

[48] 尼采：《尼采全集·第1卷》，杨恒达等译，北京：中国人民大学出版社，2013年。

[49] 尼采：《尼采全集·第2卷》，杨恒达译，北京：中国人民大学出版社，2011年。

[50]尼采：《权力意志》，孙周兴译，上海：上海人民出版社，2018年。

[51]欧里庇得斯：《欧里庇得斯悲剧五种》，罗念生译，上海：上海人民出版社，2015年。

[52]齐格蒙·鲍曼：《现代性与大屠杀》，杨渝东、史建华译，南京：译林出版社，2011年。

[53]乔治·斯坦纳：《语言与沉默》，李小均译，上海：上海人民出版社，2013年。

[54]让·克洛德·阿梅森：《时间的律动》，曲晓蕊译，北京：中信出版社，2016年。

[55]阮籍：《乐论》，收于《声无哀乐论》，吉联抗译注，北京：人民音乐出版社，1964年。

[56]叔本华：《叔本华思想随笔》，韦启昌译，上海：上海人民出版社，2014年。

[57]苏珊·朗格：《情感与形式》，刘大基、傅志强、周发祥译，北京：中国社会科学出版社，1986年。

[58]王博：《庄子哲学》，北京：北京大学出版社，2004年。

[59]维柯：《新科学》，费超译，北京：中国社会出版社，1999年。

[60]维特根斯坦：《逻辑哲学论》，韩林合译，北京：商务印书馆，2013年。

[61]乌尔里希·哈泽、威廉·拉奇：《导读布朗肖》，潘梦阳译，重庆：重庆大学出版社，2014年。

[62]吴兢：《乐府古题要解》，同治年间广东刻。

[63]肖恩·霍默：《导读拉康》，李新雨译，重庆：重庆大学出版社，2014年。

[64]徐上瀛：《溪山琴况》，徐樑编著，北京：中华书局，

2013年。

［65］亚里士多德：《政治学》，高书文译，北京：中国社会科学出版社，2009年。

［66］尤瓦尔·赫拉利：《人类简史：从动物到上帝》，林俊宏译，北京：中信出版社，2017年。

［67］于润洋：《现代西方音乐哲学导论》，北京：人民音乐出版社，2012年。

［68］詹姆斯·乔治·弗雷泽：《金枝》，赵昍译，西安：陕西师范大学出版社，2010年。

［69］赵汀阳：《四种分叉》，上海：华东师范大学出版社，2017年。

［70］周云之：《公孙龙子正名学说研究——校诠、今译、剖析、总论》，北京：社会科学文献出版社，1994年。

［71］朱长文：《琴史》，林晨编著，北京：中华书局，2010年。

文章

[1] Brami, Joseph, «Origines de la musique en l'homme, selon Pascal Quignard», in *Revue italienne d'études françaises*, n°2, 2012, pp. 2-9.

[2] Grant, M. J., Mareike Jabobs, Rebecca Möllemann, Simone Christine Münz, and Cornelia Nuxoll, «Music, the "Third Reich", and "The 8 Stages of Genocide"», in *Music and Genocide*, Wojciech Klimczyk / Agata Świerzowska (eds.), Frankfurt am Main, Berlin, Bern, Bruxelles, New York, Oxford, Wien: Peter Lang, 2015, pp. 23-68.

[3] MacDougall, Robert, «The Structure of simple rhythm forms», in *Psychol Monographs*, n° 4, 1903, pp. 309 - 416.

[4] Naliwajek-Mazurek, Katarzyna, «The Functions of Music within the Nazi System of Genocide in Occupied Poland», in*Music and Genocide*, Wojciech Klimczyk / Agata Świerzowska (eds.), Frankfurt am Main, Berlin, Bern, Bruxelles, New York, Oxford, Wien: Peter Lang, 2015, pp. 83 - 103.

[5] 陈炎:《儒家、道家与日神、酒神》,《华夏文化论坛》2009 年第 00 期。

[6] 房春光:《见证的文学,文学的见证——纳粹大屠杀幸存者文学在施害者研究中的意义》,《外国文学评论》2018 年第 3 期。

[7] 高志民:《论古希腊音乐哲学的"和谐"观》,《东北师大学报(哲学社会科学版)》2015 年第 2 期。

[8] 龚妮丽:《论音乐哲学与音乐美学的学科视野及交叉关系——兼谈 2001 年新版〈格罗夫音乐词典〉置换"音乐美学"词条的原因》,《星海音乐学院学报》2009 年第 2 期。

[9] 李向利:《苏格拉底与塞壬传说》,《安徽大学学报(哲学社会科学版)》2015 年第 6 期。

[10] 陇菲(牛龙菲):《听之以心——〈乐道——中国古典音乐哲学论稿〉之四》,《星海音乐学院学报》2003 年第 1 期。

[11] 吕鹤颖:《见证文学与文学的见证》,《文艺争鸣》2016 年第 10 期。

[12] 唐卉:《阿波罗形象的演变系谱——古希腊神话历史研究之一》,《文艺理论研究》2012 年第 2 期。

［13］陶艳柯：《狄奥尼索斯的主题学阐释》，《河南工程学院学报（社会科学版）》2015年第3期。

［14］汪晓云：《〈希腊神话〉与"酒神之谜"》，《世界宗教研究》2014年第3期。

［15］王宇：《论酒神狄奥尼索斯对西方文化的影响》，《辽宁师范大学学报（社会科学版）》2009年第1期。

［16］西格尔：《狄俄倪索斯的面具》，收于《自由与僭越：欧里庇得斯〈酒神的伴侣〉绎读》，罗峰编译，北京：华夏出版社，2017年。

［17］赵卫国：《海德格尔本真概念的多重意蕴》，《复旦学报（社会科学版）》2010年第1期。

后 记

想起入职时去档案室在电脑里录入各类信息。其中一份表格上需要填写个人基本情况,"死亡日期"猛然闯进视线。我愣住了。这是我第一次在描述自己的文件中与自己的死亡遥遥相望。我可以预见这一天吗?填入这个日期的人会是谁?我是不是可以现在就虚构一个日期填进去?在这个小格子里,我的死亡仅仅一个日期,随便填一个似乎也不会引发系统的连锁反应。我的人生,终将被凝缩为这份仅有一页的表格?不,不会的。

想起导师的空中花园和她满屋子的生机勃勃,总是羡慕她的"绿手指",佩服她在工作的重压下依然能够乐此不疲地算着花丛里的"斑蝉"已经到了几世,把夏日里的蔬菜插在带水的玻璃瓶里保鲜又美观,呼朋唤友般招呼学生们到家里尝她的美味佳肴……是生命强者的模样。

又想起一位师长对我的教导:"只有当你自己也做了母亲之后,才能更深刻地理解基尼亚尔。"一语中的。我的女儿是个天使,是我的完美宝宝,每天都毫不吝啬地表达护母之情。她是我和爱人的生命延续,也是我的生命老师。有了她,我才慢慢懂得为何莉莉的爱是她为保护哈利而施展的最古老的魔法。

　　基尼亚尔作品里的生命本真虽在语言之外、在音乐里、在天际,可回到脚下,他此刻在乡村里过着黎明起身写作、下午三两好友聚会的日子,不也正是出于对生命的爱吗?

图书在版编目(CIP)数据

生命之歌：基尼亚尔的音乐新神话 / 王明睿著. —南京：南京大学出版社，2022.12
ISBN 978-7-305-26054-4

Ⅰ.①生… Ⅱ.①王… Ⅲ.①帕斯卡•基尼亚尔-文学研究 Ⅳ.①I565.065

中国版本图书馆 CIP 数据核字(2022)第 147658 号

出版发行　南京大学出版社
社　　址　南京市汉口路 22 号　　邮　编　210093
出 版 人　金鑫荣

书　　名　生命之歌：基尼亚尔的音乐新神话
著　　者　王明睿
责任编辑　甘欢欢

照　　排　南京紫藤制版印务中心
印　　刷　南京京新印刷有限公司
开　　本　880 mm×1230 mm　1/32　印张 8.625　字数 194 千
版　　次　2022 年 12 月第 1 版　2022 年 12 月第 1 次印刷
ISBN　978-7-305-26054-4
定　　价　56.00 元

网　　址：http://www.njupco.com
官方微博：http://weibo.com/njupco
官方微信：njupress
销售热线：(025)83594756

＊ 版权所有，侵权必究
＊ 凡购买南大版图书，如有印装质量问题，请与所购图书销售部门联系调换